Chambre froide

DAVID KOEPP

Chambre froide

Traduit de l'anglais (États-Unis) par
THIBAUD ELIROFF

Harper Collins
NOIR

Titre original :
COLD STORAGE

Ce livre est publié avec l'aimable autorisation de HarperCollins Publishers, LLC, New York, U.S.A.

HARPERCOLLINS FRANCE
83-85, boulevard Vincent-Auriol, 75646 PARIS CEDEX 13
Tél. : 01 42 16 63 63

www.harpercollins.fr

ISBN 979-1-0339-0438-0 — ISSN 2551-0096

Pour Melissa,
qui a dit : « Ouais, bien sûr ! »

Prologue

Armillaria solidipes, de son nom vernaculaire *armillaire à squames foncées*, est le plus grand organisme vivant. Âgé d'environ deux mille cinq cents ans, il couvre près de neuf kilomètres carrés des montagnes Bleues, dans l'Oregon. Au cours des deux derniers millénaires et demi, il s'est étendu le long d'un réseau arachnéen de veines souterraines, propulsant à la surface de la terre ses fruits semblables à des champignons. L'armillaire est relativement inoffensif, à moins que vous ne soyez un végétal – arbre, buisson ou plante. Dans ce cas, il devient génocidaire. Le fongus tue en prenant le contrôle des racines puis grimpe le long de la plante qu'il finit par étouffer en lui coupant l'accès aux nutriments et à l'eau.

Armillaria solidipes croît à raison de trente à quatre-vingt-dix centimètres par an et met trente à cinquante ans pour tuer un arbre de taille moyenne. S'il pouvait se développer sensiblement plus vite, il viendrait à bout de 90 % de la flore terrestre, l'atmosphère deviendrait un gaz toxique et toute vie humaine et animale s'éteindrait. Mais il s'agit d'un fongus à croissance lente.

D'autres sont plus rapides.

Beaucoup plus rapides.

Décembre 1987

1

Après qu'ils eurent brûlé leurs habits, qu'ils se furent rasé la tête et frotté la peau jusqu'au sang, Roberto Diaz et Trini Romano furent autorisés à rentrer au pays. Même ainsi, la sensation qu'ils n'étaient pas complètement propres, qu'ils avaient seulement fait ce qu'ils avaient pu et que la suite appartenait au destin, ne les lâchait pas.

Ils se trouvaient à présent à bord d'une berline officielle, sur l'I-73, à quelques kilomètres du centre de stockage des mines d'Atchison. Ils talonnaient le plateau du semi-remorque qui les précédait, assez près pour qu'un véhicule civil ne puisse s'insérer entre eux. Trini était assise sur le siège passager avant de la berline, les pieds sur la planche de bord – une position qui exaspérait toujours Roberto, lorsqu'il conduisait.

— Ça laisse des traces de pied, lui dit-il pour la centième fois.

— C'est de la poussière, répliqua Trini, également pour la centième fois. Je vais l'essuyer, regarde.

Ce qu'elle entreprit de faire de façon assez pitoyable.

— Oui mais non, Trini. Tu l'essuies pas, tu l'étales, et après c'est moi qui me tape le nettoyage quand on rend la voiture au dépôt. Ou alors j'oublie, et c'est un autre qui doit le faire. J'aime pas donner du boulot en plus aux collègues.

Trini le gratifia de son regard mi-clos, celui qui ne croyait pas la moitié de ce qu'il voyait. Ces yeux et ce qu'ils étaient capables de voir expliquaient pourquoi elle était lieutenante-colonelle à quarante ans, mais son inaptitude à se retenir de *commenter* ce qu'elle voyait expliquait pourquoi elle n'irait jamais plus loin. Trini était sans filtre et n'avait pas l'intention d'en installer un.

Elle le considéra pensivement pendant un moment, tira une profonde bouffée sur la Newport qui pendait entre ses doigts et recracha un nuage de fumée par un coin de sa bouche.

— J'accepte, Roberto.

Il la regarda.

— Hein ?

— Tes excuses. Pour là-bas. C'est pour ça que tu me gueules dessus. Parce que tu sais pas t'excuser. Donc autant t'épargner cette peine : j'accepte tes excuses.

Trini avait vu juste, comme toujours. Roberto resta silencieux un moment, les yeux rivés sur la route devant lui.

Enfin, quand il le put, il grommela un « merci ».

Trini haussa les épaules.

— Tu vois ? C'est pas si compliqué.

— J'ai mal agi.

— Presque. Tu t'es arrêté à temps. De toute façon, ça n'a plus vraiment d'importance, maintenant.

Ils avaient abondamment commenté ce qui s'était passé au cours des quatre derniers jours, au point d'avoir épuisé le sujet. Sauf ce moment précis. Celui-là avait été passé sous silence, mais à présent qu'elle l'évoquait, Roberto ne voulait pas le laisser dans l'ombre.

— Pas avec elle. Je parle de ce que je t'ai dit.

— Je sais. (Trini posa la main sur l'épaule de Roberto.) Te prends pas la tête.

Il acquiesça et regarda droit devant lui. Ne pas se prendre la tête n'était pas dans les habitudes de Roberto Diaz. À même pas quarante ans, il devait sa réussite personnelle et professionnelle au fait que, justement, il se prenait la tête. Il faisait son putain de boulot. Il cochait les cases. Major de promotion à l'Air Force Academy ? Une croix. Commandant avant trente ans ? Une croix. Condition physique impeccable et mental d'acier ? Une croix. Femme parfaite ? Une croix. Bébé parfait ? Une croix. La patience et la passivité n'étaient pour rien là-dedans.

Où est-ce que je vais ? se demandait Roberto continuellement. L'avenir était son obsession, et il faisait ce qu'il fallait pour que sa vie avance dans le bon sens.

Enfin, la plupart du temps.

Tous deux fixèrent un moment le camion devant eux. Par les interstices du rabat de toile qui faisait office de hayon, ils voyaient le sommet de la caisse en métal qui avait traversé la moitié de la planète avec eux par voie aérienne. Lorsque le véhicule passa sur un nid-de-poule et que la caisse glissa d'une trentaine de centimètres vers l'arrière, ils retinrent involontairement leur souffle. Mais elle s'immobilisa. Encore quelques kilomètres avant d'arriver aux entrepôts souterrains, et tout serait fini. La caisse serait planquée cent mètres sous la surface et y resterait en toute sécurité jusqu'à la fin des temps.

En 1886, les mines d'Atchison étaient à l'origine une immense carrière souterraine qui descendait jusqu'à quarante-cinq mètres sous les falaises du Missouri. On avait commencé par en extraire des enrochements pour les voies de chemin de fer à proximité, puis on avait creusé aussi loin que Dieu et les lois de la physique le permettaient, jusqu'à ce que les piliers de roche qui soutenaient l'ensemble atteignent une limite de résistance qu'aucun ingénieur sensé n'aurait approuvée. Pendant la Seconde Guerre mondiale, la *War Food Administration*[1] avait utilisé ces

1. Agence gouvernementale chargée de la distribution des vivres en temps de guerre. (Toutes les notes sont du traducteur.)

quarante hectares de vide naturellement réfrigérés pour stocker des denrées périssables, et la compagnie minière avait fini par vendre l'ensemble au gouvernement pour vingt mille dollars. Deux millions de dollars de rénovation plus tard, les caves étaient devenues un complexe de stockage hautement sécurisé destiné à assurer la continuité du gouvernement en cas de désastre, où étaient entreposées des machines impeccablement usinées et maintenues en état de fonctionnement permanent, prêtes à être envoyées n'importe où, n'importe quand, avec l'espoir qu'une guerre nucléaire survienne entre-temps pour que la dépense n'ait pas été inutile.

Aujourd'hui, elle ne le serait pas.

Techniquement, Trini et Roberto dépendaient de la DNA, la Defense Nuclear Agency[1]. Elle deviendrait plus tard la DTRA, mais cet imbroglio gouvernemental ne prendrait sa forme définitive que lors de la réorganisation du ministère de la Défense en 1997. Dix ans plus tôt, elle s'appelait encore la DNA, et sa mission était simple et claire : empêcher quiconque d'avoir la même chose que les Américains. Si l'on entendait parler d'un programme de nucléarisation, il fallait le trouver et y mettre un terme. Si l'on avait vent de l'existence d'une arme biochimique cauchemardesque, il fallait s'en débarrasser. Moyens illimités, aucune question. On privilégiait des équipes réduites à deux personnes afin de protéger l'information, mais les renforts n'étaient jamais bien loin. Trini et Roberto en avaient rarement besoin. Ils avaient traité seize points chauds en sept ans, qui s'étaient soldés par autant d'éliminations. Dans le jargon de l'agence, c'est le mot qu'on utilisait pour parler

1. Littéralement Agence de défense nucléaire, et plus loin DTRA : Defense Threat Reduction Agency, littéralement Agence de réduction de la menace nucléaire.

de la neutralisation d'un programme d'armement. Mais il y avait parfois eu des victimes. Aucune question.

Seize missions qui n'avaient jamais ressemblé à celle-ci, de près ou de loin.

Le transporteur de l'USAF[1] faisait déjà chauffer ses moteurs tandis qu'ils grimpaient deux à deux les marches de la passerelle d'accès et s'installaient à bord. Trini prit place en face de l'unique autre passagère. Roberto s'assit du côté opposé de l'allée centrale, dos à la marche, pour lui aussi présenter son visage à la jeune femme aux yeux brillants vêtue d'une tenue de safari qui avait connu des jours meilleurs.

Trini lui tendit la main, que son vis-à-vis serra.

— Lieutenante-colonelle Trini Romano.

— Docteur Héro Martins.

Trini la toisa en hochant la tête et en déballant un patch de Nicorette, parfaitement à l'aise dans cet exercice d'évaluation silencieuse. C'était déconcertant. Robert se contenta d'un demi-salut ; ce petit jeu ne lui avait jamais plu.

— Commandant Roberto Diaz.

— Ravie de vous rencontrer, commandant.

— Docteur en quelle discipline ? s'enquit-il.

— Microbiologie. Université de Chicago. Spécialisée dans la surveillance épidémiologique.

Trini ne l'avait pas lâchée du regard.

— C'est votre vrai prénom, Héro ? demanda-t-elle.

La jeune femme étouffa un soupir. Ce n'était pas la première fois qu'on lui posait la question en trente-quatre ans.

— En effet.

1. U.S. Air Force.

— Héro comme Superman ou comme celle de la mythologie grecque ? voulut savoir Roberto.

Elle tourna son regard vers lui. Voilà une question plus originale.

— La deuxième. Ma mère était professeure de lettres classiques. Vous connaissez la légende ?

Roberto leva les yeux au ciel, plissa le gauche et fixa un point imaginaire légèrement sur sa droite, comme il le faisait toujours lorsqu'il partait à la pêche aux souvenirs à moitié oubliés. Il trouva une pépite d'information partiellement immergée et la tira hors du marécage de sa mémoire.

— Elle vivait dans une tour au bord d'une rivière ?

Héro acquiesça.

— L'Hellespont.

— Elle avait un amoureux.

— Léandre. Chaque nuit, il traversait la rivière à la nage et venait lui faire l'amour dans sa tour. Héro allumait une lampe afin qu'il trouve le chemin du rivage.

— Mais il s'est quand même noyé, c'est ça ?

Trini lança à Roberto un regard de déplaisir manifeste. Son partenaire était d'une beauté agaçante. Fils d'un Mexicain et d'une blonde californienne, il irradiait la bonne santé et ne perdrait jamais ses cheveux. Il avait une femme drôle et intelligente, Annie, que Trini tolérait, ce qui n'était pas rien. Et pourtant, il n'était pas dans cet avion depuis trente secondes qu'il essayait déjà de charmer cette femme. Trini n'avait jamais qualifié son collègue de connard jusqu'à aujourd'hui, et elle espérait ne pas avoir à le faire. Elle se borna à l'observer en mâchant furieusement son chewing-gum.

Mais Héro était lancée. Elle répondit à Roberto sans faire cas de Trini.

— Aphrodite est devenue jalouse de leur amour. Une nuit, elle souffla la chandelle de Héro, et Léandre se perdit. Quand Héro vit qu'il s'était noyé, elle se jeta du haut de la tour.

Roberto y réfléchit un moment.

— Quelle est la morale de l'histoire ? Mieux vaut sortir avec quelqu'un du même côté de la rivière ?

Héro sourit et haussa les épaules.

— Mieux vaut ne pas faire chier les dieux, je suppose.

Lasse de leur badinage, Trini jeta un regard derrière elle et fit signe aux pilotes. Les moteurs se mirent à hurler, et l'appareil s'ébranla sèchement sur la piste. On changea de sujet.

Héro regarda autour d'elle, déconcertée.

— Attendez, on y va ? Où est le reste de votre équipe ?

— Je crois qu'elle est au complet, répondit Trini.

— Vous êtes… sûre ? Je ne sais pas si on sera assez nombreux.

Roberto affichait la même confiance que Trini, mais sans les aspects tranchants.

— Dites-nous de quoi il s'agit, et nous saurons si nous pouvons nous en occuper.

— On ne vous a pas briefés ?

— On nous a juste dit qu'on partait pour l'Australie, et que vous nous mettriez au parfum, intervint Trini.

Héro tourna son regard vers la fenêtre tandis que l'avion quittait terre. Il n'y avait plus moyen de faire demi-tour. Elle secoua la tête.

— Je ne comprendrai jamais l'armée.

— Moi non plus, fit Roberto. Nous sommes de l'Air Force, détachés auprès de la DNA.

— Il n'est pas question de nucléaire.

Trini fronça les sourcils.

— S'ils vous ont envoyée, c'est qu'ils soupçonnent l'existence d'une arme biologique.

— Non.

— Alors quoi ?

Héro y songea un instant.

— Bonne question.

Elle ouvrit le dossier sur la tablette devant elle et prit la parole.

Elle ne la rendrait que six heures plus tard.

Ce que Roberto savait de l'Australie-Occidentale aurait pu tenir dans un tout petit carnet. Voire sur un prospectus, et écrit gros. Héro les informa qu'ils se rendaient dans un village isolé appelé Kiwirrkurra Community, au milieu du désert de Gibson, à près de onze cents kilomètres à l'est de Port Hedland. Elle s'était établie une décennie plus tôt comme avant-poste pintupi, en réponse au souhait du gouvernement australien d'encourager les groupes aborigènes à recoloniser leurs terres ancestrales. Ils avaient été maltraités et chassés de ces territoires durant des décennies, notamment dans les années 1960 où l'on y testait les missiles Blue Streak. Allez donc vivre sur ces terres, maintenant que nous les avons ravagées ; elles sont de toute façon inhabitables.

Mais les essais avaient pris fin au milieu des années 1970, et la question était devenue politique, si bien que les derniers Pintupi avaient été ramenés à Kiwirrkurra, qui n'était même pas le milieu de nulle part, mais plutôt à plusieurs centaines de kilomètres au-delà de la frontière de nulle part. Depuis, les vingt-six derniers représentants de l'ethnie vivaient là, aussi pacifiques et heureux qu'on puisse l'être dans un désert étouffant, sans électricité, sans téléphone et sans aucun contact avec la société moderne. En fait, cet isolement et ce retour aux terres de leurs ancêtres leur plaisaient, surtout aux anciens.

Et puis, le ciel leur était tombé sur la tête.

Pas entièrement, avait expliqué Héro. Juste un morceau.

— C'est-à-dire ? interrogea Roberto.

Il n'avait pas lâché la jeune femme du regard depuis le début de son exposé, ce que Trini n'avait pas manqué de remarquer. Elle dévisageait Roberto, comme pour l'exhorter mentalement à arrêter.

— Skylab, lâcha Héro.

Elle capta instantanément l'attention de Trini.

— C'était en 79 ?

— Oui.

— Je croyais qu'elle était tombée dans l'océan Indien.

La scientifique hocha la tête.

— La plus grosse partie. Mais quelques pièces ont atterri non loin d'une ville nommée Esperance, également en Australie-Occidentale.

— Proche de Kiwirrkurra ? demanda Roberto.

— Rien n'est proche de Kiwirrkurra. Esperance est située à deux mille kilomètres de là et compte dix mille habitants. C'est une métropole, en comparaison.

— Qu'est-il arrivé à ces pièces ?

Héro passa au chapitre suivant de ses notes. Les locaux, flairant la bonne affaire, les avaient récupérées et s'étaient empressés de les mettre dans un musée créé pour l'occasion – une boîte de nuit rapidement reconvertie en musée municipal d'Esperance et observatoire de Skylab. Pour quatre dollars, on pouvait y voir le plus grand des réservoirs d'oxygène de l'orbiteur, les compartiments de stockage réfrigérés destinés à la nourriture et à d'autres objets, des sphères de nitrogène utilisées par les propulseurs contrôlant son assiette et un bout de l'écoutille par laquelle les astronautes se faufilaient durant leurs visites. Un certain nombre de débris méconnaissables étaient également exposés, parmi lesquels une feuille de métal sur laquelle le mot SKYLAB impeccablement peint en lettres rouges laissait planer un doute quant à son authenticité.

— Pendant des années, la NASA a cru qu'on ne retrouverait rien de plus, et que le reste avait brûlé lors de son entrée dans l'atmosphère ou gisait au fond de l'océan Indien, poursuivit Héro. Au bout de cinq à six ans, ils sont arrivés à la conclusion que tout ce qui était tombé sur Terre aurait refait surface ou se trouvait dans un lieu inhabitable.

— Comme Kiwirrkurra, supputa Roberto.

Elle acquiesça et tourna une autre page.

— Il y a trois jours, j'ai reçu un appel du Département de recherche en biotechnologies spatiales de la NASA. Ils avaient eu un message, relayé par six agences gouvernementales, de la part d'une personne appelant d'Australie-Occidentale et prétendant que « quelque chose était sorti du réservoir ».

— Quel réservoir ?

— Le réservoir d'oxygène auxiliaire. Celui qui est tombé sur Kiwirrkurra.

Trini se pencha en avant.

— De qui provenait l'appel ?

Héro baissa les yeux sur ses notes.

— D'un certain Enos Namatjira. Il vivrait à Kiwirrkurra, et son oncle aurait trouvé le réservoir dans le sable il y a cinq ou six ans. L'oncle, ayant entendu dire qu'un vaisseau spatial s'était écrasé, l'aurait gardé devant chez lui comme souvenir. Mais quelque chose serait allé de travers et le rendrait malade. Son état empirerait rapidement.

Roberto fronça les sourcils en essayant de reconstituer le puzzle.

— Comment ce type savait-il quel numéro appeler ?

— Il n'en savait rien. Il a commencé par joindre la Maison-Blanche.

— Et le message est parvenu à la NASA ? demanda Trini, incrédule.

Une telle efficacité aurait été une première.

— Il a dû passer dix-sept coups de fil – et chaque fois parcourir les cinquante kilomètres qui le séparent du premier téléphone – avant d'entrer enfin en contact avec la NASA.

— Il était déterminé, observa Roberto.

— Mieux valait l'être, car les gens commençaient à mourir autour de lui. On me l'a finalement passé. Je travaille parfois pour la NASA ; mon job consiste à inspecter les véhicules qui réintègrent notre atmosphère pour s'assurer qu'ils ne rapportent aucune forme de vie étrangère, ce qui n'arrive jamais.

— Mais vous pensez que c'est le cas, cette fois ?

— Pas vraiment. C'est là que ça devient intéressant.

Roberto se pencha lui aussi en avant.

— Ça l'était déjà pas mal, jusque-là.

Héro lui sourit. Trini s'efforça de ne pas lever les yeux au ciel.

La microbiologiste poursuivit :

— Le réservoir était scellé. Je doute qu'il ait pu rapporter de l'espace quelque chose qui ne s'y trouvait pas au départ. J'ai parcouru les dossiers de Skylab, et lors du dernier réapprovisionnement, il semblerait que ce réservoir d'oxygène ait été envoyé non pour la circulation d'O_2, mais uniquement dans le but d'être attaché à l'un des modules extérieurs. Il contenait un organisme fongique, une sorte de cousin de l'*Ophiocordyceps unilateralis*. C'est un chouette petit champignon parasite qui peut s'adapter d'une espèce à l'autre. Connu pour être capable de survivre à des conditions extrêmes, un peu comme les spores du *Clostridium difficile*. Ça vous dit quelque chose ?

Ils lui retournèrent un regard vide. Leur cursus militaire avait fait l'impasse sur *Clostridium difficile*.

— Eh bien, il est très pernicieux. Il peut survivre partout – dans un volcan, au fond de la mer, dans l'espace…

Ils étaient tout disposés à la croire sur parole. Elle poursuivit :

— Bref. L'échantillon dans le réservoir faisait partie d'un projet de recherche. Le champignon présente des propriétés de croissance particulières, et les scientifiques voulaient voir comment les conditions spatiales les affectaient. Souvenez-vous que nous sommes dans les années 1970, et que les stations orbitales allaient devenir le prochain défi de l'humanité, aussi devaient-ils développer des traitements antifongiques efficaces pour les millions de gens qui iraient vivre là-haut. Mais ils n'en ont jamais eu l'occasion.

— Parce que Skylab s'est écrasée.

— Exact. Et donc, au bout de cinq ou six ans dans le jardin de l'oncle d'Enos Namatjira, le réservoir a commencé à rouiller. L'oncle a voulu le rafraîchir, lui rendre son brillant… Après tout, peut-être que des gens voudraient payer pour le voir. Il a tenté de décaper la rouille, mais elle lui a résisté. Selon Enos, son oncle a essayé un certain nombre de produits, avant de revenir à une méthode pour le moins folklorique : couper une pomme de terre en deux, la tremper dans du liquide vaisselle et la frotter contre la surface du réservoir.

— Ça a marché ?

— Ouais. La rouille est partie facilement, et l'objet a retrouvé son lustre d'origine. Quelques jours plus tard, l'oncle est tombé malade. Son comportement est devenu imprévisible, dénué de sens. Il a grimpé sur le toit de sa maison et a refusé d'en descendre, et puis son corps s'est mis à enfler de façon incontrôlable.

— Bon sang, mais qu'est-ce qui s'est passé ? s'impatienta Trini.

— À partir de là, je ne peux qu'avancer des hypothèses.

Elle s'interrompit. Ils attendirent. Effet volontaire ou non, le Dr Martins savait raconter une histoire. Ils étaient pendus à ses lèvres.

— Je pense que le mélange chimique de l'oncle s'est infiltré par les microfissures des parois du réservoir et a réhydraté le *Cordyceps* qui s'y trouvait.

— Le truc à la patate ? avança Roberto. Ça ne m'a pas l'air très hydratant.

— Une pomme de terre contient en moyenne 78 % d'eau, et de la pectine, de la cellulose, des protéines et du gras. Le champignon avait donc de quoi boire, manger et assez d'espace pour croître. À cette époque de l'année, dans le désert d'Australie-Occidentale, la température approche des quarante degrés, et devait probablement dépasser les cinquante à l'intérieur du réservoir. Mortel pour nous, mais idéal pour un champignon.

Trini voulut abréger.

— Ce que vous dites, c'est que ce truc est revenu à la vie ?

— Pas tout à fait. Encore une fois, ce n'est là que pure spéculation, mais je crois que le polysaccharide de la pomme de terre mélangé au palmitate de sodium contenu dans le liquide vaisselle a créé des conditions favorables à sa croissance. En temps normal, ces grandes molécules inertes ne présentent guère d'intérêt, mais si vous les mettez ensemble, il peut se passer de drôles de choses. Ne jetez pas la pierre à l'oncle ; après tout, le type *voulait* produire une réaction chimique.

Elle s'échauffait, à présent – ses yeux brillaient sous l'effort intellectuel. Roberto ne pouvait s'en détacher.

— Et il a réussi ?

— Putain, oui !

Et en plus, elle jurait. Roberto sourit.

— Mais je crois que ni le polysaccharide ni le palmitate de sodium n'ont été le véritable déclencheur de la réaction.

Elle se pencha en avant, comme si elle s'apprêtait à asséner la réplique finale d'une blague particulièrement savoureuse.

— C'est la rouille. $Fe_2O_3.nH_2O$.

Trini cracha son chewing-gum dans un mouchoir et en prit un nouveau.

— Seriez-vous assez aimable, docteur Martins, pour nous traduire ceci en mots intelligibles ?

Héro se tourna vers Trini et se recomposa une attitude professionnelle.

— Bien sûr. Nous avons envoyé dans l'espace un organisme extrêmophile hyperagressif résistant à la chaleur intense et à l'absence d'oxygène, mais sensible au froid. Cet environnement l'a mis en sommeil, mais il est resté hyperréceptif. À un moment, il a dû prendre un auto-stoppeur. Peut-être a-t-il été exposé aux radiations solaires. Peut-être une spore s'est-elle introduite par les microfissures du réservoir quand il a réintégré notre atmosphère. Quoi qu'il en soit, le champignon a regagné la Terre et s'est réveillé dans un environnement protégé, chaud, riche en protéines et propice à sa croissance. Et *quelque chose* a modifié sa structure génétique même.

— Pour en faire quoi ? demanda Roberto.

Elle les regarda tour à tour, comme un professeur face à deux étudiants un peu lents qui passent à côté d'une évidence. Elle formula ses conclusions à voix haute :

— Je crois que nous avons créé une nouvelle espèce.

Un silence accueillit sa déclaration. Puisqu'il s'agissait de la théorie de Héro, l'honneur de la nommer lui revenait, aussi ajouta-t-elle :

— *Cordyceps novus.*

Trini la considéra un instant.

— Qu'avez-vous dit à M. Namatjira ?

— De me rappeler six heures plus tard, car j'avais besoin de vérifier certaines choses. Il ne l'a jamais fait.

— Qu'avez-vous fait, vous ?

— J'ai appelé le ministère de la Défense.

— Et qu'est-ce qu'ils ont fait ? demanda Roberto.

— Ils vous ont envoyés, répondit-elle avec un geste vague.

2

Les six heures de vol suivantes s'écoulèrent dans un silence relatif. Alors qu'ils survolaient la côte ouest de l'Afrique et que le soleil se couchait, Trini fit ce qu'elle faisait toujours avant une mission : grappiller quelques heures de sommeil tant qu'elle en avait l'occasion. Elle ne passait jamais non plus devant des toilettes sans les utiliser. On apprenait rapidement à limiter ses besoins, dans ce métier. Héro se lassa de contempler les bottes de Trini à côté d'elle, et lorsque la lumière se tamisa dans la cabine, elle se leva, enjamba sa voisine et traversa l'allée pour rejoindre Roberto.

— Ça ne vous dérange pas si je me mets là ? chuchota-t-elle en désignant le siège vide à côté de lui.

Ça ne le dérangeait pas. Pas le moins du monde. Il plia les jambes pour lui laisser la place de se faufiler, et elle s'installa aussi confortablement que possible dans le siège voisin. Elle était manifestement venue ici pour pouvoir étendre ses membres inférieurs, mais Roberto ne put s'empêcher de noter qu'elle aurait eu la possibilité de le faire sans quitter son côté de l'allée. Il fallait peut-être attribuer la véritable raison de ce mouvement aux contacts visuels furtifs qu'ils avaient échangés après la fin de son briefing, mais il trouvait moins perturbant de s'en tenir à la version officielle, tout en sachant que les choses étaient plus compliquées.

Ce qu'on se raconte, parfois…

En l'occurrence, Roberto était loin d'être innocent. Il avait ressenti une attirance immédiate pour le Dr Héro Martins, et quoiqu'il n'ait pas la moindre intention d'y donner une suite concrète, il avait besoin de s'assurer que son pouvoir de séduction était toujours bien là quand il en avait besoin. Son mariage avec Annie, vieux d'à peine trois ans, avait connu des débuts difficiles. La première année, leurs métiers respectifs avaient pris toute la place, puis Annie était tombée enceinte bien plus tôt qu'ils ne l'avaient souhaité, et la grossesse s'était mal passée, contraignant sa femme à rester alitée durant les quatre ou cinq derniers mois. Une situation pénible pour n'importe qui, mais particulièrement pour une personne aussi active qu'Annie ; son métier de journaliste l'avait habituée à une existence à cent à l'heure, aussi avait-elle vécu ce confinement comme une punition. Enfin le bébé était né, et... eh bien, c'était un bébé.

Il avait sonné le glas de leurs années de liberté. Qu'est devenue cette époque où il n'y avait que nous ? Où est parti le bonheur des premiers jours où nous profitions de notre jeunesse, de notre beauté, de notre liberté et de nous-mêmes, et tiens, puisqu'on en parle, où est passé le sexe, bon sang ? Roberto détestait être réduit au cliché du jeune marié qui pleure sa vie sexuelle enfuie après la naissance d'un premier enfant, mais *quand même*. Il était un homme dans la fleur de l'âge. Il lui était difficile, à ce moment de sa vie, d'imaginer ne faire l'amour qu'avec Annie jusqu'à la fin de leur existence. Pas à ce rythme.

Mais il l'aimait. Et il ne voulait pas la tromper.

Alors il flirtait. Il n'avait jamais été doué pour ça à l'époque où cela lui aurait été utile, mais savoir que cela ne mènerait nulle part rendait les choses plus faciles. Roberto avait été surpris de constater avec quelle aisance il parvenait maintenant à aborder les jolies femmes et à gagner leur intérêt en retour. Un homme stable et inaccessible en milieu de trentaine avait plus d'arguments à faire valoir qu'un troufion de vingt-quatre ans avec une trique d'enfer infoutu d'aligner trois mots.

Son profil correspondait en tout point aux préférences de Héro. Depuis la fin de sa relation excessivement longue et torturée avec Max, un doctorant immature d'à peu près son âge, elle avait un faible pour les hommes mariés. Elle ne cherchait pas à les séduire pour cette raison particulière – ils ne l'attiraient pas parce que c'était mal, mais plutôt en dépit du fait que ça l'était. Cette affinité tenait davantage de la règle personnelle ou de la ligne directrice fondée sur tous les avantages évidents que présentaient les hommes dans cette situation, qu'elle avait un jour listés dans un carnet lors d'un cours exceptionnellement ennuyeux sur le micro-usinage laser. Ces avantages étaient, par ordre d'importance :

1. Ils ont tendance à se comporter en adultes. Leur volonté de se marier et de partager une existence commune, qui par définition implique de faire des compromis et de prendre en compte l'avis de l'autre, montre leur capacité à embrasser les changements de la vie.

2. Ils sont en général meilleurs au lit, pas seulement parce qu'ils ont plus d'expérience que les autres, mais une expérience répétée avec la *même* femme, qui les conduit nécessairement à savoir donner et recevoir du plaisir, à moins d'être complètement narcissiques, ce que le point numéro un rend fortement improbable.

3. Ils sont polis et reconnaissants, et ne laissent pas traîner toutes leurs merdes par terre, ayant été disciplinés pendant plusieurs années par une femme qui n'est pas leur mère.

4. Ils ont un endroit où aller, dans une fenêtre de temps réduite après avoir fait l'amour, libérant ainsi les soirées pour travailler.

5. Ils n'ont, par définition, pas la possibilité d'entretenir une relation exclusive, ce qui laisse beaucoup de temps libre en attendant un éventuel changement.

Héro savait pertinemment qu'il existait beaucoup, beaucoup d'arguments en défaveur de son amant idéal, qu'elle avait résumés en un unique point dans son journal :

1. Ils mentent.

Elle aussi – elle ne l'ignorait pas. Elle ne les trompait pas ; elle n'avait jamais eu plusieurs amants en même temps ; une complication romantique à la fois suffisait à son bonheur. Et elle ne lésait pas leurs infortunées épouses, de son point de vue, puisqu'elle ne les connaissait pas et ne leur avait jamais rien promis. La seule personne qu'elle trompait, c'était elle-même, en sortant avec ces types qui, la nature même de leur relation le prouvait, ne savaient pas aimer.

Néanmoins, elle était là, Roberto était là, tous deux possiblement condamnés à un destin tragique (excuse acceptable ?), et il n'y avait certainement aucun mal à entretenir une conversation d'une saine légèreté avec un beau soldat en milieu de trentaine qui avait clairement un faible pour elle. Le fait qu'il porte une alliance n'était que pure coïncidence.

Pendant que Trini dormait, Roberto et Héro étendirent leurs jambes sur les sièges en face d'eux, reculèrent les leurs aussi loin que possible et devisèrent à voix basse. N'étant pas fatigués – une sorte de courant électrique les maintenait éveillés –, ils parlèrent de la vie de Roberto, exception faite de sa femme et de son fils, puis de celle de Héro, exception faite de sa prédilection pour les Mecs Comme Lui. Le sujet porta sur le travail, les dangers auxquels il faisait face, les endroits exotiques et effrayants où elle était allée chercher de nouveaux micro-organismes. Tandis qu'ils parlaient, ils glissaient toujours plus bas dans leurs sièges, leurs têtes se rapprochaient imperceptiblement, et quand la température se refroidit dans la cabine quelque part au-dessus du Kenya, Roberto se leva et alla chercher dans un compartiment de stockage de rêches couvertures de laine sous lesquelles ils se blottirent.

C'est alors qu'elle se gratta le nez.

Et lorsqu'elle reposa sa main, son auriculaire vint frôler la cuisse droite de Roberto. Il ne lui échappa pas qu'elle ne fit aucun geste pour mettre fin à ce contact. Vingt autres minutes de conversation chuchotée à bâtons rompus passèrent, sans qu'aucune parole tendancieuse soit prononcée. Le mouvement suivant vint de lui : il remua dans son siège, officiellement pour étirer ses jambes raides, mais lorsqu'il les reposa sur le siège en face de lui, la droite se trouva opportunément collée contre celle de la jeune femme, qui répondit presque immédiatement à cette pression. Ni l'un ni l'autre ne fit le moindre commentaire à ce sujet. À les entendre, on les aurait pris pour deux collègues travaillant dans des disciplines légèrement différentes qui venaient de se rencontrer dans un symposium, lancés dans la conversation la plus innocente et la plus ennuyeuse qui soit.

Mais elle n'enleva jamais sa main ni ne dégagea sa jambe. Ils savaient. Ces choses devaient rester sous silence.

Au bout d'un moment, Héro s'étira et se leva.

— Toilettes.

Il lui indiqua leur emplacement d'un geste. Elle le remercia d'un sourire, se faufila hors de la rangée et partit vers l'arrière de l'appareil.

Roberto l'observa s'éloigner. Cela faisait plusieurs heures qu'il éprouvait une panique grandissante. Ce qui était en train de se passer le laissait perplexe. Aucun de ses flirts plus ou moins innocents n'était jamais allé si loin. Il avait l'impression de glisser dans un trou aux parois boueuses, et chaque mouvement pour s'en extraire ne le faisait que descendre un peu plus. Et s'il s'abstenait de bouger, la gravité se chargeait de le plonger dans l'abîme.

Et il aimait ça. Il était furieux de ne pas avoir ce qu'il voulait, ce qu'il méritait dans son mariage, alors pourquoi *pas* cette femme, cette créature brillante et magnifique qui demandait si peu de lui, le trouvait tellement fascinant et semblait clairement intéressée ? Pourquoi pas, en dehors du fait que c'était tout à fait déloyal ? Mais peut-être ne se passait-il rien du tout. Peut-être qu'il y avait une explication innocente derrière ces frôlements – si ça se trouvait, elle ne les avait même pas *remarqués* –, et il se laissait guider par son sexe plutôt que par son cerveau, une fois de plus.

Ou peut-être qu'il se passait quelque chose, et peut-être le voulait-il. Peut-être que, s'il se levait maintenant, s'il la rejoignait au fond de la cabine, si les yeux de Héro s'attardaient sur les siens un peu plus longtemps que nécessaire, il l'embrasserait. Peut-être que c'est exactement ce qu'il ferait. Peut-être que c'est ce qu'il allait faire *maintenant*.

Roberto invoqua la moindre miette de ressentiment qu'il put trouver en lui, la plus petite once de vertueuse indignation que lui inspiraient ces trois frustrantes années de mariage, et se leva.

C'est alors qu'il sentit une main se refermer sur son bras.

Il se retourna. Trini était réveillée. Elle avait planté ses yeux dans les siens et ses doigts puissants dans les muscles de son avant-bras.

Roberto lui rendit son regard, feignant l'innocence sans y parvenir. Trini se contenta de le dévisager de ses yeux pénétrants et brillants malgré la pénombre.

— Assieds-toi, Roberto.

Ce dernier ouvrit la bouche, mais rien n'en sortit. Il n'était pas très bon menteur, d'autant moins quand il s'agissait d'inventer quelque chose de toutes pièces. Plutôt que de sortir n'importe quoi, il referma la bouche et haussa les épaules, l'air de dire : *Je ne vois pas du tout de quoi tu parles.*

— Assieds-toi.

Il s'exécuta. Trini se pencha en avant et posa la main sur sa nuque.

— Ça te ressemble pas, fiston.

Roberto sentit ses joues s'empourprer – colère, embarras et frustration se liguaient pour faire monter le sang à son visage.

— Reste en dehors de ça, gronda-t-il.

— C'est exactement ce que je m'apprêtais à te conseiller, répliqua Trini sans le quitter des yeux.

Roberto détourna les siens. Il se sentait humilié et voulut lui faire subir le même sort. C'est pourquoi il lança :

— Jalouse ?

Son attaque porta. Le visage de Trini se décomposa très légèrement, moins par fierté blessée que par déception.

Trini avait laissé derrière elle son premier et unique mariage dix ans auparavant. Le fait même qu'elle se soit un jour soumise à cette institution était pour le moins inattendu. Son union avait périclité non pas à cause des voyages et du secret imposés par son travail, mais en raison de sa misanthropie profonde. Elle tolérait les autres, tant qu'elle n'avait pas besoin de les regarder ou de les écouter. Elle était seule depuis dix ans, et ça lui allait très bien.

Elle avait toujours mis son attirance occasionnelle pour Roberto sur le compte d'une réaction chimique à l'apparence exagérément flatteuse de ce dernier. Elle l'aimait bien, appréciait leur collaboration, admirait profondément son professionnalisme et lui savait gré de lui épargner un bavardage inutile, mais elle n'avait jamais eu la moindre vue sur lui. C'était son collègue. Son incroyablement beau collègue. Et ce n'est pas parce qu'on est au régime qu'on n'a pas le droit de regarder le menu. C'est d'ailleurs à ça qu'il sert : à *donner* envie. Et Roberto était très fort pour ça. Mais ça n'allait pas plus loin que ça, et Trini gardait ses émois pour elle.

Mais en 1983, elle avait été victime d'un accident de jeep qui lui avait brisé deux vertèbres lombaires, une blessure incroyablement douloureuse à l'origine de son addiction aux antidouleurs que le médecin lui prescrivait généreusement. C'était à l'heure du coucher que Trini les appréciait le plus ; elle en prenait un, une heure avant d'aller au lit, et se laissait dériver dans une rêverie opiacée, où rien ne pouvait lui faire de mal, où rien ne pourrait plus jamais lui faire de mal.

L'addiction s'était installée et aggravée. Elle avait perduré six mois sans que quiconque s'en aperçoive, à l'exception de Roberto. Il avait pris le taureau par les cornes et avait consacré à Trini un temps, une énergie et un soutien émotionnel sans bornes pour lui permettre de décrocher. Elle avait insisté pour se sevrer sans aide extérieure, ce qu'il avait accepté d'essayer. Au début du processus, au cours d'une de ses pires nuits d'insomnie, tremblante et transpirante, elle avait commencé à paniquer. Roberto était monté sur le lit et l'avait prise dans ses bras pour la calmer. À un moment, Trini avait cherché son regard, lui avait avoué qu'elle l'aimait depuis toujours et avait essayé de l'embrasser. Roberto s'était détourné et avait dit à son amie de la fermer et de dormir. Ce qu'elle avait fait.

La nuit s'était écoulée ainsi, et il ne s'était rien passé. Roberto n'en avait rien dit à Annie, et d'ailleurs Trini et lui n'en avaient jamais reparlé.

Jusqu'à aujourd'hui. Jusqu'à ce qu'il s'en serve pour la blesser.

Et il avait réussi son coup.

À l'autre bout de la cabine, la porte des toilettes se referma avec un *clic* étouffé. Héro sortit et se dirigea vers son siège.

Trini se retourna et s'avachit dans le sien pour se rendormir.

Roberto se rapprocha du hublot contre lequel il cala un oreiller, tira la couverture jusqu'à son menton et fit semblant d'être assoupi quand Héro se rassit.

C'est ainsi que tous trois parcoururent le reste du trajet jusqu'en Australie, chargés d'infiniment plus de bagages qu'ils n'en avaient au départ.

3

Les combinaisons de protection biologique étaient aussi inconfortables que possible, mais le pire, de l'avis de Trini, c'était qu'on ne pouvait nulle part y loger un pistolet. Elle trimballait donc son Sig Sauer P320 à bout de bras et remuait silencieusement les lèvres derrière sa visière.

Héro la considéra, déconcertée par ces soldats et leur inexpérience du type de problème sur lequel ils étaient venus enquêter. Elle pressa l'un des boutons sur le côté de son casque et sa voix crépita dans les écouteurs de Trini.

— Utilisez plutôt la radio.

Trini tripatouilla son casque jusqu'à trouver le bon bouton et appuya dessus.

— Ce foutu truc a-t-il une poche ?

Avant d'arriver à Kiwirrkurra, ils avaient enfilé leurs combinaisons Hazmat de niveau A, un vêtement étanche fournissant une encapsulation totale, pourvu d'un appareil respiratoire isolant. Ils portaient aussi des bottes à embout d'acier équipées de tiges extérieures à la combinaison et des gants soigneusement choisis pour leur résistance chimique. Et non, il n'y avait pas de poche où aurait pu se loger ce que vous ne vouliez justement pas rapporter de l'endroit où vous vous rendiez.

Héro s'en tint à un simple « non » en réponse à la question grincheuse de Trini. La militaire avait fumé trois cigarettes coup sur coup à la descente de l'avion – elle avait mâché des Nicorette *et* s'était patchée durant tout le vol –, et elle était maintenant aussi engoncée que dans une balle de golf. Mieux valait rester à distance, décida Héro.

Roberto se retourna et regarda derrière eux l'étendue déserte qu'ils avaient traversée. Leur jeep avait soulevé des montagnes de poussière que les vents dominants ne tarderaient pas à ramener vers eux.

— On ferait mieux de s'y mettre avant de ne plus rien voir, dit-il.

Ils partirent en direction du village. Ils s'étaient garés à un kilomètre et demi de là, et ils progressaient lentement dans leurs combinaisons, mais ils voyaient déjà les structures à l'horizon. Kiwirrkurra comptait une petite douzaine de bâtiments de plain-pied non peints, mais décorés d'un patchwork coloré de bois de récupération et de panneaux de particules fournis aux résidents par la commission de relocalisation. Pour une ville nouvelle, son plan ne semblait pas franchement avoir été défini – des structures alignées de part et d'autre d'une rue principale et quelques bâtiments excentrés ajoutés postérieurement, sans doute par une deuxième vague d'arrivants qui préféraient ne pas être trop près de leurs voisins.

La première chose étrange qu'ils virent, à environ cinquante mètres des premiers bâtiments, fut une valise. Elle trônait au milieu de la route, fermée, et paraissait attendre patiemment qu'on l'emporte à l'aéroport. Il n'y avait rien ni personne autour.

Ils échangèrent un regard et s'en approchèrent. S'ils s'attendaient à ce qu'elle révèle son histoire ou ses intentions, ils en furent pour leurs frais.

Trini prit les devants, le pistolet tendu devant elle.

Ils atteignirent le premier bâtiment. En le contournant, ils constatèrent qu'il ne comportait que trois murs, afin de favoriser la circulation de l'air dans cet environnement intensément aride. Ils s'arrêtèrent pour jeter un coup d'œil à l'intérieur, comme on regarde dans une maison de poupée. Chaque espace était parfaitement délimité : une cuisine, une chambre à coucher, une salle de bains (celle-ci comportait une porte), et une autre minuscule chambre à l'autre bout. Des mouches bourdonnaient autour de la nourriture abandonnée sur la table de la cuisine, mais il n'y avait personne.

Roberto jeta un regard autour de lui.

— Où sont-ils tous ?

Bonne question.

Trini recula de quelques pas dans la rue en décrivant des demi-cercles prudents, scrutant les environs.

— Les voitures sont toujours là.

Ils la suivirent. De fait, un véhicule était garé dans chaque allée, jeep, moto, pick-up ou vieille berline. Quel que soit l'endroit où s'étaient rendus les résidents, ils avaient trouvé un autre moyen de transport.

Poursuivant leur exploration, ils passèrent devant ce qui avait dû être une aire de jeux, plus ou moins au centre du village. Une vieille balançoire en métal grinçait sous les assauts du vent désormais chargé de sable et de poussière. Roberto se retourna et plissa les yeux pour discerner les nuages en approche. Le sable qui martelait sa visière lui faisait cligner les paupières, quand bien même c'était inutile.

Trente mètres plus loin, ils atteignirent l'autre côté du village. La porte d'entrée de la plus imposante maison était entrouverte ; du canon de son Sig Sauer, Trini la poussa jusqu'à la butée. Roberto fit signe à Héro d'attendre sur la terrasse couverte et il suivit Trini à l'intérieur, selon une chorégraphie bien rodée.

Héro patienta à l'extérieur en suivant des yeux leurs évolutions par la porte ouverte, puis à travers les fenêtres sales. Ils fouillèrent la maison pièce par pièce, Trini toujours devant, le pistolet levé devant elle. Des deux, Roberto était le plus minutieux, et peut-être le plus prudent, restant toujours en mouvement, sans jamais faire face à la même direction trop longtemps. Héro admira sa grâce et son aisance, même dans cette encombrante combinaison. Mais elle savait aussi qu'il n'y avait rien à craindre ici. Tout à Kiwirrkurra évoquait une ville fantôme, si bien que les conclusions de Trini ne l'étonnèrent pas le moins du monde quand elle ressortit quelques minutes plus tard.

— Quatorze maisons, douze véhicules, zéro signe de vie.

Roberto mit les mains sur les hanches, baissant un peu sa garde.

— Putain, mais qu'est-ce qui se passe ici ?

C'est alors que Héro aperçut ce qu'ils étaient venus voir. Là-bas, tout au bout de la ville, devant la plus soignée des maisons les plus modestes, un réservoir métallique si brillant qu'on aurait pu se mirer dedans.

— Je ne crois pas que ça vienne d'ici.

Ils marchèrent dans cette direction, sur leurs gardes. Le vent redoubla, formant des colonnes de poussière tourbillonnante qui se cabraient devant eux avant de s'éloigner. On y voyait de moins en moins.

— Arrêtez-vous ici, commanda Héro en levant la main à trois mètres du réservoir.

Elle scruta le sol du mieux qu'elle put compte tenu des bourrasques de sable, puis reprit sa progression en observant méticuleusement le sol avant d'y poser le pied.

— Marchez dans mes traces.

Ils obéirent et la suivirent en file indienne.

Héro atteignit le réservoir et s'accroupit. Elle vit immédiatement la couverture fongique, mais seulement parce qu'elle en avait l'habitude. Un béotien n'aurait rien perçu de plus qu'une pellicule verdâtre sur la surface arrondie du réservoir, un peu comme du cuivre oxydé. Le réservoir lui-même n'était pas en parfait état ; après tout, une pénétration dans l'atmosphère terrestre laisse des accrocs dans à peu près n'importe quoi. Mais Héro lisait dans cette pellicule verdâtre faussement anodine comme dans un livre ouvert.

Trini scruta leur environnement du regard, le pistolet toujours brandi devant elle, au cas où. Elle fit quelques pas vers la maison, en prenant garde où elle posait les pieds. Le bâtiment ne différait pas vraiment des autres. Mais un détail l'intrigua : la voiture, une vieille Dodge Dart garée dans une curieuse position, le capot collé contre un des montants de la terrasse couverte. À cet endroit, le toit en tôle ondulée était si bas qu'il aurait été facile d'y grimper depuis le capot de la voiture. Trini leva les yeux, songeuse.

Près du réservoir, Héro avait posé sa valise d'échantillonnage devant elle. Elle en sortit une loupe à grossissement x20, dont elle alluma les ampoules LED placées sur le pourtour biseauté du verre, et se pencha pour observer le champignon. Il était vivant, en pleine santé à en juger par sa coloration rougeâtre, et fortement agité, à cette échelle. Elle s'en approcha aussi près qu'elle l'osa, à la recherche de fragmentation active. Ça bougeait, là-dedans ; elle regrettait de ne pas avoir d'outil plus précis, mais c'était la loupe la plus puissante dont disposait le kit d'échantillonnage. Ce qui signifiait qu'elle allait devoir s'avancer davantage.

Elle jeta un coup d'œil par-dessus son épaule à Roberto.

— Glissez votre main dans la boucle de la combinaison entre mes omoplates.

Roberto baissa les yeux. Un passant de tissu cousu verticalement dans le dos de la combinaison faisait comme une poignée juste assez grande pour y insérer les doigts, ce qu'il fit.

— Maintenant tenez-moi bien. Je vais peser de tout mon poids en avant, mais ne me laissez pas tomber. Si vous sentez que je pars, ramenez-moi d'un coup sec. Allez-y franco, il ne faut absolument pas que je le touche.

— Compris.

Il affermit sa prise. Héro planta ses pieds à une trentaine de centimètres du réservoir et se courba en avant, la loupe et son masque au plus près de la surface médiane du réservoir. Roberto ne s'était pas attendu à ce qu'elle lui témoigne une telle confiance, et il vacilla légèrement alors qu'elle se laissait tomber en avant. Mais il était fort et reprit rapidement ses appuis.

La visière de Héro évoluait à moins de dix centimètres de la surface du réservoir. Elle activa le grossissement maximal de la loupe, fit la mise au point et poussa les LED à pleine puissance.

Elle lâcha une exclamation. Même à cette échelle de grossissement, elle voyait clairement des fructifications pousser sur le mycélium, des pieds surmontés de capsules prêtes à lâcher leurs spores. Le mycélium croissait à vue d'œil.

— *La vache !*

Roberto, qui ne voyait rien derrière l'encombrante combinaison de la jeune femme, brûlait de curiosité.

— Qu'est-ce que c'est ?

Héro ne pouvait détourner les yeux.

— Je ne sais pas, mais c'est énorme… et *rapide.* Et hétérotrophe ; il doit tirer du carbone et de l'énergie de tout ce qu'il touche, sans quoi il n'aurait aucun moyen de…

Elle ne termina pas sa phrase, absorbée par ce qu'elle observait.

— Aucun moyen de quoi ?

Héro ne répondit pas. Elle était fascinée par une des fructifications. Sa capsule enflait sous la lentille, formait un globe à la surface du réservoir.

— C'est la production de spores la plus agressive que j'aie jamais…

Avec un bruit sec, la fructification entière explosa, et la lentille de la loupe fut aspergée de minuscules gouttes de matière gluante. Héro cria et eut un mouvement de recul involontaire, plus déconcertée qu'effrayée, mais elle perdit un instant l'équilibre et déplaça son pied droit pour se stabiliser. Sa botte s'enfonça dans quelque chose de mou avant de trouver un appui solide à la base du réservoir, mais il était trop petit et arrivait trop tard ; elle tombait déjà dans la flaque visqueuse où son pied avait atterri. Elle vit le sol monter à sa rencontre au ralenti.

Puis elle se retrouva de nouveau à la verticale. Roberto la tira vers lui d'un geste précis et puissant.

Elle leva sur lui des yeux reconnaissants.

Il sourit.

— Attention.

— Hé, les héla une voix à proximité.

Ils se retournèrent. Trini se tenait sur le toit de la maison, environ trois mètres au-dessus d'eux.

— J'ai trouvé l'oncle.

La rejoindre ne présentait aucune difficulté, même avec les combinaisons. Ils durent d'abord monter sur le capot de la voiture, de là grimper sur le toit de la terrasse puis sauter et se hisser à la force des bras jusqu'au toit de la maison. Roberto fermait la marche, afin de pouvoir faire la courte échelle à Héro au besoin. Occupé qu'il était à s'assurer qu'elle ne tomberait pas, il ne remarqua pas la semelle de sa botte, même quand elle passa à proximité de son visage. Il aurait fallu un sacré œil de lynx pour repérer ce qui s'y trouvait, tant la quantité était infime. Mais réelle.

Non loin du talon, l'espace entre la quatrième et la cinquième rainure de caoutchouc rigide de sa botte droite abritait une trace du fongus vert dans lequel elle avait marché lorsqu'elle avait perdu l'équilibre près du réservoir.

Héro parvint à se hisser sur un genou par-dessus le rebord du toit, et Roberto la rejoignit d'un mouvement souple. Tous deux franchirent les quelques pas qui les séparaient de Trini, dont l'attention était tournée vers quelque chose sous elle. Le vent et la poussière avaient redoublé, lui obscurcissant partiellement la vue, mais Trini savait reconnaître un cadavre quand elle en voyait un. Celui-ci présentait une forme grossière. L'oncle ne pouvait pas être mort depuis si longtemps, et pourtant son corps avait subi des dégradations importantes, manifestement *ante mortem*. La chair n'avait pas été mangée par des charognards ou abîmée par les éléments.

— Il a explosé, déclara Héro.

C'était en dessous de la réalité. L'oncle semblait avoir été retourné comme un gant, l'intérieur à l'extérieur. Sa cage thoracique avait été ouverte aussi proprement que violemment à partir du sternum, séparée en deux comme une veste de costume sans personne dedans. Ses bras et ses jambes avaient été dépouillés de leur chair, les os portaient des impacts témoignant d'autant de petites explosions et les plaques de son crâne étaient désolidarisées, comme si la colle qui les maintenait ensemble avait subitement disparu.

Malgré son expérience en matière de cadavres, Roberto n'avait jamais rien vu de tel. Il se détourna ; au même moment le vent se calma et la poussière s'éclaircit, lui offrant une vue dégagée de l'ensemble du village. Tous les bâtiments qui le composaient étaient à peu près de la même hauteur, si bien qu'il voyait à présent les toits de toutes les maisons.

— Oh mon Dieu.

Les deux femmes se retournèrent et suivirent son regard.

Les toits étaient couverts de cadavres dans un état similaire.

Roberto n'eut pas besoin de les compter pour savoir qu'il y en avait vingt-six.

*
* *

Alors qu'ils se tenaient sur le toit, à essayer de comprendre ce qui était arrivé aux habitants de ce village condamné, le champignon s'affairait entre les crampons de la botte droite du Dr Héro Martins. Cette semelle de caoutchouc rigide entre la botte et le pied de la scientifique constituait un obstacle, et s'il y avait bien une chose que *Cordyceps novus* détestait, c'étaient les obstacles. Mais tout super-vilain qui se respecte a son homme de main.

Dans son état de mutation actuel, le fongus hébergeait un endosymbiote, un organisme vivant à l'intérieur de son corps avec qui il entretenait une relation mutuellement profitable. Ce que le champignon était incapable de faire, l'endosymbiote le pouvait – en l'occurrence catalyser la synthèse d'éléments chimiques divers en une nouvelle structure à même de franchir les obstacles. C'était comme s'il disposait de son propre laboratoire de chimie.

L'endosymbiote, qui vivait à la surface du fongus sous la forme d'un léger éclat luisant, se trouvait exposé à l'atmosphère chaque fois que Héro levait le pied. Il absorbait autant d'oxygène que possible et le mêlait au carbone présent dans les particules de poussière collées à la substance visqueuse pour former un dense réseau de liaisons covalentes. Ces carbonyles, devenus des cétones actives, grimpaient à l'assaut de la semelle, mais ne pouvaient rien contre cette masse rigide.

Alors il s'hybrida encore. La nouvelle cétone échantillonna les éléments disponibles dans le caoutchouc et la poussière passa en revue toute une variété de squelettes carbonés. Il muta en acide oxaloacétique, un composé formidable pour qui souhaite métaboliser le sucre, mais parfaitement inutile contre une semelle de botte. Sans se laisser décourager, il muta encore, cette fois en cyclohexanone – idéale pour la production de nylon – puis en tétracycline – parfaite pour lutter contre une pneumonie – et enfin en $HSbF_6$, ou acide fluoroantimonique, autrement plus efficace.

Le puissant corrosif industriel commença à grignoter la semelle de la botte de Héro.

Le processus de mutation avait pris moins de quatre-vingt-dix secondes.

Héro n'avait évidemment aucune conscience de tout cela. Alors qu'ils descendaient du toit et se dépêchaient de rejoindre le réservoir, son esprit était accaparé par ce qu'ils venaient de voir. Le champignon, spéculait-elle, imitait le schéma de reproduction d'*Ophiocordyceps*, un genre constitué de cent quarante espèces distinctes qui se reproduisaient en colonisant autant d'insectes différents.

— Comment est-ce qu'il s'y prend ? demanda Trini.

En état d'alerte maximale, elle tenait de nouveau son arme devant elle tandis qu'ils atteignaient le capot de la voiture.

— Admettons que son espèce cible soit la fourmi, expliqua Héro. La fourmi marche sur le sol de la forêt et entre en contact avec une minuscule spore du champignon. La spore adhère à l'insecte, creuse dans sa carapace et s'installe à l'intérieur. De là, elle gagne le plus rapidement possible le cerveau de la fourmi, où la profusion de nutriments déclenche une phase de croissance exponentielle ; elle peut s'y reproduire dix fois plus vite que dans n'importe quelle autre partie du corps, et se répand dans le moindre recoin du cerveau jusqu'à prendre le contrôle des mouvements, des réflexes, des influx nerveux et, pour autant qu'une fourmi en a, des pensées. Quoique l'insecte soit techniquement toujours vivant, il a été piraté par un envahisseur qui poursuit ses propres objectifs. (Elle sauta à terre.) Et l'unique objectif d'un fongus est la reproduction.

Roberto regarda autour de lui. Il commençait à mieux comprendre ce qui était arrivé à tous ces gens. Merde, ils y étaient *tous* passés…

Héro se rapprocha rapidement du réservoir, s'agenouilla et rouvrit sa valise d'échantillonnage.

— La fourmi cesse d'agir pour elle-même. Tout ce qu'elle sait, c'est qu'elle doit se déplacer. *Vers le haut*. Elle grimpe sur le brin d'herbe le plus proche, y plante fermement ses dents et attend.

— Elle attend quoi ? l'encouragea Trini.

— L'explosion de son corps devenu trop étroit pour le fongus.

Roberto leva les yeux vers les toits des maisons et frissonna.

— C'est pour ça qu'ils sont montés là-haut. Pour répandre les spores aussi loin que possible.

Héro confirma de la tête.

— Il n'y a pas un arbre dans ce désert. Ces toits sont les points les plus élevés qu'ils ont pu atteindre. On fait avec ce qu'on a.

Ses mains gantées manipulaient avec soin les outils tranchants contenus dans sa mallette. Elle saisit un instrument à lame plate avec un petit anneau en guise de poignée, qu'elle glissa autour de son index droit, tandis qu'elle ouvrait un tube d'échantillonnage de la main gauche. Avec un luxe de précautions, elle gratta autant du champignon que pouvait en contenir le tube.

— Nous avons affaire à une croissance parasitique extrêmement active, mais nous n'en saurons pas plus tant que je n'aurai pas isolé les protéines par chromatographie liquide et séquencé son ADN.

Roberto l'observa refermer le tube d'un geste expert.

— Vous le *rapportez* ?

Elle leva vers lui des yeux déconcertés.

— Que voulez-vous que je fasse d'autre ?

— Le laisser ici. Il faut brûler toute la zone.

— Bien sûr, mais nous devons rapporter un échantillon.

Trini considéra Roberto.

— Elle a raison, et tu le sais très bien. Qu'est-ce qui te prend ?

Roberto ne s'effrayait pas facilement, mais il songea soudain à son petit garçon et à l'éventualité qu'il ne le revoie jamais. Il avait entendu dire qu'avoir un enfant, prendre conscience que l'on servait un but plus grand que soi pouvait faire vaciller nos certitudes. *Que le reste du monde aille se faire foutre, je dois protéger les* miens. Rien d'autre ne comptait.

Et il y avait Annie. *J'ai une épouse, une femme que j'aime éperdument et que j'étais à deux doigts de trahir. Je veux seulement rentrer à la maison et prendre un nouveau départ avec elle.* Voilà ce qui lui prenait, ce qui lui tournait dans la tête, mais il garda ces pensées pour lui.

Au lieu de ça, il dit :

— Pour l'amour du ciel, Trini, ce truc a un taux de létalité de 100 %. Tous ceux qui ont été en contact avec lui sont morts. Le taux d'attaque secondaire est lui aussi total, le temps de génération immédiat et la période d'incubation… on ne sait pas, mais de moins de vingt-quatre heures, ça ne fait aucun doute. Et tu veux rapporter *ça* à la civilisation ? Aucune arme biologique ne lui arrive à la cheville.

— C'est justement pourquoi on doit le confiner et l'étudier. Allez, mon vieux, tu le sais. Cet endroit ne restera pas secret longtemps, et si on le fait pas, quelqu'un d'autre s'en chargera. Quelqu'un qui travaille peut-être pour l'autre camp.

C'était là un débat pertinent, mais pendant ce temps le corrosif à l'intérieur du talon de la botte de Héro poursuivait son travail, tendu vers un seul but. L'acide fluoroantimonique se révéla d'une efficacité redoutable contre le caoutchouc de la semelle ; il s'agissait cependant moins d'y creuser un trou que de changer la composition chimique même de la botte au fur et à mesure de sa progression. Des mutations mineures se produisaient, presque dans un esprit d'expérimentation, tandis que la force des liaisons chimiques de la botte variait. Le produit était un excellent adaptateur, filant à travers le gros du groupe benzène jusqu'à trouver le composé qui l'intéressait. Il finit par arriver de l'autre côté de la semelle et se répandit sur sa surface interne, juste sous la plante du pied droit de Héro. *Benzène-X* – il s'était tant hybridé à présent qu'il défiait toute classification fondée sur les composés chimiques connus – avait ouvert une brèche, énorme à l'échelle moléculaire, qui allait permettre au fongus de gagner l'intérieur de la combinaison de Héro.

Le nirvana, pour *Cordyceps novus*. La botte, aussi ample que le reste de la combinaison Hazmat, avait été conçue pour favoriser la circulation de l'air et ainsi empêcher son porteur de surchauffer à l'intérieur. L'appareil respiratoire abritait un petit ventilateur pour la diffusion de l'oxygène, ce qui signifiait qu'un flux constant d'O_2 irriguait en permanence l'intérieur de la combinaison. Des filaments de fongus reconnaissants se muèrent en vrilles délicates qui se laissèrent porter vers le haut par un courant chaud de CO_2, et atterrirent discrètement sur la peau nue de la jambe droite de Héro.

Inconsciente de l'invasion ennemie à l'œuvre dans sa combinaison, Héro vissa le bouchon du tube d'échantillonnage et le scella. Le tube siffla quand la minuscule pastille de nitrogène en gela instantanément le contenu en attendant qu'il puisse être rouvert au laboratoire et confiné dans un bain de nitrogène liquide permanent. Puis elle laissa tomber le tube dans la valise doublée de mousse, referma celle-ci et se leva.

— Fini.

Le débat se résolut de la même façon que d'habitude : le point de vue de Trini prévalut. Elle écouta les arguments de Roberto, le laissa les développer un peu plus qu'elle ne l'estimait nécessaire compte tenu de leur différence de grade, puis regarda son ami dans les yeux, baissa la voix d'un ton ou deux et ne prononça qu'un seul mot :

— Commandant.

Cela mit un terme à la conversation. Trini était l'officière en charge, et la scientifique de la mission était de son côté. L'issue n'avait jamais fait aucun doute, mais Roberto avait ressenti le besoin d'objecter. Que se passerait-il si, pour une fois, ils faisaient ce qui leur semblait évident et juste, plutôt que de suivre la procédure ?

Ils ne le sauraient jamais et, au final, Roberto se fit une raison : ils emporteraient un échantillon, *un seul*, soigneusement scellé dans un tube, et ils ne quitteraient pas l'Australie-Occidentale avant que leurs deux gouvernements respectifs n'aient approuvé le largage d'une bombe incendiaire sur le village. N'importe quoi ferait l'affaire, même les vieilles M69 ou M47 au phosphore blanc. Il n'y avait plus rien à sauver, de toute façon.

Ils laissèrent les bâtiments derrière eux et repartirent vers la jeep.

4

Dans la combinaison de Héro, *Cordyceps novus* trouva ce qu'il cherchait : une petite égratignure. Le moindre pore un tant soit peu ouvert aurait suffi à le laisser passer dans le sang de la jeune femme, mais l'estafilade, qui perçait deux couches d'épiderme, lui facilitait grandement la tâche.

Héro ignorait même jusqu'à l'existence de cette blessure. Elle avait gratté sans y penser sa peau irritée par un produit lavant dont elle n'avait pas l'habitude – l'hôtel qui avait nettoyé son jean la semaine précédente avait utilisé un agent azurant bas de gamme avec une concentration de Javel plus importante que ce que sa peau ne pouvait supporter. D'où l'irritation, d'où le grattement. Il n'en avait pas fallu plus au champignon pour pénétrer dans son sang.

— C'est quoi, cette odeur ? s'enquit Héro.

Ils étaient encore à cinquante mètres de la jeep. Roberto la regarda.

— Quelle odeur ?

Elle renifla un instant.

— Toast brûlé.

Trini haussa les épaules.

— Je sens rien. (Elle jeta un regard en arrière, pas mécontente de quitter le village.) Cet endroit sentira le toast brûlé avant la fin de la journée.

Mais Roberto était confus. Il n'avait pas lâché la microbiologiste des yeux.

— Ça vient de votre combinaison ?

Héro leva le bras et l'observa, comme si elle se rappelait seulement qu'elle portait une combinaison Hazmat étanche.

— Ça n'a aucun sens, n'est-ce pas ?

En fait, c'était parfaitement logique. La température de *Cordyceps novus* s'élevait et il surchauffait l'amidon et les protéines contenus dans l'épiderme de Héro. La réaction produisait de l'acrylamide, dont l'odeur rappelait celle des toasts grillés. La chaleur générée deviendrait bientôt perceptible à Héro. Mais le champignon était conscient de cette éventualité et se déplaçait rapidement dans son système sanguin pour atteindre au plus vite son cerveau, où il intercepterait les messages de ses récepteurs de douleur. Le procédé n'avait rien de remarquable en soi – une tique agit de la même manière en libérant un anesthésiant de surface pour que son méfait passe inaperçu aussi longtemps que possible. Mais le fongus avait un long chemin à parcourir et de nombreux récepteurs à shunter. Le pouls de Héro s'accéléra, aidant involontairement son bourreau.

Elle s'arrêta.

— Il ne peut pas y avoir d'odeur dans ma combinaison, elle est scellée et en état de surpression. Il n'y a rien d'autre que de l'oxygène et du CO_2. Pourquoi y a-t-il une odeur dans ma combinaison ?

Elle commençait à céder à la panique. Trini essaya de la désamorcer.

— J'ai bien quelques idées idiotes…

— Putain, c'est pas drôle ! aboya Héro.

— Ferme-la, Trini, renchérit Roberto. Quelque chose est entré dans sa combinaison.

— C'est impossible, affirma Héro, plus pour s'en convaincre elle-même.

— Continuez à avancer, reprit Trini. On se débarrassera des combinaisons à la jeep. On peut de toute façon pas les emporter, il faut qu'elles crament avec le reste. On vérifiera la vôtre, pour voir s'il n'y a pas un accroc. (Elle considéra Héro avec le plus grand sérieux.) Comment vous vous sentez ?

Héro réfléchit un instant.

— Normale.

— Prenez une minute pour vous en assurer. Concentrez-vous sur chaque partie de votre corps. Quelque chose a l'air de sortir de l'ordinaire ?

Héro stabilisa sa respiration et sonda son anatomie de la plante de ses pieds au sommet de sa tête.

— Non, rien.

À l'intérieur de son corps, c'était une tout autre histoire. Le champignon qui avait pénétré son cerveau se reproduisait à une vitesse cauchemardesque, cherchant et neutralisant ses nocicepteurs de la même façon qu'un envahisseur couperait Internet et les stations de télévision. Une alarme beuglait dans le cerveau de Héro, des drapeaux rouges s'agitaient frénétiquement, mais les terminaisons des axones de ses neurones sensoriels étaient sous contrôle et ne répondaient plus aux stimuli préjudiciables. Ils ne pouvaient plus envoyer de messages d'avertissement au thalamus et aux zones sous-corticales. Ils criaient dans le vide.

Héro Martins mourait, mais son cerveau lui disait que tout allait bien, très bien, surtout ne pas s'inquiéter.

— Je vais bien.

— Vous êtes sûre ? insista Roberto.

Elle acquiesça.

— Tirons-nous d'ici.

Ils se remirent en marche, à présent à quarante mètres de la jeep. Le cerveau de Héro passa en revue les différentes raisons pour lesquelles une odeur extérieure serait présente dans sa combinaison. Rien de crédible ne lui vint à l'esprit. Elle décida qu'elle ne détruirait pas cette combinaison. Elle la mettrait dans un conteneur sécurisé et la rapporterait ; elle voulait la démonter et en scruter le moindre centimètre à la recherche d'une tache ou d'une substance étrangère à l'intérieur, auquel cas la personne responsable des EPI[1] allait se faire remonter les bretelles.

La jeep était maintenant éloignée de trente mètres. Héro sentait la tête lui tourner et se rendit compte qu'elle n'avait pas mangé depuis neuf ou dix heures. D'un autre côté, la vue du corps mutilé de l'oncle n'était pas vraiment de nature à stimuler l'appétit, donc il n'y avait rien d'anormal de ce point de vue-là. Elle inventoria de nouveau ses paramètres vitaux, mais en dehors d'un pouls et d'un rythme respiratoire plus élevés que la moyenne, elle ne détectait toujours rien d'anormal. Elle plissa les yeux pour se protéger du soleil, et ce faisant une pensée lui traversa l'esprit :

sauf qu'il n'y a pas de téléphone dans le coin.

De fait, il n'y en avait pas. Mais quelle importance ? Elle avisa la valise dans sa main et songea à ce que contenait le tube. Certains allaient devenir fous avec ce truc. Elle se demanda si le CDC[2] accepterait même de le prendre en charge.

donc il n'y a pas de poteaux téléphoniques

Elle secoua la tête pour s'éclaircir les idées et reprit le cours de ses pensées. Il n'existait qu'une poignée de labos en Occident équipés pour stocker des agents pathogènes de niveau 4. Atlanta et Galveston le rejetteraient immédiatement, le classant à tort

1. Équipement de protection individuelle.

2. Centers for Disease Control, Centres pour le contrôle et la prévention des maladies.

comme extraterrestre en raison de son séjour à l'extérieur de l'atmosphère.

peut-être un pylône électrique

L'armée se battrait pour l'avoir, cela ne faisait aucun doute, mais Fort Detrick avait subi une intrusion dix-huit mois plus tôt et personne n'était enthousiaste à l'idée de…

ils doivent avoir l'électricité non ils ont bien l'électricité ?

Elle secoua vigoureusement la tête. *Bon sang, concentre-toi.* Il restait dix mètres à parcourir jusqu'à la jeep. Sa vision trembla et se divisa en seize vignettes identiques, seize images de la jeep. Héro sentit un frisson lui parcourir la peau, car il ne s'agissait pas là d'un phénomène que l'on pouvait ignorer ou attribuer à la faim ou à la fatigue, mais *en même temps*, songea-t-elle, *je me suis déjà évanouie quelquefois à l'école, quand j'étais petite. Est-ce que ça ne faisait pas comme ça ?* ne sentait-elle pas alors ses poils se dresser sa vision se brouiller et elle voyait double juste avant de défaillir, c'était sûrement ça, glycémie basse ou…

une tour radio, cinquante kilomètres avant qu'on arrive, j'avais vu quelque chose, c'était une tour radio, non ?

L'image dansait dans son esprit, claire et nette : ils avaient dépassé une tour radio au milieu du désert, tout près de la route, culminant à une centaine de mètres et pourvue d'une espèce de petit local technique à sa base.

— C'était exactement ça.

Elle avait parlé à voix haute. Roberto et Trini se retournèrent.

— Quoi ? demanda le soldat.

— Hein ? fit-elle en lui rendant son regard.

— C'était exactement quoi ?

Héro n'avait pas la moindre idée de ce dont il parlait. Était-il possible que Roberto ait été infecté par le fongus, que *sa* combinaison ait dysfonctionné et qu'il commence à perdre l'esprit ? Elle espérait que non, c'était plutôt un chic type, quand bien même leur histoire n'irait jamais plus loin que ça, il fallait vraiment qu'elle fiche la paix aux hommes mariés, plus jamais, elle jura, ici et maintenant, que dorénavant elle trouverait quelqu'un qui lui conviendrait avec qui elle serait heureuse…

Ça ne doit pas être si dur d'y grimper.

Oh ! merde. Il fallait qu'elle y réfléchisse sérieusement.

Grimper. À la tour radio. Elle avait des entretoises à intervalle d'un mètre ou un mètre cinquante, mais il y a probablement une échelle de service à l'intérieur de la structure, comment pourraient-ils entretenir le sommet, sinon ? Je pourrais y grimper.

Pour la dernière fois, le poids et la pression des neurones fonctionnels de Héro prirent l'ascendant sur ceux que *Cordyceps novus* avait consumés, détruits ou neutralisés. Son cortex préfrontal, siège du raisonnement et des processus affectifs et motivationnels, eut un sursaut de clarté et de contrôle, et lui expliqua avec une certaine limpidité qu'étant donné :

A. sa pensée confuse ;

B. l'odeur de toast brûlé dans sa combinaison laissant supposer qu'un agent extérieur s'y était introduit ;

C. l'expression de ses compagnons, qui semblaient croire que quelque chose n'allait pas chez elle ; et

D. sa soudaine et irrationnelle compulsion à *grimper en haut d'une putain de tour radio*, pour l'amour du ciel ;

elle avait probablement été infectée par le fongus et était à deux doigts de passer sous le contrôle d'un organisme à réplication rapide constituant une sérieuse menace d'extinction pour la race humaine.

Sans cesser d'avancer, elle jeta un coup d'œil vers la droite et vit que Trini tenait mollement son arme à bout de bras tandis qu'elle et Roberto échangeaient des regards inquiets, préférant la communication visuelle à la radio qu'elle aurait pu entendre.

Prends la jeep et va à la tour radio.

Héro accéléra en direction de la jeep. Ils se retrouvèrent derrière elle, où ils pouvaient plus facilement la garder à l'œil.

Grimpe à la tour.

Alors qu'elle approchait du véhicule, Héro vit les clés sur le contact accrocher un reflet de soleil. Elle se sentait attirée vers elles.

Grimpe à la tour.

Ses lobes frontaux menaient une bataille perdue d'avance. Quoiqu'ils représentent un tiers du volume total de son cerveau, ils étaient à présent infestés par une vigoureuse colonie de *Cordyceps novus*. L'étendard de son indépendance intellectuelle tomba. Et pourtant, sa pensée consciente ne rendit pas les armes ; elle fut simplement balayée, chassée sur le champ de ruines de son lobe temporel déjà conquis, et se réfugia dans le dernier bastion de son encéphale encore libre : le lobe pariétal. Là, le flot de ses pensées lui appartenait encore, mais il restait précaire et drastiquement limité.

des maths à présent, des maths et de l'analyse, si x = régénération des tissus sains du cerveau la probabilité est de zéro-x, prends le taux de guérison, le taux de guérison en cas de défaillance

Il s'agissait d'un cours d'économie de première année, peut-être la seule bribe de savoir utile qui se baladait encore sans entrave dans sa tête, l'unique voie de raisonnement qui lui était encore ouverte, et ça devrait faire l'affaire. Faisons le calcul. L'équation ne servirait qu'à répondre à une seule question : pouvait-elle survivre à cela ?

Probabilité de récupération vs *perte en cas de défaillance (PR ou PCD) dépendant du type d'instrument (où TI = fongus mutant hyper efficace), des problèmes structurels (où PS = défaillance majeure de plus de 50 % des tissus cérébraux sains) et des conditions macroéconomiques dominantes (où CMD = toute autre personne ayant un jour croisé cette personne est morte), donc PR = TI/PS x CMD = aucune chance.*

La réponse était non. Elle ne récupérerait pas. Elle allait mourir. La seule question était de savoir combien de personnes elle emporterait dans la mort.

GRIMPE À LA TOUR, lui hurlait son cerveau.

Et avec les dernières miettes de volonté qu'il lui restait encore, le Dr Héro Martins répondit :

NON !

Et elle se retourna précipitamment. Trini n'eut pas le temps de réagir, en partie parce que la vue du visage blême et enflé, la peau tendue à craquer, lui souleva le cœur. Héro était sur elle avant qu'elle comprenne ce qui se passait. Elle lui arracha son arme…

— *Le flingue !* vociféra Trini.

Roberto l'avait vu. Il cria à Héro de s'arrêter, mais elle s'écartait déjà d'eux et tournait l'arme contre elle-même. De la main gauche, elle détacha le velcro recouvrant le zip de la valve de remplissage d'oxygène, ouvrit ce dernier, y inséra le pistolet et referma le Velcro autour du canon pointé sur sa poitrine…

— *Non !* hurla Roberto, tout en sachant qu'il était déjà trop tard.

Héro appuya sur la détente.

La balle entra par le sternum et creusa dans sa poitrine un trou de la taille d'une petite pièce. Tel un ballon crevé par une aiguille, le reste de sa personne explosa sous l'effet de la dépressurisation soudaine. Trini et Roberto ne virent que sa tête, humaine l'instant précédent, défigurée mais reconnaissable, et qui à présent n'était plus qu'un infâme magma vert qui recouvrait l'intérieur de sa visière.

Héro tomba, morte.

Mais elle avait maintenu l'intégrité de sa combinaison.

Moins de soixante-douze heures plus tard, Trini et Roberto se trouvaient dans la voiture, à quelque cinq kilomètres des mines d'Atchison, les yeux rivés à la caisse à l'arrière du camion devant eux. La mallette de Héro avait été enfermée, sans que personne l'ait ouverte, dans une caisse scellée et remplie de neige carbonique.

Jusque-là, les choses s'étaient passées sans accroc. Gordon Gray, le chef de la DTRA, les avait crus sur parole, parce qu'ils étaient les meilleurs, et il avait ordonné qu'on suive leurs instructions à la lettre. Quand Gordon Gray donnait un ordre, les gens l'*exécutaient*, et puisque tous les résidents de la communauté étaient morts et que le terrain lui-même n'avait aucune valeur, personne n'eut aucune raison de s'opposer au lancement de bombes incendiaires sur Kiwirrkurra, qui fut approuvé sans débat par les deux gouvernements impliqués dans l'affaire. Le village maudit brûla, et avec lui la moindre molécule de *Cordyceps novus*, à l'exception de l'échantillon contenu dans le tube de Héro.

La question de son devenir fut plus compliquée à résoudre. Comme l'avait supputé Héro, le CDC ne voulut pas entendre parler d'un organisme né, ou en tout cas partiellement élevé, dans l'espace. Le ministère de la Défense se porta candidat, mais il n'avait que Fort Detrick pour le stocker, et ce n'était pas une option. L'intrusion que ce dernier avait subie dix-huit mois plus tôt faisait l'objet d'une enquête interne qui venait à peine d'entrer dans sa deuxième phase, et l'idée de couper court à un audit de sécurité dans le but de stocker une souche inconnue d'une létalité jamais égalée n'enthousiasma personne.

Atchison était l'idée de Trini. Elle avait travaillé avec l'Administration nationale de la sûreté nucléaire au début des années 1980 sur le démantèlement et le stockage d'armes nucléaires, alors que l'idée d'un désarmement faisait son chemin parmi l'administration Reagan à l'origine du traité FNI[1]. Le quatrième

1. Traité sur les forces nucléaires à portée intermédiaire, signé par Reagan et Gorbatchev le 8 décembre 1987.

sous-sol des mines d'Atchison avait été conçu et creusé comme une alternative à l'usine Pantex et au Y-12 National Security Complex, des centres déjà pleins de matériel de fission dépassé de la fin des années 1940 et du début des années 1950. Mais alors que les négociations du FNI traînaient en longueur, il devint clair que la stratégie de Reagan consistait à désarmer le camp d'en face, et que le niveau le plus bas des mines d'Atchison resterait vide, sûr et inutilisé.

Le lieu répondait idéalement à leurs besoins. Les mines étaient situées juste au-dessus d'un ruisseau souterrain qui crachait 2 800 litres par seconde d'eau presque gelée, si bien que la température au point le plus bas de la mine ne s'élevait jamais au-delà de trois degrés. Même dans le cas improbable d'une coupure de courant prolongée, la température de stockage demeurerait stable, bien en deçà de celle dont avait besoin le fongus pour se développer, *même* s'il parvenait à s'échapper de son tube, ce qui était a priori impossible. C'était un plan parfait. *Cordyceps novus* s'était trouvé une maison, scellé dans un biotube cent mètres sous terre, dans une base qui n'avait aucune existence officielle.

Le temps passant, de moins en moins de personnes à la DTRA partageaient l'alarmisme de Roberto et Trini quant au potentiel de destruction de *Cordyceps novus*. Personne, à part eux, ne l'avait vu à l'œuvre. Il n'existait aucune archive photographique. Le village isolé avait été incinéré, et l'unique échantillon restant du champignon avait été mis sous clé. On oublia. On passa à autre chose.

Seize ans plus tard, en 2003, la DTRA décida que le complexe de la mine était une relique de la guerre froide dont on pouvait se passer. L'endroit fut vidé, nettoyé, repeint et vendu à une entreprise de stockage privée. Cette dernière monta des cloisons sèches, acheta six cent cinquante portes de garage basculantes à une société spécialisée et l'ouvrit au public. Quinze mille box de merdouilles inutiles trouvèrent ainsi un foyer souterrain propre, sec et permanent. Cette batterie vieille de trente ans dont vous n'aviez jamais joué pouvait désormais survivre à une guerre nucléaire.

Le plan de stockage de *Cordyceps novus* était parfait.

Sauf si Gordon Gray prenait une retraite anticipée.

Sauf si son successeur décidait qu'il valait mieux condamner le niveau et l'oublier.

Sauf si la température de la planète s'élevait.

Mais quelle était la probabilité que tout cela se produise ?

Mars 2019

5

— Votre Honneur, j'ai capté. Je veux dire, vous avez devant vous un mec *qui capte.*

Teacake n'avait rien préparé, mais les mots lui venaient qu'il le veuille ou non, et même s'il savait qu'il n'était pas le mieux placé pour assurer sa défense lors de son audition, il avait une foi inébranlable en sa capacité à improviser.

— Bon, la dernière fois qu'on s'est vus, ici même, dans la salle d'audience de Votre Honneur, il y a quelques années, vous m'aviez filé un super conseil. « Eh, vous aviez dit, et si, plutôt que je vous envoie à Ellsworth, vous alliez faire un tour dans l'armée ? » C'était une idée géniale, merci, je l'ai suivie à la lettre. Deux ans dans la Navy, corps des sous-mariniers, et laissez-moi vous dire un truc, les tests de pression, c'est pas pour les fillettes. Super expérience pour moi, cela dit. Libération honorable.

Le juge baissa les yeux sur le rapport devant lui.

— Il est écrit « Libération générale, conditions honorables ».

— Ouais, bon, c'est pareil.

L'avocat commis d'office attribué à Teacake lui lança un regard dont la signification était claire : *Vous aggravez votre cas.*

Mais Teacake ne se laissa pas démonter.

— Bref, j'avais déjà capté à l'époque, et je capte aujourd'hui. Je vous ferai pas le coup du type au mauvais endroit au mauvais moment, mais bon, il y a comme qui dirait des circonstances carrément atténuantes. Je me laisse entraîner dans des trucs, c'est mon problème, mais si vous voulez mon avis, je devrais pas faire de la tôle pour ça. Juste pour être resté assis dans une voiture. Je veux dire, c'est pas une façon de traiter un vétéran. Mais dès que vous m'avez vu, je suis sûr que vous vous êtes dit : « Tiens, encore lui », et je comprends bien, ouais.

— Vous avez terminé ?

— Ouais, je vais conclure. Donc, pour faire court, si un pote un peu cinglé vous demande de poireauter dans la bagnole pendant qu'il fait ce tout petit truc et que votre nom est plus ou moins grillé dans le comté de Pottawatomie, vous feriez mieux d'avoir piscine. C'est tout ce que je dis.

Il commença à s'asseoir, mais se releva aussitôt.

— Pardon, une dernière chose, vite fait. J'ai aussi chopé cette maladie moderne qu'on appelle les « privilèges blancs », et j'en suis bien désolé. D'un autre côté, c'est pas vraiment ma faute, je dois dire, je suis né comme ça. Bref, euh... merci.

Teacake s'assit bruyamment, sans oser regarder son avocat. Il savait ce qui l'attendait. Le juge chaussa ses lunettes, prit le procès-verbal et ne prononça que cinq mots.

— Merci, monsieur Meacham. Dix-neuf mois.

Teacake ressortit de prison avec un CV post-bac qui se résumait à deux lignes : des états de service médiocres et son séjour au pénitencier d'Ellsworth. Ce job aux entrepôts d'Atchison était donc la meilleure chose qui puisse lui arriver, même à huit dollars trente-cinq de l'heure. La boîte n'aimait pas courir après ses employés, aussi tout le monde travaillait douze heures d'affilée, de six heures à six heures, quatre jours par semaine. En tant que bleu, Teacake hérita des nuits, du jeudi au dimanche. De toute façon, il n'aimait pas trop les amis qu'il avait encore dans les parages, et il n'avait pas l'intention de s'en faire de nouveaux – à moins qu'il ne s'agisse d'*une* amie. Intégrer l'équipe de nuit ne lui coûta pas grand-chose. C'est même sans doute la raison pour laquelle il avait obtenu cet emploi. Ça et le fait qu'il avait encore toutes ses dents, ce qui signifiait qu'il était raisonnablement clean. Dans le coin, une dentition complète était la seule qualification requise pour s'asseoir derrière un bureau de réception et garder un œil sur six cent cinquante unités de stockage au milieu de la nuit. Pas besoin d'avoir inventé le fil à couper le beurre.

Teacake essayait toujours d'arriver tôt le jeudi, parce qu'il savait que Griffin aimait prendre une longueur d'avance sur son week-end et foutre le camp quelques minutes avant la fin de son service. Griffin pouvait se barrer tôt : Teacake avait besoin de ce job et il ferait toujours en sorte que rien n'aille de travers. Cette fois-là comme toutes les autres, lorsque Teacake arriva par la route contournant la falaise, il vit le crâne chauve et luisant de Griffin dans le soleil couchant alors que le malabar s'envoyait une bière XXL dans le gosier, dont il gardait toujours deux ou trois canettes dans les sacoches de selle de sa Fat Boy.

Griffin vida sa mousse, jeta la canette vide, démarra son moteur d'un coup de botte et adressa un doigt à Teacake en faisant crisser le gravier.

Griffin, tout le monde s'accordait à le dire, était un connard. Teacake lui rendit son salut – à ce stade, c'était presque devenu une politesse. Quand la Honda Civic de Teacake croisa la moto roulant en sens inverse, il lâcha un soupir de soulagement à la pensée que son boss allait lui épargner son laïus habituel.

Mais il n'eut pas cette chance. Il vit Griffin faire demi-tour dans son rétroviseur et ramener la Fat Boy à hauteur du capot de la Civic. Il s'arrêta devant la portière conducteur et coupa le moteur alors que Teacake sortait de la voiture.

— Alors ? interrogea Griffin.

Il n'y couperait pas, cette fois encore.

— Je te l'ai déjà dit, je peux rien pour toi.

— Je savais que t'étais con mais pas à ce point.

Griffin s'exprimait dans un curieux staccato, enchaînant les mots parfois si vite qu'ils entraient en collision les uns avec les autres, et faisant ailleurs des pauses injustifiées, comme si la ponctuation n'avait pas encore été inventée.

— Je suis pas con, répliqua Teacake, loin de là. OK ? J'adorerais te filer un coup de main si je le pouvais, mais je suis baisé. Tu connais ma… situation personnelle. Je vais pas me lancer dans un truc pareil.

— OK donc tu vas y réfléchir.

— Non ! J'aurais préféré jamais en entendre parler.

En fait, il n'était au courant que d'une partie de l'histoire, celle concernant les deux douzaines d'écrans plats Samsung 55 pouces que Griffin écoulait un par un, mais Teacake savait que la vente au détail de marchandises volées portait pour nom recel, et c'était bien la dernière chose à laquelle il voulait être mêlée.

Griffin n'abandonna pas pour si peu.

— Je te demande juste d'ouvrir le portail pour quelques amis à moi une fois de temps en temps et d'utiliser ton passe-partout putain c'est rien du tout.

— Ils n'ont pas de compte chez nous. Je peux pas les laisser entrer.

— Qui le saura ?

— J'ai déjà entendu ça. Fais-le, toi.

— Je peux pas, fit Griffin avec un haussement d'épaules.

— Pourquoi pas ?

— Putain mais parce que personne viendra de jour et je bosse pas la nuit. Fais-le et toi et moi on n'aura pas de problème.

— Pourquoi on devrait avoir un problème ?

— Parce que tu sais des trucs et que t'es pas dans le coup et que si t'es pas dans le coup et que tu sais alors il y a un problème. Tu le sais.

Pas moyen de se débarrasser de lui, et il ne le lâcherait pas, alors Teacake fit ce qu'il faisait depuis six semaines, à savoir noyer le poisson en espérant que ça passe. Cette stratégie avait-elle eu le moindre résultat positif ? Non, mais ce n'était pas une raison pour en changer.

— Ouais, bon, tu vois, je sais rien de ce truc, ou de ces trucs, et tout le reste. Je veux dire, ça ou autre chose, tu vois ? OK ?

Personne n'aurait pu se montrer plus vague que ça, pas sans un diplôme d'avocat et des décennies d'expérience à témoigner devant le Congrès. Teacake croisa les doigts pour s'en sortir ainsi. Il se retourna et se dirigea vers le bâtiment.

Griffin redémarra le moteur et chaussa ses lunettes de protection. Il cria quelque chose à Teacake en passant la première, six petits mots. Mais comme, pour parfaire sa panoplie de connard fini, il avait monté un pot d'échappement droit sur sa moto afin de faire encore plus de bruit et d'emmerder le reste du monde, il n'y avait aucune chance pour que quiconque comprenne ce qu'il avait dit. Aux oreilles de Teacake, cela sonna comme : « Y a un duc qui tripe », mais en fait son patron lui avait dit : « Y a un truc qui bipe. »

Teacake s'en rendrait compte par lui-même bien assez tôt.

Que Griffin ait été nommé responsable de quoi que ce soit tenait de la mauvaise plaisanterie, car non seulement il était idiot, raciste et violent, mais en plus il buvait. Cela dit, il y a alcooliques et alcooliques, et Griffin parvenait à donner le change en s'imposant un régime strict et en le suivant avec la discipline d'un athlète. Il restait sobre comme un chameau pendant les quatre premiers jours de la semaine et ne se mettait à boire que quelques minutes avant 18 heures, le jeudi. Mais alors il se préparait méticuleusement une cuite d'anthologie dont il ne redescendait que le dimanche soir, inconscient. La gueule de bois du lundi matin était la seule partie difficile, mais Griffin s'y était tant habitué qu'il lui semblait aujourd'hui impensable de commencer sa semaine sans elle. Toasts, café, barre au front... et au boulot.

Griffin était né à Council Bluffs et avait passé six ans à travailler dans un McDonald's à Salina, où il avait atteint le rang de responsable de zone. C'était un petit boulot bonnard, notamment parce qu'il avait le pouvoir d'embaucher et de virer des petites étudiantes bonasses et de se défoncer avec elles sur le parking après la fin du service. Griffin était un homme laid – c'était là une indéniable réalité. Épais comme une bouche d'incendie, son corps tout entier, à l'exception notable de son crâne, était couvert d'un patchwork de pilosité multicolore qui faisait ressembler son dos au plancher d'un salon de barbier à la fin d'une journée de travail. Mais le pouvoir d'octroyer à quelqu'un son premier job rémunéré et un pétard de temps en temps l'avait mené loin dans la vie, du moins avec les filles de seize ans, lui qui n'en avait pas encore vingt-cinq. Bientôt, les filles de seize ans auraient mieux à faire, les quelques cheveux qui lui restaient se feraient la malle et sa « solide charpente » laisserait la place à ce qu'on ne pourrait plus qu'appeler une bedaine. Mais pendant ces quelques années, à cet endroit précis, Griffin était un roi : il se faisait pas loin de vingt-cinq mille dollars par an, une place l'attendait à Hamburger U, le programme de formation des managers de McDonald's, et il baisait des chaudasses mineures au moins deux fois par mois.

Et puis il y avait eu ces deux petits cons qui pétaient plus haut que leur cul et qui n'avaient même pas besoin de ce boulot, mais n'y avaient postulé que parce que leurs parents, ces espèces de trouducs de la haute, voulaient leur apprendre la Valeur du Travail – ils avaient tout gâché. Ils travaillaient au drive, en plein rush, quand c'était arrivé. Pourquoi Griffin les avait-il mis ensemble ce jour-là était une question à laquelle il n'avait toujours pas de réponse ; il devait en tenir une sévère pour avoir laissé ces deux clowns bosser à moins de quinze mètres l'un de l'autre. Ils avaient commencé leurs conneries avec l'intercom : ils avaient pris les commandes dans un espagnol de cuisine, prétendu que le micro se coupait par intermittence et enfin décrété une tournée générale avant de distribuer des repas à l'œil – tout cela est hilarant, car après tout les gens qui bossent pour de vrai ne signifient rien pour toi, et puis à la rentrée tu intégreras l'université de Kansas State où toutes tes dépenses seront couvertes par papa et maman, et la seule raison pour laquelle ce boulot apparaîtra un jour sur ton CV sera pour montrer quel bosseur tu étais au lycée. Quelle magnifique contribution au monde du travail, payée rubis sur l'ongle, tout comme ton voyage humanitaire à dix mille dollars au Guatemala, où tu as ralenti la construction d'une école en prenant un millier de selfies à poster sur ton Instagram.

Ce jour-là, il y avait un inspecteur régional sur le parking, un type qui traînait autour du drive et prenait tout ce cirque en notes. Le play-boy – pas le rouquin minable qui se contentait de suivre, mais le faux jeton à la belle gueule, celui qui couchait avec des filles dont Griffin n'arrivait même pas à obtenir un regard –, ce gosse savait que le type était là. Et il s'était assis sur cette information cruciale pendant une bonne demi-heure, avant de passer devant le bureau avec un sourire en coin et de lâcher : « Eh, au fait, il y a un barbouze du siège garé à côté de la benne à ordures. »

Griffin avait été rétrogradé au grill le lendemain et avait démissionné avant de finir à la friteuse. Il avait dégotté ce job aux entrepôts d'Atchison trois semaines plus tard, et quand le manager de l'époque avait déménagé à Leawood pour se marier, Griffin avait hérité de son boulot à quatorze dollars de l'heure, ce qui représentait, s'il ne prenait jamais de vacances, un salaire annuel de trente-quatre mille dollars, avec trois jours par semaine pour se la couler douce. Il avait aussi découvert qu'il pouvait se faire dix mille de plus en hébergeant les Samsung et d'autres objets de provenance douteuse qui avaient besoin d'un foyer temporaire. Le précédent manager l'avait rencardé sur ce petit bonus, manifestement une pratique commune dans le milieu du stockage. Tu gardes le matos, tu laisses entrer ceux qui viennent le chercher, et tu prends ta part sur la vente. Zéro risque. L'un dans l'autre, c'était un bon plan, mais loin du boulot dont il rêvait. Il aurait pu faire carrière dans le management, le vrai management. Rester assis derrière un bureau toute la journée à regarder défiler des tarés et des péquenauds venant déposer leurs merdes inutiles n'avait rien à voir avec présider un cortège incessant de Marie-couche-toi-là à peine pubères en quête de leur premier job. Mais il faut prendre les choses comme elles viennent. Atchison, Kansas, n'était pas exactement une pépinière d'opportunités professionnelles.

Malgré tout, le seul regret de Griffin dans la vie était que personne n'avait encore daigné l'appeler Griff. Ou G-Dog. Ou même par son putain de prénom. Il aurait juste voulu avoir un surnom, mais on ne l'appelait que Griffin.

Teacake pointa derrière la réception. Il entendit le bip, mais ne l'entendit pas ; c'était une de ces bizarreries. La partie de son cerveau qui enregistra la présence de ce bruit aigu mais extrêmement faible se répétant toutes les quatre-vingt-dix secondes garda l'information pour elle seule pendant une bonne demi-heure. Le bip se produisait, s'inscrivait quelque part au fond de l'esprit de Teacake, mais se retrouvait immédiatement noyé par des questions plus pressantes.

Il devait d'abord vérifier les moniteurs, au nombre de douze, pour s'assurer que l'endroit était propre et vide, aussi nu et désespérant que d'habitude. Une fois cela fait, il jeta un coup d'œil à l'accès est pour voir si Elle était arrivée au boulot (oui) et se demanda un instant s'il pourrait trouver un prétexte plausible pour tomber inopinément sur elle (aucun). Et il y avait la puanteur. Griffin n'avait jamais été un pro du rangement. La poubelle était à moitié pleine d'emballages Subway et, d'après l'odeur, d'un reste de sandwich thon-pain blanc format trente centimètres qui laissait planer dans la réception des relents de vieux déjeuner. Quelqu'un allait devoir faire quelque chose pour ça – douze heures dans les remugles de thon ne seraient pas une partie de plaisir. Et puis arriva une cliente, Mme Rooney, qui venait de franchir les portes en verre, les traits tirés par la fatigue et l'irritation.

— Eh, madame Rooney, ça roule ? Vous cuisez pas trop ?

— Je dois aller au SS-211.

Il en fallait plus pour décourager Teacake.

— Fait chaud, hein ? Plus chaud qu'en Afrique. Bizarre pour un mois de mars... Bon, va falloir qu'on s'y habitue, y paraît.

— Je suis très pressée.

Mary Rooney conservait dans l'unité SB-211 vingt-sept boîtes de rangement pleines de bulletins scolaires de ses enfants et de ses petits-enfants, de cartes d'anniversaire, de cartes de fête des Mères, de cartes de fête des Pères, de cartes de vœux et de tout un tas de mots exprimant un amour débordant et/ou une rage aveuglante, selon qu'ils avaient été écrits plus ou moins loin de l'adolescence. Elle gardait aussi quarante-deux mugs et pots à crayons en céramique fabriqués dans un atelier de poterie entre 1995 et 2008, date à laquelle son arthrite lui avait interdit de poursuivre une telle activité. Ajoutez à cela sept sacs marins pleins à ras bord de journaux célébrant les événements majeurs de l'histoire du monde, comme l'ouverture des Jeux olympiques de Los Angeles en 1984, et une trousse en vinyle *Alerte à Malibu* contenant six mille cinq cents dollars en liquide qu'elle avait mis de côté pour le jour où les banques feraient faillite En Vrai. Il y avait encore quatre cartons de déménagement scellés (au contenu oublié depuis longtemps), tant de vieilles frusques qu'il valait mieux les mesurer au poids (141 kg) et une cafetière électrique en métal de 1979 qui couronnait une montagne de merdouilles du même acabit.

Ce jour-là, Mme Rooney, avec ses deux boîtes à chaussures sous le bras, n'avait pas du tout l'air de vouloir plaisanter, aussi Teacake coupa court aux amabilités et déverrouilla la porte qui menait aux unités de stockage. À sa décharge, cependant, la chaleur qui régnait à l'extérieur avait de quoi étonner. On avait relevé trente degrés en centre-ville. Mais quand Mary Rooney voulait accéder à ses affaires, mieux valait ne pas se mettre en travers de son chemin.

Teacake suivit sa progression sur les moniteurs : elle franchit la porte, déboucha dans l'interminable couloir ouest où sa chevelure permanentée se confondait avec le gris crème des portes de garage qui s'alignaient de part et d'autre, finit par arriver au bout, appuya sur le bouton de l'ascenseur et patienta, non sans jeter quelques coups d'œil inquiets par-dessus son épaule – *mais oui, Mary, comme si quelqu'un allait te suivre pour te piquer tes boîtes à chaussures remplies de vieilles chaussettes.* Il l'observa monter dans l'ascenseur, descendre deux niveaux, en sortir, avancer jusqu'au milieu du couloir souterrain de son étrange démarche traînante et chaloupée et ouvrir la porte de l'unité SB-211. Elle y entra, alluma et claqua la porte derrière elle. Elle y resterait pendant des heures.

Quand vous vous retrouvez à scruter d'un œil vide sur un panneau d'écrans de surveillance une vieille dame se frayer un lent chemin à travers un entrepôt de stockage et accéder à sa montagne de merdes parfaitement inintéressantes, quand vous vous livrez à cette activité sans le moindre espoir que la vieille dame en question fasse quoi que ce soit qui sorte un tant soit peu de l'ordinaire, alors vous savez que vous avez touché le fond en matière de divertissement. Teacake en était là.

Mais à cet instant, tout changea.

Ses yeux tombèrent sur l'écran supérieur droit du panneau vidéo, celui qui couvrait l'autre bureau de réception, côté est de l'entrepôt.

Naomi avait la bougeotte.

L'immense complexe s'étendait au cœur même des falaises, si bien que pour éviter aux camions venant de Kansas City de faire un long détour, le corps des ingénieurs de l'armée avait creusé deux entrées, une de chaque côté de l'énorme caillou. Atchison avait donc deux zones d'accueil et deux réceptionnistes présents en même temps mais travaillant sur des secteurs distincts. Croiser son collègue n'avait quasiment aucune chance de se produire.

À moins que vous ne provoquiez la chance, ce que Teacake essayait de faire depuis que Naomi avait commencé, deux semaines plus tôt. L'emploi du temps de sa collègue était irrégulier – il n'arrivait jamais à anticiper sa présence –, aussi se contentait-il de garder un œil sur les moniteurs dans l'espoir de simuler une rencontre fortuite, ce qui n'était pas encore arrivé. Il avait presque tenté le coup une ou deux fois en la voyant partir faire sa tournée, mais comme il ne savait jamais où elle se rendait, il n'avait pas encore trouvé de scénario suffisamment convaincant pour se montrer naturel. L'endroit était si vaste que la seule façon de procéder aurait été de repérer sa position et de l'y rejoindre en courant et en priant qu'elle ne se soit pas trop éloignée, ce qui tenait plus de la chasse à l'homme que de la rencontre fortuite. Et se présenter hors d'haleine et ruisselant de transpiration devant une jolie femme au milieu d'un couloir obscur était aussi le meilleur moyen de lui foutre les jetons.

Mais aujourd'hui la chance frappait à sa porte de ses deux poings : Naomi parcourait le long couloir principal est, les bras chargés d'une poubelle pleine. Elle ne pouvait se rendre qu'à un seul endroit : l'aire de chargement, où se trouvaient les bennes à ordures.

Teacake attrapa sa propre poubelle au pied du comptoir de réception – *merci, Griffin, espèce de porc, tu peux compter sur moi pour nettoyer ton déjeuner dégueu* – et partit pour l'aire de chargement.

6

Trois choses que Naomi Williams savait à propos de sa mère : elle était intelligente, athlétique et avait un goût déplorable en matière d'hommes. Pire, Naomi était consciente d'avoir elle-même hérité de ces trois caractéristiques. À cette différence près qu'elle avait appris des erreurs de sa mère ; elle les avait vues arriver de loin, l'une après l'autre, aussi prévisibles qu'un accident de voiture au ralenti. Elle connaissait précisément les coups de volant et de frein à l'origine du tête-à-queue incontrôlable dans la vie de sa mère. Cette observation minutieuse lui avait enseigné la meilleure façon de bousiller son existence, et elle entendait bien ne pas reproduire les mêmes gestes désespérés. Elle avait travaillé dur en classe, s'était sortie avec les honneurs de ses activités extrascolaires, et elle savait ce qu'elle voulait. Elle avait tant de fois tracé et retracé la route qui l'attendait après l'université qu'elle aurait pu l'arpenter les yeux fermés.

Mais le lendemain même de son diplôme, elle était tombée enceinte, et tout ça était parti en fumée. Elle avait dû mettre le bébé au monde. Sa famille n'avait pourtant rien de grenouilles de bénitier ; elle, sa mère et son copain du moment n'allaient à l'église que pour Noël et les enterrements, comme la plupart des gens du coin. Mais la famille de Mike… bon Dieu, sans mauvais jeu de mots, les Snyder étaient de sacrés bigots. Ça n'avait rien d'inhabituel ; les dévots étaient nombreux dans cette partie du pays, depuis la grande marée évangéliste qui avait submergé le Sud et le Midwest à la fin des années 1970. Mais les Snyder étaient d'authentiques prosélytes de la résurrection, de réjouissants apôtres de la foi, loin du cliché des catholiques tourmentés et invariablement dépressifs. Ils aimaient tout le monde. Y compris vous.

Les Snyder avaient cinq enfants, qui s'étaient comportés normalement jusqu'à un certain point – buvant de la bière ou tirant sur un joint à l'occasion –, mais finissaient tous par embrasser le délire spirituel familial vers quatorze ou quinze ans. Il n'y avait rien d'hypocrite là-dedans, leur mode de vie traduisait une profonde conviction. Naomi avait trouvé ça cool au début ; il y avait de l'amour et de l'attention, bien plus que chez elle, et quand Tara Snyder et elle étaient devenues meilleures amies en quatrième, Naomi avait commencé à dormir là-bas deux ou trois nuits par semaine. Sa mère, distraite par les ruines de son troisième mariage, semblait soulagée que Naomi ait un endroit où aller.

Durant les deux années suivantes, Naomi et Tara parvinrent à esquiver l'amour de Dieu que les Snyder répandaient autour d'eux. Chacun avait son rôle à tenir dans la famille, et Tara assumait avec bonheur celui de l'enfant prodigue. Naomi et elle buvaient trop, faisaient trop souvent la fête et sortaient avec les mauvais garçons. Mais ça fonctionnait. Mieux pour Naomi que pour Tara, il fallait le reconnaître. Elle récoltait principalement des A en cours sans trop se fouler, assurait au basket même après une nuit de beuverie et avait décroché une bourse coquette à l'université de Tennessee-Knoxville pour l'année suivante. Certes, elle terminerait ses études avec une dette de soixante mille dollars, mais UT avait un cursus de médecine vétérinaire réputé, et quand elle obtiendrait son diplôme, cinq ans et demi plus tard, elle gagnerait au moins autant par an. Si quelqu'un avait le droit de faire la fête et de coucher à droite à gauche, c'était bien Naomi Williams. Elle était cependant heureuse de feindre d'adhérer à toutes ces bondieuseries, voire le faisait parfois avec sincérité, en échange de l'inconditionnel et chaleureux amour des Snyder, même dans ce qu'il pouvait avoir de plus cucul et étouffant.

Dieu n'était pas le problème.

Mike Snyder l'était.

Il avait deux ans de plus que Naomi et avait commencé à la draguer quand elle avait eu quinze ans. Mike était perçu dans le coin comme une sorte de figure mystique. Il avait une réputation si solidement usurpée que cela défiait la raison, mais il n'y a quasiment aucune limite à ce qu'on peut accomplir très tôt dans la vie quand on dispose du soutien total et inflexible d'une grande famille dépourvue d'esprit critique. C'est plus tard que ça se retourne contre vous. Mais dans sa jeunesse et aux yeux des siens, Mike était un artiste, un danseur émérite et un brillant musicien. Un enfant de Dieu immensément talentueux à qui l'on devait donner de l'espace, du respect, de la liberté et de l'argent. Et quelques pipes, de l'avis de Mike. Naomi avait commencé par repousser ses avances, mais il était si sérieux, si torturé, si implorant et si manifestement perturbé – ce que sa famille était incapable de voir – qu'elle avait fini par le prendre en pitié. Elle savait que c'était mal, que les choses n'étaient pas censées se passer ainsi et, avec le recul, elle n'en revenait pas de sa passivité. Pourquoi ressentait-elle cet étrange devoir à son égard, qu'elle n'éprouvait pas pour elle-même ?

Mais c'était le cas. Elle était passée par des hauts et des bas ; elle oscillait entre amour et haine, mais la plupart du temps elle se sentait confusément mal pour lui. Ce gosse savait qu'il était un imposteur, même s'il ne pouvait pas le dire à haute voix.

Mike refusait les rapports sexuels, même quand Naomi en avait très envie, probable vestige d'une lointaine époque où sa famille embrassait une foi catholique rigide. Aîné de la fratrie, il était le seul à avoir fréquenté une école primaire catholique, et les griffes de la culpabilité étaient profondément plantées en lui. Le moindre préliminaire le laissait paralysé par la honte. Naomi, qui entretenait un rapport à l'amour physique infiniment moins compliqué, ne lui mettait aucune pression. Elle n'était pas attirée par l'idée d'un accouplement court et décevant dans le sous-sol des Snyder, suivi de l'image d'un Mike nu et sanglotant dans un coin mal éclairé, prostré entre une pile de tapis et un flipper *La Famille Adams*, se balançant sur ses hanches et implorant le pardon divin.

Mais c'est pourtant exactement ce qui s'était passé le soir de la remise des diplômes.

Mike avait désespérément cherché une référence culturelle ou chronologique lui permettant de baiser Naomi sans quitter le royaume du Spirituellement Acceptable, et il s'était emparé de sa remise de diplôme avec la ferveur d'un zélote exalté. Il avait préparé son coup pendant des mois. Quand le moment était finalement arrivé, elle était à moitié bourrée, lui à moitié en érection, et il en avait résulté une catastrophe intergalactique, mais au moins ç'avait été rapide et on pouvait maintenant passer à autre chose. Naomi l'avait regardé, là dans son coin, ce gamin triste et tordu. Elle avait toujours pitié de lui, mais au moins était-elle soulagée de ne plus avoir à subir cette épreuve.

Sauf qu'elle était tombée enceinte.

Là, Naomi avait commis coup sur coup trois formidables erreurs qui allaient changer le cours de sa vie. La première : elle l'avait dit à Mike. À *Mike*, l'Artiste Génial Jouissant d'un Amour Sans Réserve, ce garçon de vingt ans, vivant toujours chez ses parents, sans travail, sans projet d'études et sans réel talent artistique. Elle l'avait fait rentrer dans la catégorie des trop jeunes pères, en le lui annonçant de la manière la moins attentionnée et la plus indélicate qui soit. Mais vers qui d'autre se tourner ?

Il était difficile d'imaginer que ce mouvement se révélerait être une gigantesque erreur tactique. Car Mike était fou de joie. Mike l'aimait. Mike voulait l'épouser. Et Mike en avait informé ses parents sans attendre. Naomi s'en était trouvée déconcertée ; elle se trompait rarement lorsqu'il s'agissait de prédire le comportement des autres, mais cette fois elle était passée largement à côté. Elle avait cru que Mike – le même qui sanglotait nu après leur triste partie de jambes en l'air – serait submergé par le remords et ferait tout son possible pour garder par-devers lui cet affreux petit secret, mais elle avait sous-estimé l'impact de l'adoration dont il avait fait l'objet durant toute sa courte vie. Cela et la terrifiante exposition précoce à l'extase – ou au lavage de cerveau – du cycle culpabilité/confession cher aux catholiques faisaient de lui une bombe à retardement. Mike voyait dans cette grossesse un présent inestimable, l'occasion de s'amender, qu'il entendait ne pas manquer. Ses parents avaient partagé sa joie – ils avaient là deux pécheurs à pardonner, et il n'y avait pas une seconde à perdre. Le fait que Naomi appartienne par-dessus le marché à la – très réduite – communauté noire d'Atchison ne rendait les choses que meilleures. Ne *les* rendait que meilleurs.

Et en plus de ça, ils auraient un nouveau bébé à élever. Tout le monde y trouvait son compte.

Les erreurs numéro deux et trois étaient survenues rapidement après la première, et il s'agissait plus de choses qu'elle n'avait pas faites que de choses qu'elle avait faites. Elle ne s'était pas immédiatement rendue au centre médical d'Overland Park pour y pratiquer un avortement et ne s'en était pas ouverte à Tara, qui l'y aurait conduite sans poser de question. Au lieu de ça, elle avait laissé les Snyder lui brosser le tableau idéal d'une joyeuse famille multigénérationnelle entourant d'amour cette nouvelle vie, si bien que le premier trimestre et une bonne partie du deuxième avaient filé dans un silence complaisant. Ce n'est que lorsque son corps, dans la fleur de ses dix-huit ans, avait commencé à s'arrondir que la réalité l'avait rattrapée et qu'elle avait pris la mesure de l'erreur monumentale qu'elle avait commise. Mais alors il était trop tard.

Sarah venait d'avoir quatre ans, et Naomi remerciait Dieu chaque jour de ne pas avoir avorté. Il était impossible de regarder ce joli minois et de penser le contraire, mais sa vie n'était pas meilleure pour autant. Juste différente de ce qu'elle aurait pu être. Mike était parti rejoindre le Corps de la Paix moins d'une semaine après la naissance, et en vérité ç'avait été un soulagement ; il était devenu insupportable quand il avait enfin compris que Naomi ne l'épouserait pas et ne coucherait plus jamais avec lui. Il aurait de toute façon fait un père exécrable.

Les Snyder avaient tenu promesse en lui proposant de l'aider à élever l'enfant, mais Naomi ne se voyait pas la confier à ces abrutis, aussi finit-elle par aller vivre avec sa sœur dans un trois-pièces d'un standing contestable dans une ville nouvelle appelée Pine Valley, qui ne comptait pas le moindre pin et encore moins de vallée. Mais l'appartement était propre et les choses suivaient leur cours. Ayant été habituée aux changements radicaux avec sa mère, Naomi était parfaitement à l'aise dans ce genre de situation à la fois sûre, temporaire et qui ne laissait en rien présager du futur. Elle avait pris un petit boulot et s'était inscrite à l'IUT local quand Sarah avait été assez grande pour aller à la crèche. Si elle se débrouillait bien, elle sortirait diplômée de l'école vétérinaire six ans et demi plus tard.

Ce que toute cette histoire avait de plus douloureux, elle ne l'avait jamais confié à personne. Naomi Williams n'appréciait pas sa fille. Bien sûr, elle l'adorait. Bien sûr, elle ressentait à son égard un amour profond et inconditionnel. Mais quand elle était honnête avec elle-même, elle devait admettre en son for intérieur qu'elle ne *l'appréciait* pas vraiment. Sarah pouvait être la plus adorable enfant que vous croiseriez de toute votre vie, mais aussi la plus détestable, la plus colérique et la plus épuisante qui soit. Durant les deux ans qui avaient suivi la mort du père de Naomi, victime d'une crise cardiaque à cinquante-trois ans, Sarah, qui avait, à cette occasion, découvert le concept de mort, avait retourné le couteau dans la plaie de sa jeune mère en deuil avec la délicatesse d'un abcès dentaire. Si quelqu'un évoquait le sujet des pères, la fillette disait : « Mais toi, tu ne pourras plus jamais parler à ton papa, pas vrai, maman ? »

Ou si l'on discutait des parents en général : « Toi tu n'en as plus qu'un, parce que l'autre, il ne reviendra jamais, hein, maman ? »

Merde, il suffisait que quelqu'un dise qu'il avait passé un coup de fil pour qu'elle sorte : « Toi, ton papa ne t'appellera jamais plus, maman. »

Tout le monde grimaçait, riait et disait : « La pauvre petite, elle essaie de donner du sens à la mort ! », mais Naomi savait reconnaître l'animosité quand elle la croisait. Sa propre fille ne l'aimait pas, et après tout c'était de bonne guerre. Ouais, ouais, elle l'aimait, mais… va savoir. Un jour, peut-être. Pour l'instant, elle voulait garder la tête baissée, faire autant de nuits qu'elle le pouvait au centre de stockage et mettre un peu plus de sous de côté. École vétérinaire. C'était le prix à payer. Elle ne devait pas s'en détourner.

Naomi vida sa poubelle dans la grande benne à l'autre bout de l'aire de chargement et se retourna pour repartir par où elle était venue quand elle tomba presque littéralement sur Teacake, qui venait de jaillir par les portes sécurisées donnant accès à l'autre partie du complexe.

— Oh ! salut, lança-t-il avec un naturel douteux. Tu travailles ici ?

Naomi baissa les yeux sur sa chemise d'uniforme puis revint à lui.

— Pourquoi, il y a d'autres personnes qui portent ces fringues ?

Il éclata de rire.

— Je m'appelle Teacake.

— Teacake[1] ?

— C'est un surnom.

— Je m'en doute. Tu as dû adorer ce bouquin.

— Quel bouquin ?

— *Mais leurs yeux dardaient sur Dieu*[2].

— Jamais entendu parler.

— Eh bien, quelqu'un t'a donné le nom d'un des personnages principaux.

— Nan, c'est pas ça.

— Alors ça viendrait d'où ?

— C'est une longue histoire, pas super intéressante.

Ce n'était pas comme si Naomi manquait de temps. Elle le regarda et attendit la suite. Ses yeux bruns, merde, ces yeux que la vidéosurveillance ne lui avait jamais révélés, ces yeux qui ne vous lâchaient pas… est-ce qu'il leur arrivait de cligner ? Ses yeux lui enjoignirent de poursuivre, ce qu'il fit.

— C'était quand j'avais seize ans ou par là, je sais plus. Je traînais avec mes potes. On a la dalle, alors on s'arrête au Kickapoo sur la 83 pour acheter des Twinkies[3] et autres conneries. Je suis le dernier à rentrer, et mes potes ont déjà raflé tous les bons trucs, et tout ce qu'il leur reste, c'est des Sno Balls, mais la noix de coco, ça me fait gerber, tu vois ?

— Si tu le dis.

1. Littéralement : « gâteau au thé ».

2. Zora Neale Hurston (trad. Sika Fakambi, Éd. Zulma, 2018).

3. Célèbre génoise fourrée à la crème en vente aux États-Unis.

— Je te le dis. Sans déconner. Ça me bloque la gorge. Tu sais, comme ce dessert, celui qui a du chocolat en poudre sur le dessus, j'en ai pris une fois dans un resto italien à Wichita… Bref, si tu fais pas gaffe, tu aspires tout le chocolat et tu t'étrangles avec. Tu connais ?

— Je n'ai pas ce plaisir, non.

— Eh ben, c'est bizarre. La noix de coco, ça me fait pareil, mais avec des morceaux plus gros. Attends, j'en étais où ? Des fois, je me perds. Verbalement, je veux dire.

— Ils avaient raflé tous les bons trucs.

— C'est ça ! Et donc la seule chose qui reste est un machin qui s'appelle le Teacake de la Tante Sarah. Je l'achète, je le bouffe et je trouve ça vachement bon. Et alors, c'est pas un crime ? Je dis à mes potes que je veux y retourner pour en prendre un autre, et les voilà qui partent dans une crise d'hystérie : « Il veut un teacake, il veut un teacake, eh, Teacake, il est où ton teacake ? » Tu sais, le genre de conneries qu'on trouve toujours très spirituelles sur le moment.

— Y avait-il de ces cigarettes de marijuana dont j'ai entendu parler impliquées dans cet épisode ?

— Je vois pas du tout de quoi tu parles. Enfin bref, c'est resté. Depuis ce jour, j'ai plus jamais entendu mon nom.

— Même tes parents t'appellent Teacake ?

— Mon père trouve ça hilarant.

— Et ta mère ?

Il haussa les épaules.

— C'est une histoire encore plus longue.

Elle lui tendit la main.

— Moi, c'est Naomi.

Il la lui serra en essayant de ne pas regarder ses doigts, sur lesquels sa magnifique peau brune se plissait délicatement, pas comme ces jointures grossières, ces demi-cercles craquelés qui rappelaient un trou dans un arbre dans une pub pour des cookies ou autre chose, peu importe, mais c'est ainsi que son esprit fonctionnait : il se focalisait sur un élément et déroulait un fil connu de lui seul, et à présent Teacake tenait sa main depuis trop longtemps, tout ça pour des *jointures*, bon sang.

Elle reprit possession de sa main d'une légère secousse.

Il essaya de prolonger le moment par tous les moyens.

— Je sais que t'es pas là depuis longtemps, alors si tu as besoin de quoi que ce soit, tu sais, je sais pas, un truc que tu sais pas, ou n'importe quoi, fais-moi signe, OK ?

— Je ne vois rien pour le moment, mais merci. Faut que j'y aille.

— Ouais, moi aussi, je suis super occupé. Cet endroit, la vache… Il se passe toujours un truc. Sauf qu'il se passe jamais rien.

Elle lui sourit. Il était difficile de ne pas trouver à Teacake un petit charme. Elle remarqua le serpent grossièrement tatoué autour de son biceps droit, mais ne fit aucun commentaire. C'était son affaire, et elle en avait vu assez pour savoir d'où venaient ce genre de tatouages bâclés.

Il suivit son regard et perçut un léger changement dans son attitude. Un léger affaissement des épaules, le plus infime des mouvements de tête vers l'arrière. C'était toujours la même histoire. Quand une fille était assez maligne pour s'intéresser à lui, elle l'était trop pour vouloir le connaître mieux.

Merde. Tout ça pour ça.

— À la prochaine, dit-elle en partant vers la porte de l'aire de chargement.

Il fit mine de la suivre, mais elle regarda la poubelle à moitié pleine sous son bras.

— Tu ne voulais pas jeter ça ?

— Oh ! c'est vrai. Ouais. Quel con. Bien sûr.

Elle reprit son chemin vers la porte. Teacake, sa couverture grillée, n'eut d'autre choix que de se diriger vers la benne à ordures. Il y était presque quand elle lui lança :

— Ah, si, il y a peut-être un truc.

Il se retourna.

— De ton côté…

— Ouais ?

— Tu n'entends pas un bip ?

Il la considéra un long moment, et la voix tout au fond de son cerveau, qui essayait d'attirer son attention depuis qu'il avait mis un pied dans le centre, exulta. *Tu vois ? Je t'avais bien dit qu'il y avait un bip !*

Ses yeux s'éclairèrent quand l'information parvint à sa conscience.

— De ton côté aussi ?

7

Teacake et Naomi se tinrent parfaitement immobiles au milieu du hall de réception de la partie ouest du complexe pendant bien quarante-cinq secondes avant que le silence ne lui devienne trop pesant. Ce genre de situation le mettait habituellement mal à l'aise, et la présence de Naomi n'arrangeait rien.

— Je te jure qu'il était là avant. Peut-être que si on…

Elle leva la main pour l'arrêter. Naomi était patiente. Cinq autres secondes s'écoulèrent en silence, puis dix, puis cinq de plus, et alors il se reproduisit, à la limite de perception de l'oreille humaine – peut-être 0,5 décibel, mais cette valeur importait peu. Ce qui importait, c'est qu'ils l'avaient entendu sans aucun doute possible.

Bip.

Leur visage s'éclaira d'un sourire, comme des gamins ayant trouvé des œufs de Pâques.

— Aha ! s'écria-t-elle.

— Je le *savais.*

Et ils partirent chacun dans une direction opposée, lui vers le mur nord, elle vers le sud.

— Qu'est-ce que tu fais ? demanda Naomi lorsqu'ils se croisèrent au milieu du hall.

— Ça venait de là-bas.

Elle secoua vigoureusement la tête.

— Non, je suis sûre que ça venait de là.

Arrivée au mur opposé, elle se figea de nouveau, l'oreille aux aguets.

— Ma chère, lança-t-il depuis l'autre côté, j'entends ce truc depuis des plombes, j'ai pas imprimé au début, mais en fait si, comme quand on sait un truc mais qu'on y pense pas, et alors ça te revient d'un coup et…

— Tu veux bien te taire ?

— Bref. Ce mur.

— Tu es sacrément bavard.

— Je sais. C'est quelque chose. Je…

— *Chut !*

Il obéit, et tous deux se tinrent de nouveau immobiles jusqu'à ce que…

Bip.

Ce fut comme un signal de départ : tous deux partirent en direction du mur opposé. Lorsqu'ils se croisèrent à nouveau au milieu du hall, ils échangèrent des regards incrédules.

— Qu'est-ce que tu fais, maintenant ? voulut-elle savoir.

— Qu'est-ce que *tu* fais ?

— Ça vient de là-bas, tu avais raison !

Ils gagnèrent chacun la position que l'autre venait de quitter, tout sourire. C'était plutôt marrant, en tout cas ça valait mille fois mieux que de rester assis seul devant un panneau d'écrans vidéo toute la nuit. Ils patientèrent encore, essayant de ne pas pouffer, mais sans y parvenir, à l'idée qu'ils avaient encore une trentaine de secondes à tuer sans rien faire. Leurs yeux, brillant d'un plaisir complice et puéril, se croisèrent l'espace d'un instant qui aurait pu durer, durer, durer…

Bip.

Cette fois personne ne bougea. Teacake partit d'un grand rire.

— Quoi ?

— Je crains de le dire.

— Tu crois que tu avais raison la première fois.

Il acquiesça. Naomi leva les yeux sur le plafond en ciment. Il formait comme une pyramide peu profonde, dont les pentes canalisaient le son avant de le renvoyer le long des murs.

— On a tous les deux raison, se corrigea-t-elle.

Elle regagna le centre du hall à pas de loup et attendit.

Bip.

Elle tourna vivement la tête dans la direction d'où provenait le bruit. Elle l'avait repéré. Elle s'approcha du bureau de réception, chercha à tâtons la commande d'ouverture de la porte en se penchant par-dessus le comptoir, ouvrit et entra. Puis elle alla coller son oreille contre le mur situé trois mètres derrière le bureau et attendit.

BIP.

Le son venait indéniablement de là, mais derrière cette paroi, il n'y avait rien d'autre qu'un nouveau couloir, qui courait le long de la première rangée de box du rez-de-chaussée. Ce n'est qu'en repassant la porte pour retourner dans la zone de réception et en regardant le mur de profil, pour ainsi dire, qu'on remarquait qu'il était bien plus épais qu'il n'aurait dû l'être, d'environ quarante-cinq centimètres.

— À quoi ça sert de laisser un espace vide, comme ça ? demanda Teacake.

— L'isolation ?

— Entre deux murs intérieurs ? Ce serait complètement bidon, comme isolation.

— C'est quoi, une cloison sèche ?

— Ouais.

— Tu en es sûr ?

— J'y ai accroché un paquet de trucs.

BIP.

Il tourna les yeux vers elle.

— Tu veux appeler Griffin ?

— En aucune circonstance, je ne voudrais appeler Griffin.

Ce qu'il lut entre les lignes le désola.

— Il a déjà commencé son manège ?

Elle haussa les épaules.

— C'est un porc.

— J'aurais pu te le dire.

BIP.

Elle le regarda.

— Du coup, tu veux faire quoi ?

— Eh ben, pour commencer, décrocher ce tableau (la grande photographie des caves vues du ciel, prise dans les années 1940, qui pendait plus ou moins à l'endroit d'où venait le bruit), puis prendre ce truc, là (le tabouret en métal inconfortable au possible rangé sous le bureau), le fracasser contre ces dix centimètres de gypse Sheetrock de merde, et voir d'où vient ce putain de bip.

— Ça me va.

Il éclata de rire.

— J'ai dit que c'est ce que je voulais faire, pas ce que j'allais faire.

— Oh.

Ils regardèrent le mur un moment. Le bip se reproduisit.

Elle ne voulait pas en rester là.

— Allez... On remettra le cadre en place pour cacher le trou et on rapportera une plaque de gypse demain. Je t'aiderai à faire le raccord. Personne ne verra la différence.

— Pourquoi on ferait ça ?

— Curiosité. Ennui.

— Toi, quand tu t'ennuies, ça te donne envie de défoncer les murs ?

— Apparemment. Pas toi ?

Il y réfléchit un instant. Pas particulièrement, mais Elle lui demandait de le faire. Pourquoi les gens s'adressaient-ils toujours à lui pour leur sale boulot, et pourquoi acceptait-il ? Il s'attellerait très bientôt à répondre à cette question, mais avant ça il fit quelques calculs.

— Une plaque de gypse de 10 × 20 coûte quinze billets. Plus un rouleau de bande à joint, huit ou neuf.

— Je te donne douze dollars, et on utilisera une bombe d'échantillon du magasin de peinture. C'est facile.

— Tout ça pour voir une alarme incendie avec une batterie à plat.

— Peut-être. Mais peut-être aussi qu'on verra autre chose.

— Comme quoi ?

— Justement, on ne sait pas.

— J'ai besoin de ce boulot.

— Tu ne vas pas le perdre.

— Non, il *faut* que j'aie ce boulot.

— Je comprends.

Il s'échauffait à présent.

— Tu piges pas. C'est, disons, une *condition*.

— Je t'ai dit que je comprenais. J'ai vécu ici toute ma vie, je sais ce qu'est une liberté conditionnelle, et je sais d'où viennent les tatouages monochromes à l'encre de stylo-bille merdique. Ellsworth, c'est ça ? J'espère, en tout cas.

— C'est ça.

— Bien. Au moins, tu n'es pas un violent. Maintenant veux-tu bien prendre ce tabouret et le balancer à travers le mur pour moi ? S'il te plaît ?

Elle le fixa de son regard brun, dans lequel il se plongea.

Les fins pieds de métal passèrent facilement au travers de la cloison sèche, et un gros morceau de gypse s'en détacha quand il tira le tabouret en arrière. La difficulté consistait à ne pas en arracher trop, sinon ils se retrouveraient avec plus d'un panneau à remplacer. Le tabouret à présent inutile, ils continuèrent avec leurs mains, délogeant prudemment assez de blocs de gypse pour que Teacake puisse introduire la tête et les épaules dans le trou.

Il y avait bel et bien un espace vide entre les deux parois, large d'environ quarante centimètres. Il y faisait noir, à l'exception d'une lumière rouge qui clignotait à hauteur d'œil, moins d'un mètre à sa gauche.

BIP.

Le bruit était beaucoup plus fort, à présent, et une petite diode blanche s'éclairait à l'unisson du signal. Teacake et Naomi s'intéressèrent au mur intérieur opposé, couvert de cadrans et de jauges inutilisés dont l'alimentation était coupée. Ils étaient entourés d'une sorte de cadre en tôle qu'on avait peint dans cet atroce vert institutionnel en vogue dans les années 1970, car supposé être apaisant. Ou peut-être que cette couleur était simplement la moins chère.

BIP.

Tous deux tournèrent la tête vers la lumière blanche. En dessous il y avait quelque chose de gravé sur un panneau, mais ils étaient trop loin pour lire.

— Tu as une torche sur ton téléphone ? demanda-t-il à Naomi.

Elle extirpa son portable de sa poche et activa l'éclairage, qu'elle dirigea vers le panneau, mais en vain.

— Tiens-moi ça, fit Teacake.

Il prit appui sur le tabouret, s'agrippa aux rebords du trou et se hissa au travers sans attendre de réponse. Le tabouret vacilla et menaça de tomber. Naomi le rattrapa, mais pas assez vite pour empêcher Teacake de perdre l'équilibre et de basculer cul par-dessus tête dans l'espace entre les deux cloisons.

— Je t'avais dit de me le tenir.

— Ouais, mais je n'avais pas dit « OK » ; en général, on attend une confirmation.

Teacake éternua six fois. Quand il récupéra, il leva les yeux de sa position semi-inversée et vit la main de Naomi lui tendre un mouchoir par l'ouverture. Il fut impressionné. Qui a un mouchoir dans une telle situation ?

— Merci.

Il le prit et s'essuya le nez, avant de le lui rendre.

— Je t'en prie, garde-le. Est-ce que tu peux te lever ?

Il se dandina en position verticale et se faufila de biais jusqu'au panneau clignotant.

— Éclaire un peu par ici.

Elle s'exécuta.

— « Rupture des thermistances CTN. Niveau moins quatre », lut-il.

Elle tourna la lumière vers lui.

Il grimaça.

— Tu peux virer ça de mes yeux ?

— Pardon. Rupture de quoi ?

— « Rupture des thermistances CTN. » Il y a tout un tas d'autres trucs.

Elle repositionna la lumière sur le panneau, et il regarda au-dessus et en dessous de celui-ci, où s'accumulaient un certain nombre de moniteurs.

— « Intégrité de l'étanchéité », « Résolution » avec un signe « plus » souligné…

— « Plus ou moins. »

— OK. « Plus ou moins 0,1 degré Celsius. »

Naomi éclairait tour à tour chaque élément et Teacake lisait les mots gravés en dessous.

— « Synchronisme de la chaîne du froid », « Validation des données enregistrées », « Mesure du taux de dérive », « LG interne », « Sonde LG », « Sonde LE1 », « Sonde LE2 », « LD interne »... Putain, il y en a au moins vingt comme ça. (Il revint à la jauge devant lui au moment où elle bipa et s'alluma.) Mais c'est la seule qui clignote.

— Rupture des thermistances CTN.

— Ouais. Tu sais ce que ça veut dire ?

Elle réfléchit un moment.

— Une thermistance est un élément de circuit électrique. Il y en a deux sortes : les positives, dont la résistance s'élève avec la température, et les négatives, dont la résistance décroît à mesure que la température monte.

— Donc c'est un thermomètre ?

— Non, c'est un circuit réactif à la température.

— Comme un thermomètre.

— C'est pas un thermomètre.

Il se retourna et la dévisagea.

— C'est ton truc, la science et toute cette merde ?

— Je ne dirais pas « et toute cette merde », mais oui, j'ai pas mal étudié les sciences. C'est une condition d'admissibilité aux concours de l'école vétérinaire.

L'alarme bipa de nouveau, attirant l'attention de Teacake.

— Ça a dans les trente ou quarante ans. Comment ça se fait que ce soit toujours allumé ?

Elle haussa les épaules.

— Je suppose qu'ils voulaient garder un œil sur la température.

BIP.

— Pourquoi ?

— Bonne question. Et qu'est-ce que c'est que ce foutu niveau moins quatre ? (Elle pointa de nouveau la lumière dans ses yeux.) Je croyais qu'il n'y avait qu'un seul sous-sol.

8

Mooney conduisait depuis deux jours, et les cadavres dans le coffre commençaient à puer. Au début, il arrivait à se convaincre que c'était une odeur fantôme, ou qu'elle venait de la brasserie de l'autre côté de la rivière, ou qu'il s'agissait des étranges relents sirupeux charriés par la vallée ces deux dernières années, ou même que c'était lui qui empestait car, après tout, personne ne sentait bon par temps de canicule. Mais il savait que ce n'était rien de tout cela.

Mooney ne supportant pas la chaleur, le choix de l'Ouganda pouvait paraître curieux, mais, eh, on ne choisit pas toujours le chemin qu'on emprunte. Parfois c'est lui qui vous choisit. Pour l'heure, la vie l'avait désigné pour être le gardien des restes des deux pauvres bougres dans le coffre de sa voiture, et jusqu'à maintenant il ne s'en sortait pas très bien. Une foutue dernière demeure était plus difficile à trouver qu'on pourrait l'imaginer, une fois que vous aviez écarté les solutions officielles (pour d'évidentes raisons), les décharges (par respect pour les défunts), et tous les endroits susceptibles de voir pousser des lotissements ou des centres commerciaux (par peur d'une éventuelle exhumation). Ça ne laissait pas des masses d'opportunités dans le comté de Pottawatomie pour un enterrement discret, et Mooney commençait à se demander s'il n'allait pas devoir balancer la voiture tout entière dans la rivière quand il vit la publicité pour ces entrepôts de stockage à la télévision.

Il avait en premier lieu songé à acheter un coffre hermétique, les planquer à l'intérieur, caser le machin dans le plus petit box qu'ils proposaient, fermer la porte, jeter la clé et ne plus jamais y penser. Mais lors de sa mission de repérage initiale aux entrepôts, plus tôt dans l'après-midi, il s'était rendu compte que l'odeur avait imprégné la moindre fibre de tissu et le métal même de la voiture, et il n'existait à sa connaissance aucun contenant fait par Dieu ou les hommes susceptible de retenir *ad vitam æternam* une telle puanteur. Sauf la Terre-Mère elle-même.

Sans compter les frais de stockage : quarante-neuf dollars cinquante par mois ? Et puis quoi, encore ? Mieux valait acheter quelques litres d'essence et les cramer dans la cour derrière chez ses parents.

Il avait fait demi-tour dans l'allée et s'apprêtait à quitter le complexe par l'est quand ses yeux étaient tombés sur la clairière au milieu des bois couvrant la crête de la falaise. Les deux corps qui pourrissaient dans son coffre venaient de trouver leur Walhalla personnel. Il avait grimpé jusque-là, avisé la vue et la paisibilité des lieux sous les pins murmurants et avait serré ses bras autour de lui. C'était quelque chose qu'il faisait de temps en temps ; il s'étreignait lui-même, parfois avec un petit gémissement, juste pour sentir qu'il était vivant et que quelqu'un l'aimait, même si ce n'était que lui. Mais les petits ruisseaux d'attentions font les grands fleuves d'amour, n'est-ce pas ?

L'endroit était parfait. Il traiterait ces deux pauvres âmes avec dignité, leur creuserait un trou sous la ligne de gel ici même, sur cette glorieuse falaise non constructible dominant d'un côté la rivière et de l'autre une colline pierreuse, deux merveilles de la nature qui demeureraient inchangées pendant les quarante ou cinquante mille prochaines années. Leurs dépouilles ne seraient pas profanées.

Oui. Cet endroit ferait l'affaire.

Il attendit que la nuit soit tombée pour y retourner, avec une pelle. Il arrêta la voiture dans l'allée à une cinquantaine de mètres de l'entrée est du complexe et coupa les phares vers 22 heures. Il n'y avait qu'un seul véhicule garé dans le parking en contrebas – qui lui paraissait familier, il n'aurait su dire pourquoi –, probablement celui du gardien. Mais personne ne s'amuse à surveiller une falaise plongée dans l'ombre du mauvais côté du Missouri, aussi Mooney estima-t-il qu'il ne risquait rien.

Il sortit de la voiture et alla jusqu'au coffre. Les relents méphitiques qui sourdaient par les interstices du métal lui soulevèrent le cœur. Il détourna la tête, prit une grande goulée d'air frais puis ouvrit le coffre d'un coup. Une puanteur telle qu'il n'en avait jamais connu le frappa au visage. Ce n'était pas simplement une *mauvaise* odeur – ce qualificatif n'arrivait pas à la cheville de cette horreur olfactive –, c'était une odeur si puissante qu'elle vous *blessait*. Elle avait une densité, un corps, une forme, des mains qui lui compressaient le visage, la gorge, les narines et les poumons et y introduisaient de force leurs doigts épais.

Mooney détourna de nouveau la tête, aussi vite possible, sans avoir pu jeter plus qu'un coup d'œil aux restes pourrissants. Il chercha la pelle à tâtons. Elle aurait dû se trouver sur le dessus, là où il l'avait laissée, où avait-elle pu passer, bon Dieu, où était cette maudite pelle ? Le visage toujours tourné, il donna de grandes claques un peu partout dans le coffre, tel un père énervé essayant de corriger ses enfants sur le siège arrière sans quitter la route des yeux. Chaque endroit où atterrissait sa main était pire que le précédent – là c'était mouillé, ici c'était chaud (pas juste tiède, non, vraiment *chaud*) –, mais il finit par tomber sur le manche en bois tant convoité. Ses doigts se refermèrent autour de la poignée et il tira la pelle d'un coup sec avant de refermer violemment le coffre. Pantelant, il manqua de s'évanouir.

Il devait y avoir un problème. Cette odeur ne pouvait pas être normale. Mais bon, quelle expérience avait-il de ce genre de choses ? Pour ce qu'il en savait, c'était peut-être ce qui se passait quand vous mouriez. Note pour plus tard : manger sain et faire du sport quatre à cinq fois par semaine – mourir était hors de question. OK. Il avait tiré le dernier coup de feu il y avait quoi… deux jours ? Moins que ça ; il avait chargé les deux carcasses dans la voiture mercredi à 2 heures du matin – soit quarante-quatre heures plus tôt. À quelle vitesse un cadavre se décompose-t-il ? Il sortit son téléphone et s'apprêta à googliser la question quand la folie même de cet acte parvint à se frayer un chemin à travers le brouillard de son cerveau étranglé par la puanteur. Il rangea son téléphone et entama l'ascension de la colline en haut de laquelle il comptait creuser les tombes.

Il n'avait pas fait dix pas qu'il entendit un bruit sourd. Il se retourna.

Ça venait du coffre de la voiture.

9

La tête peut se montrer d'une déconcertante rigidité. Tous les autres organes peuvent se presser, se rentrer, se tortiller ; on parvient à se faufiler un peu partout quand on n'a pas le choix. Mais avec la tête, aucune négociation n'est possible.

Teacake l'avait appris au contact de la clôture qui courait à l'arrière de son lycée, mais qui ne jouxtait pas tout à fait le mur en brique de l'établissement : entre les deux, une canalisation installée quelques centimètres trop loin du bâtiment laissait un étroit passage vers la liberté. Les fumeurs d'herbe les plus déterminés descendaient du bus scolaire le matin, entraient dans le lycée par la grande porte, signaient la feuille d'émargement et se faisaient la malle par l'issue de secours avant qu'elle ne soit condamnée pour la journée (ce qui, au passage, est parfaitement illégal). Arrivés là, ils n'avaient plus qu'à jouer des épaules, rentrer le ventre dans le cas du gros Jim Schmittinger et forcer le passage avec leur tête à s'en faire sauter le cérumen des oreilles. Alors, la partie était gagnée : ils pouvaient se défoncer en toute tranquillité dans le champ qui s'étendait derrière le lycée. Teacake devait sa réussite scolaire à la circonférence de son crâne – il n'était pas moins accro au pétard qu'un autre, mais il n'avait jamais été foutu de se faufiler dans l'espace de vingt-deux centimètres et demi entre le mur et la canalisation. Aussi ne s'était-il pas défoncé durant la journée – ce qui est excellent pour la concentration. Certains de ses cours de maths et de physique lui étaient restés en mémoire, et lorsqu'il était entré dans la Navy, il s'en souvenait encore assez pour décrocher une affectation à bord d'un sous-marin lanceur de missiles balistiques. C'était un plus. Au moins dormait-il sur la même couchette toutes les nuits.

Tout ce qu'il avait appris sur *Sa Majesté des mouches* ne lui était cependant d'aucune utilité dans la situation présente, où sa putain de grande et grosse tête faisait encore des siennes. Il appela Naomi depuis l'étroit espace où il était coincé.

— Et de la vageline ? Tu as de la vageline ?

— Si j'ai quoi ?

— Cette merde grasse qu'on se met sur les lèvres ! Sors-moi de là !

— Est-ce que tu veux parler de vaseline ?

— On s'en fout de son nom, Naomi, va chercher de la lotion, de la graisse ou du beurre et tire-moi de là !

Elle avait fait tout son possible pour ne pas se plier en deux de rire jusque-là, mais elle perdit la bataille.

— Oh ! ouais, bien sûr, vas-y, cracha Teacake. Marre-toi, c'est vrai que c'est *hilarant*.

Il avait réussi à se coincer la tête entre deux poutrelles espacées de précisément vingt-deux centimètres et demi. Il s'était bien débrouillé jusque-là, se tortillant comme un bretzel dans le minuscule espace le séparant de ce qui semblait être un grand plan tout au bout du panneau de contrôle. L'obscurité ne lui permettait pas d'être catégorique, mais bon, ça ressemblait à un plan, et il s'en était rapproché à moins de dix centimètres lorsqu'il s'était retrouvé bloqué entre les deux poutrelles, et tous les souvenirs du lycée avaient resurgi. À présent, il ne pouvait plus bouger sa foutue tête.

— Du lubrifiant ! Tu dois bien avoir ça, non ? Lance-le-moi.

Naomi s'arrêta un moment de rire pour s'assurer qu'elle avait bien compris ce qu'il lui demandait, avant de passer la tête par le trou du mur.

— Excuse-moi, ne viens-tu pas de suggérer que je puisse trimballer du *gel intime* sur moi ?

— Non… c'est pas ça, je…

— Parce que ça serait carrément désobligeant, Teacake.

— Permets-moi de m'excuser et de tout reprendre à zéro ?

— Je te demande si tu as une digue dentaire dans ta poche ?

— Naomi. Euh… m'dame. Je vais pas tarder à péter un plomb, là.

Elle recula d'un pas, fit courir son regard de haut en bas du mur et réfléchit.

— Tu es prêt à débourser douze billets de plus ? Cela dit, on n'aurait plus besoin de bande de joint.

Teacake n'était pas en position de négocier.

— Fais ce que tu as à faire. Promets-moi juste que tu vas pas me tirer en arrière, parce que si l'angle est pas bon, mon oreille droite y passe, c'est sûr…

Les pieds du tabouret en métal défoncèrent la cloison sèche moins d'un mètre devant lui. Il sursauta si violemment qu'il partit en arrière, libérant sa tête de l'étau. Il tomba sur ses fesses dans l'étroit espace qu'il n'aspirait plus désormais qu'à quitter. En se redressant, il vit Naomi qui se tenait au milieu de la nouvelle ouverture (la réparation allait coûter plus que douze dollars, soit dit en passant ; elle avait frappé à la jonction de deux plaques, et il leur en faudrait maintenant trois de 10 × 20 pour combler le trou, au minimum). Elle contemplait avec étonnement le mur qui s'étendait au-delà.

— Putain de merde.

Teacake se leva en frottant ses oreilles douloureuses et se faufila dans cette direction. Les plaques brisées avaient ouvert une brèche juste devant l'espèce de carte dont il avait essayé de se rapprocher. Il constatait à présent qu'elle était plus grande et plus détaillée que ce qu'il en avait vu à la lumière du téléphone de Naomi. C'était un immense plan au sol où apparaissait chaque pièce, chaque canalisation, chaque installation électrique de ce qu'avait dû être l'ancien centre de stockage militaire. Des centaines de LED disposées méticuleusement sur toute sa surface signalaient l'emplacement de Dieu sait quoi, mais elles étaient désactivées ou avaient grillé depuis longtemps.

Sauf une, tout en bas à droite. Son ampoule blanche brillait par intermittence au même rythme que celle placée sur le panneau d'affichage voisin.

Teacake dégagea à coups de pied les morceaux de cloison qui n'étaient pas tombés et sortit de l'antichambre. Une fois dans le bureau de réception, il s'écarta de quelques pas pour en avoir une vue globale. Son épaule touchait celle de Naomi.

— Tu saignes de l'oreille.

Il porta les doigts à son oreille droite, mais elle parlait de la gauche. Elle sortit un nouveau Kleenex du paquet dans sa poche, essuya sa coupure, le plia et le pressa contre la source du saignement.

— Tiens-le comme ça.

Il s'exécuta et la regarda.

Personne n'avait pansé les plaies de Teacake depuis ses onze ans. Cela l'émut presque jusqu'aux larmes. En fait, il crut sentir le coin des yeux lui picoter. Éclater en sanglots devant elle était la dernière chose dont il avait besoin. *Qu'est-ce qui ne* va pas *chez moi ?*

— Qu'est-ce qui ne va pas ?

Rien ne lui échappait.

— Hein ?

— Ça va ?

— Ouais. C'est juste que… ouch. Laisse tomber.

Elle se tourna vers la carte.

— C'est un plan.

Elle se pencha en avant à travers le mur et fit courir ses mains dessus, en partant du haut, soit du rez-de-chaussée.

— Combien de niveaux est-il censé y avoir ici ?

— Deux. Le rez-de-chaussée et un sous-sol.

— Il y en avait cinq à l'origine, tous surveillés.

— Ouais, c'étaient des entrepôts militaires, depuis la Seconde Guerre mondiale. Tu sais, pour les armes et tout le tintouin. Puis ils l'ont vidé et vendu il y a à peu près vingt ans.

— Et ils ont dû condamner tout ce qui se trouve sous ce point. (Elle fit descendre sa main sur les niveaux inférieurs.) Soit la partie la plus sensible. Tu vois tous ces capteurs ? Il y en a des grappes entières, en bas.

Elle avait raison. L'essentiel des LED se concentrait sur les niveaux les plus profonds, les sous-sols additionnels. SS-2 et SS-3 étaient apparemment condamnés, comme en témoignaient les lumières éteintes. L'unique ampoule allumée éclairait le niveau le plus profond, désigné par le sigle SS-4. Mais il y avait un grand espace vide, pas moins de soixante centimètres de carte, entre SS-3 et SS-4. De minuscules rochers gribouillés semblaient indiquer qu'il s'agissait de terre.

Teacake observa le plan, essayant de comprendre.

— Qui irait construire un sous-sol trente mètres sous les autres niveaux ? Il faudrait creuser jusqu'au fond, construire tout le machin, puis combler au-dessus. C'est complètement idiot.

— Tu veux descendre voir ?

— Comment ? C'est condamné.

— Par là.

Elle désigna le bord gauche de la carte, où une fine colonne s'élevait depuis SS-4 à travers la couche d'humus et longeait les autres sous-sols. L'étroit espace entre les deux parois de la colonne était hachuré à l'horizontale à intervalles réguliers.

— C'est quoi ?

— Une échelle tubulaire.

— Comment tu le sais ?

— Ça a la forme d'un tube, et ça ressemble à une échelle. Il fallait bien qu'ils descendent par quelque part. (Elle montra les hachures.) Regarde, ce sont les barreaux.

Il était impressionné.

— Faut que tu ailles à la fac. Ce serait du gâchis de pas y aller.

— J'y vais autant que possible, ouais.

— Alors tu devrais être assez futée pour pas vouloir descendre là-dessous.

— Allez… Je ne me suis pas autant amusée depuis des années. C'est mon grand soir !

— Waouh, c'est déprimant. Tu sors pas ?

— Pas vraiment.

— Qu'est-ce que tu dirais d'aller, je sais pas, boire une bière ?

— Je ne bois pas.

— Même pas une bière ? insista-t-il.

— Ça serait boire.

— Tu ne sors jamais boire une bière ?

— On peut revenir à nos sous-sols ?

Mais Teacake ne se laissa pas décourager.

— Et pourquoi pas un café ?

— Je te trouvais marrant, Teacake. Mais là, de moins en moins.

— Moi ? Je suis super marrant. C'est toi qui viens de dire que tu t'es pas autant éclatée depuis des années… en vandalisant ton lieu de travail.

— J'ai une nature curieuse.

Elle leva son téléphone et prit le plan en photo.

— Ouais, je vois ça, et c'est cool. Et je coopère. Tu me fais tes yeux et tu dis : « Défonce le mur avec ton tabouret, s'il te plaît », et moi, bonne poire, je défonce le mur avec mon tabouret, et après tu dis : « Va ramper dans ce trou à rats pour voir ce qu'il y a », super, moi j'y vais, mais ensuite si tu me sors un truc du genre : « Descends à l'*échelle tubulaire* soixante mètres sous terre dans la partie condamnée d'un foutu complexe gouvernemental et va voir pourquoi l'alarme de la *thermistance* fait des siennes », alors, quoi, je vais y réfléchir à deux fois, si tu vois ce que je veux dire.

Elle attendit un moment.

— Tu aimes mes yeux ?

— Ouais, plutôt.

— C'est très gentil.

— Ce que je veux dire, c'est que c'est facile de me convaincre de faire des trucs, et c'est comme ça que j'ai eu tous ces problèmes. On me dit des trucs comme : « Attends dans la voiture et laisse le moteur tourner, je rentre là-dedans et je reviens dans deux minutes », ou : « Je connais un type à Dousman qui a besoin d'un service », et je réponds : « Ouais, bien sûr, qu'est-ce qu'il faut que je fasse ? Me tirer une balle dans le pied ? » Et *bang* ! « Oh ! Quelle surprise, il me manque un orteil. Faut que je recommence ? OK ! » Mais j'ai passé un paquet de temps à travailler sur moi, à parler avec des gens malins et à apprendre à me demander ce qui est bon pour ma petite personne et comment pas me foutre dans la merde. Ce que j'essaie de faire en ce moment, OK ? Je suis en train de réfléchir.

— Je comprends. Je respecte ça.

— C'est très, très important d'apprendre à dire à tout le monde d'aller se faire foutre tout le temps. J'ai mis des plombes à le comprendre.

— Je ne suis pas certaine que ce soit exactement le message que tu étais censé…

Mais le regard noir qu'il lui lança l'arrêta. Elle changea son fusil d'épaule.

— Je suis désolée. Je comprends qu'il t'est arrivé des trucs pas cool. Là, je n'ai pas été cool avec toi.

— OK. Bien. Je préfère ça.

Il inspira et expira profondément, puis il prit une lampe torche sur le chargeur mural près du bureau et partit vers la porte qui menait dans les entrailles du complexe.

— Tu viens ou bien ?

10

Mooney était resté interdit devant le coffre de sa voiture pendant cinq bonnes minutes. Au début, c'était un coup de temps en temps, puis deux, puis des salves furieuses, et enfin on aurait dit qu'une demi-douzaine de Hollandais en sabots martelaient le toit du coffre, secouant la voiture sur ses amortisseurs. Puis ça s'arrêtait et tout redevenait calme pendant dix à quinze secondes, durant lesquelles Mooney méditait sur l'impossibilité de ce qui se produisait sous ses yeux. Il avait mis ce moment à profit pour interroger sa santé mentale, son jugement, sa capacité à percevoir normalement la réalité, son passé récent en matière de drogues, et puis les Hollandais avaient recommencé leur manège.

Bien sûr, c'était impossible. Strictement impossible. Les choses mortes ne reviennent pas à la vie ; les corps en décomposition ne se réaniment pas. Mais il y avait quelque chose de vivant dans son coffre, deux quelque chose, coincés là avec la roue de secours, la caisse à outils et l'étui du pistolet, et ces quelque chose ne devaient pas passer un très bon moment. Au final, c'est essentiellement par miséricorde, par bonté d'âme et par humanité que Mooney ouvrit le coffre. Le niveau de souffrance se déroulant à moins d'un mètre de lui était insoutenable ; quel genre de personne laisserait une créature vivante endurer une telle agonie ? Quel genre de personne resterait là à ne rien faire ? Mooney n'ouvrit pas le coffre parce qu'il était stupide, il ne l'ouvrit pas parce qu'il était terrorisé, et il ne l'ouvrit pas pour finir le boulot. Il ouvrit le coffre car nous sommes tous des créatures de Dieu.

Cependant, même Dieu, en jetant un coup d'œil au chat, aurait dit : « Cette merde n'est pas à moi. »

Le coffre était à peine ouvert de quinze centimètres quand la première patte parut, toutes griffes dehors, fendant l'air comme si elle voulait déchirer l'atmosphère elle-même. Mooney tomba en arrière et le chat fit le reste. Il bondit et se cogna contre le toit du coffre, qui s'ouvrit en grand. L'animal retomba sur ses pattes, feula et darda sur Mooney un regard d'une profonde haine à laquelle l'homme ne sut répondre que d'une seule manière, les réflexes prenant le pas sur la pensée.

— Je suis désolé, dit-il.

Oui, Mooney s'excusa, car c'était là la seule réponse sensée. L'animal était dans un état lamentable, et c'était entièrement sa faute. La balle de .22 qu'il lui avait tirée à bout portant avait suffi à lui arracher la moitié de la gueule. Ce qu'il en restait n'aurait plus guère de succès auprès de ces dames. Son pelage sombre était collé par le sang, ses yeux brillaient d'un jaune maladif et, à moins que Mooney n'ait des hallucinations (ce qu'il pensait – espérait, vraiment – encore possible), ses organes internes se répandaient sous ses yeux.

Mais le chat avait bien meilleure mine que la biche sur laquelle il était juché.

La nuit de mardi avait infiniment mieux commencé que celle-ci pour Mooney, à peine quarante-quatre heures plus tôt. Histoire de se changer les idées, il était parti au cinéma et s'était arrêté en chemin chez Turdyk Fromage & Alcools, où il avait acheté un pack de six bouteilles de vin-soda Bartles & Jaymes aux baies exotiques. Il n'aimait pas trop ça, mais c'était la seule chose disponible, fraîche et en bouteilles plastique. Elles avaient l'avantage de s'ouvrir facilement et de ne pas faire de raffut quand vous faisiez tomber, disons la quatrième, en plein milieu du film. Lors de sa précédente virée Cinéma & Vin, une bouteille avait glissé entre ses mains rendues glissantes par le pop-corn, et le fracas insupportable de la bouteille percutant le ciment et roulant le long de la pente du cinéma avait semblé durer des heures, lui attirant les regards hostiles de tous les autres spectateurs – le genre de réprobation silencieuse qu'il pouvait avoir sans sortir de chez lui, et gratuitement.

On ne l'y reprendrait pas deux fois. Plastique.

Le vin-soda se boit comme du petit-lait ; l'excès de sucre donne mal à la tête, mais avec cinq ou six Advil, ça passe. Mooney était un grand fan de la vitamine A et ne sortait jamais sans, si bien que lorsqu'il quitta la Regal 18 pour la Highway 16, il était dans une forme éblouissante. Il tenait une bonne petite cuite, et le film lui avait plu : juste assez ennuyeux pour pouvoir en sauter des pans entiers sans perdre le fil, mais pas stupide au point de laisser le spectateur dans un embarras coupable à la sortie. Il aurait pu se passer d'une partie des dialogues.

Cerise sur le gâteau, il lui restait une bouteille pour le retour, et elle n'était pas encore complètement chaude. La vie lui souriait. Il attendit d'avoir passé les trois feux rouges du centre-ville avant de l'ouvrir. Mooney avait des principes stricts : il s'interdisait formellement de boire au volant dans les endroits les plus fréquentés de la ville, et il n'envoyait pas de textos ni ne surfait sur Internet, ou alors vite fait. En citoyen soucieux de ses semblables, il ne dévissa pas le bouchon en plastique de sa sixième sangria avant d'avoir posé les roues sur le long ruban noir de la 16 et d'arriver dans la grande courbe.

Il serait facile de mettre l'accident sur le dos de Bartles & Jaymes, mais ce serait injuste. Certes, le taux d'alcoolémie de Mooney flirtait avec les 0,15 gramme par litre et son temps de réaction était au plus bas, mais un animal de cent dix kilos stupidement agressif sorti de nulle part qui se plante sur la voie centrale d'une autoroute au beau milieu d'un virage non éclairé, ça doit bien compter pour quelque chose dans l'équation. C'est la nature en nous qui est destin, et cette conne de biche – pardon, cette gracieuse créature de Dieu –, dont la nature devait composer avec les limites d'un cerveau dépourvu de conscience, restait là, immobile, alors que la voiture couvrait les quinze derniers mètres qui la séparaient d'une mort imminente, comme un lapin pris dans les phares. Elle avait d'ailleurs donné tout son sens à cette expression, puisque c'est bien les phares qui l'avaient percutée en premier.

Tout ce qui s'était passé ensuite baignait dans un brouillard macabre. Mooney avait paniqué et en avait occulté une grande partie, comme il le faisait parfois dans les situations les plus bizarres. L'image dont il se souvenait immédiatement après, c'était lui se tenant au-dessus de l'animal blessé sur la bande d'arrêt d'urgence, les yeux baissés sur sa silhouette brisée et le doigt sur la détente du pistolet de calibre 22 de son père. Il le gardait dans le coffre pour ce genre de circonstances qui, croyez-le ou non, n'avait rien d'extraordinaire dans ces contrées. Mooney savait ce qu'il avait à faire. Ça n'était pas si difficile ; viser, presser la détente et abréger les souffrances de cette pauvre bête. C'est ce que n'importe quel être humain respectable ferait. Ni la loi des hommes ni celle de Dieu ne l'en empêchaient. L'animal endurait mille tourments, sa bouche s'ouvrant et se refermant silencieusement, de la vapeur s'élevant de son sang qui se répandait sur l'asphalte encore chaud du soleil de la journée.

Tue-le et on n'en parle plus, mais Mooney n'avait jamais tué jusqu'à ce jour, en tout cas pas volontairement ; même écraser les mouches lui causait d'épouvantables rêves éveillés et l'amenait à réfléchir à sa place dans l'univers. Il s'était toujours imaginé bouddhiste au fond de son cœur – c'étaient eux qui parlaient tout le temps de réincarnation, ou les hindouistes ? Il ne savait jamais. Ceux qui se souciaient des autres, qui aimaient toutes choses vivantes. Tout lui. Et voilà qu'il se retrouvait devant...

BANG ! Le coup était parti au beau milieu de ses réflexions et avait touché la biche au ventre. Elle avait hurlé.

Oh ! génial, j'ai éventré *ce putain de truc – comment ça a pu arriver ? Je suis quelqu'un d'humain, de sensible et de chaleureux, et... Oh mon Dieu, qu'est-ce que c'est que cet horrible bruit qu'elle me fait maintenant ? Comme si je ne me sentais pas assez coupable, voilà qu'elle me crache dessus ?* Et Mooney éprouva un sentiment nouveau, pas la culpabilité, pas les affres de la tergiversation, pas l'infinie bonté des hommes, mais quelque chose d'inédit pour lui.

La rage. Une colère sans mesure à l'égard de cet animal insensé qui avait foutu en l'air sa soirée, sa santé mentale et l'avant de sa voiture. Il leva de nouveau son arme, posa le canon contre le front de la biche et tira, plus d'une fois, bien plus d'une fois. Spirituellement, cela s'apparentait plus à un meurtre qu'à une euthanasie, si jamais quelqu'un tenait le compte de son karma.

Après ça, Mooney avait passé dix à quinze minutes à pleurer hystériquement dans la voiture. En vérité, la vague de culpabilité qui l'avait submergé lui avait fait un bien fou ; c'était au moins un sentiment familier, infiniment préférable à l'expérience extracorporelle qu'il venait de connaître. Et maintenant ? Il ne pouvait pas laisser un cadavre de biche sur le bas-côté de la route avec trois pattes brisées, une balle dans le ventre et trois autres dans la tête. Ce serait, ma foi, tordu. Mooney devait prendre le temps d'y réfléchir, ce qu'il ne pourrait faire que lorsque cette biche aurait quitté la bande d'arrêt d'urgence pour le coffre de sa voiture.

L'image de Mooney, quatre-vingt-deux kilos, essayant de hisser une biche désarticulée de plus d'un quintal dans le coffre de sa voiture n'aurait pas déparé dans une comédie du cinéma muet. Cela aurait pu prendre toute la nuit sans l'aide de Tommy

Spiegel, le conducteur d'une Lexus de 2015. Tommy, voyant ce qui se passait, s'était immédiatement arrêté et n'avait posé qu'une seule question…

— Vous chargez ?

… et, sans attendre une réponse qu'il savait positive, avait jeté sa considérable masse dans la bataille. Puis il avait refermé le coffre sur le cadavre mutilé, essuyé ses mains sanglantes sur le T-shirt de Mooney, prononcé quelques mots de plus…

— Si j'étais vous, je me barrerais vite fait.

… et était reparti. Mooney savait reconnaître un bon conseil quand on lui en donnait un, et c'était indéniablement le meilleur qu'il ait entendu depuis des années. Il avait sauté derrière le volant, claqué la portière et s'était barré vite fait, avec une biche morte dans son coffre.

En roulant – vers où, précisément ? –, il avait repensé aux derniers moments de vie de la biche, quand elle lui avait craché dessus, et la rage l'avait de nouveau envahi. Qu'est-ce qui l'avait mis dans cet état, exactement ? La témérité de l'animal qui l'accusait de ne pas être capable de procéder à une simple euthanasie ? Cette bête l'avait-elle traité d'idiot, d'incompétent, lui avait-elle reproché de ne pas s'acquitter de sa part du marché ? Quelque chose avait déclenché un flot de souvenirs hors de propos et peu reluisants, mais il avait fait le job, n'est-ce pas ? Il avait réglé la question définitivement en appuyant une ou deux fois de plus, bon d'accord, quatre fois sur la détente. *Non, j'en suis capable. Parfaitement capable, merci. Je me suis débarrassé de cette merde pour de bon, et tiens, pourquoi ne pas m'occuper du connard de chat de mes parents, tant que j'y suis ?*

M. Scroggins était âgé de quatorze ans et malade depuis pas loin de douze. Sa santé fragile était un gouffre financier ; rien que depuis le début de l'année, la facture de l'hôpital vétérinaire s'élevait à quatre cents dollars. Quoique le père de Mooney ait pris une seconde hypothèque pour que cet affreux matou soit toujours de ce monde, Mooney savait que la pression financière minait sa mère. Sans compter que la vie ne devait pas être très drôle pour ce souffreteux de M. Scroggins. Mooney rentrait chez lui avec une biche morte dans le coffre, un calibre 22 chargé qu'il savait utiliser et la tête pleine d'une vertueuse furie meurtrière.

Il aimait ça.

M. Scroggins avait été exécuté sur le ponton du lac, où le coup de feu était passé inaperçu. Mooney l'avait jeté dans le coffre avec la biche mutilée, et ainsi avait débuté cette odyssée de quarante-quatre heures de fierté virile mêlée de remords horrifié qui avait mené Mooney sur la colline herbeuse des entrepôts d'Atchison. Il n'aspirait maintenant plus qu'à donner à ces deux âmes innocentes les funérailles chrétiennes qu'elles méritaient.

Mais M. Scroggins était de nouveau en vie, debout sur la biche jadis morte elle aussi dans le coffre de la voiture, et il semblait pour le moins mécontent.

La biche, dont les blessures mortelles avaient été bien pires, agita ses quatre pattes en même temps dans le but manifeste de se redresser, mais ses membres brisés s'effondrèrent sous elle. M. Scroggins perdit l'équilibre et se rattrapa au rebord du coffre, où il s'accrocha en feulant. Le trajet avait dû être long pour tous les deux, et ils ne pouvaient probablement plus s'encadrer.

Mue par autre chose qu'une force motrice naturelle, la biche sauta hors du coffre. Elle se vautra sur le gravier, ses quatre pattes étendues autour d'elle, avec un craquement sinistre – deux autres fractures avaient dû se produire quelque part. Cela ne l'empêcha pas de se hisser sur ses sabots et de partir à l'assaut de la colline en bondissant, où elle disparut dans la nuit.

Mooney avait reculé d'un pas chancelant quand le coffre s'était ouvert, et il avait bien fait de mettre un peu de distance entre lui et le véhicule, car M. Scroggins le manqua de peu lorsqu'il jaillit à son tour hors du coffre en prenant appui sur le pare-chocs arrière, toutes griffes et ce qui lui restait de dents dehors, grondant et crachant.

Apparemment, il n'avait que faire des excuses de Mooney.

M. Scroggins atterrit sur ses quatre pattes, se retourna comme s'il avait entendu un bruit, et partit en courant dans la même direction que la biche. Mais le chat s'arrêta au premier arbre qu'il croisa, un grand pin, se jeta dessus en s'agrippant à l'écorce et se mit à grimper. Mooney se leva et s'approcha, observant, médusé, la détermination avec laquelle le chat se hissait le long du tronc. Aucune pause, aucune hésitation, aucune arrière-pensée, juste une ascension sans fin. Les branches s'affinaient au sommet, mais cela n'arrêta pas le chat, qui oscilla sur celle-ci, manqua de briser celle-là, sans un instant perdre sa vélocité ni quitter des yeux son objectif. Il atteignit le sommet, où le tronc, quoique grêle, était encore assez solide pour supporter un chat de quatre kilos. Sans doute trois après les récents événements.

M. Scroggins s'arrêta enfin quand il n'eut plus nulle part où aller. Il jeta un regard autour de lui, comme pour s'assurer qu'il était à la bonne place, qu'aucun endroit plus élevé ne lui était accessible. Satisfait, il ouvrit ses mâchoires mutilées en grand, se tourna vers le sommet pointu du tronc et, d'un mouvement de tête décidé, s'empala dessus. Il serra alors les mâchoires avec une fureur indignée, enfonçant ses crocs dans l'écorce aussi loin qu'il le put, s'encastrant littéralement dans l'arbre.

D'en bas, Mooney observa son manège bouche bée. Ce genre de comportement n'avait rien de commun chez le chat domestique.

À présent bien attaché au sommet de cet immense arbre par ses dents incrustées dans l'écorce et par son engagement à sa cause, M. Scroggins commença à croître. Sa joue restante se gonfla, ses pattes augmentèrent de quatre fois leur volume, son ventre enfla de part et d'autre de son corps. Si vous vous étiez trouvé près de lui, ce qui Dieu merci n'était pas le cas, vous auriez entendu ses petites côtes se briser l'une après l'autre comme autant d'allumettes sous l'effet de la pression monstrueuse de ses intestins.

Mooney ne savait rien de l'existence de *Cordyceps novus*, encore moins comment il s'était apparemment introduit dans le coffre de sa voiture. Il se contentait d'observer, abasourdi, le chat jusqu'alors décédé et aujourd'hui enflé au sommet de l'arbre.

— Comment, au nom de Jésus…

M. Scroggins explosa.

Si Mooney n'avait pas ressenti le besoin d'exprimer son étonnement bien compréhensible en termes audibles, sa bouche n'aurait pas été ouverte lorsque les entrailles du chat lui atterrirent sur le visage.

11

Le couloir central traversant le rez-de-chaussée du complexe de stockage s'étirait sur soixante mètres, bordé de chaque côté par trente portes de garage blanches ajourées. La beauté à l'état pur, si vous étiez branché symétrie et ligne de fuite, cette illusion d'optique qui donne l'impression que deux lignes parallèles apparemment infinies semblent se croiser à l'horizon. Mais si vous deviez arpenter ce couloir et quelques autres du même genre dix fois par nuit pour le travail, c'était ennuyeux à mourir.

Mais ce soir-là, Teacake l'arpentait avec Naomi. Ils se dirigeaient vers l'ascenseur situé à l'autre bout, incroyablement loin. Naomi avait une photo du plan sur son téléphone, où elle fit apparaître l'ascenseur avant de scroller jusqu'au niveau moins un, où était censée se trouver l'entrée de l'échelle tubulaire.

Teacake parlait pour tromper sa nervosité.

— Quand on y pense, tout ce truc est juste une très mauvaise idée. Faut pas louer ce genre de box. *Jamais.* J'ai vu l'équivalent d'une demi-montagne de merde entrer dans ces entrepôts, et jamais rien n'en sort, sauf les objets stockés à très court terme. Les gens paient entre quarante et cinq cents dollars par mois, selon l'espace et la régulation de température qu'ils veulent, pour des merdes qu'ils ne viendront plus jamais chercher.

— C'est un peu catégorique, non ?

— Pas vraiment. Sont presque tous tarés, ceux qui viennent là, et nos patrons, ils sont malins, tu sais, c'est du business, ils savent ce qu'ils font. Ils gèrent ça comme s'ils fourguaient du crack au coin de la rue. Tiens, par exemple, un type doit déménager, tu vois ? Ou bien il doit fermer boutique, peu importe. Ici, les trente premiers jours sont gratuits. Le mec se dit : « Eh, cool, j'ai pas besoin de jeter quoi que ce soit, je vais mettre tous les trucs que j'ai en trop ici pendant un mois, sans me presser, j'en vendrai une partie sur eBay et je balancerai le reste, le tout sans débourser un centime. » Mais ça n'arrive jamais. Rien ne sort d'ici. Donc ce vieux canapé miteux que tu détestes, tes vieilles décorations de Noël et les draps de tes parents *décédés* que tu as gardés Dieu sait pourquoi… Tout ça devient une espèce de triste petit musée. Holà, t'inquiète pas, espèce de débile profond, ça va pas s'envo…

Il s'était arrêté abruptement devant l'une des portes blanches. Puis il alla déverrouiller un placard, en sortit un coupe-boulon et revint sur ses pas. Un cadenas en laiton pendait au loquet, manifestement installé là par le client. Teacake s'en débarrassa d'un seul coup de coupe-boulon.

— Ils sont pas censés avoir leurs propres cadenas. Les nôtres sont les seuls autorisés, pour qu'on y ait accès. En cas d'illégalité, par exemple.

— Quel genre d'illégalités ?

En guise de réponse, Teacake tira son passe-partout du porte-clés rétractable accroché à sa hanche, l'introduisit dans la serrure de l'unité, le tourna et fit pivoter la porte. Il regretta immédiatement son geste et prouva la sagesse de l'adage : « N'ouvre jamais une porte si tu ne sais pas ce qu'il y a derrière. » En admettant qu'un tel adage existe.

À l'intérieur du box, vingt-quatre écrans plats Samsung de 55 pouces, toujours dans leur emballage d'origine, étaient proprement alignés le long des murs.

— Au temps pour moi, se rétracta Teacake. C'est cool.

Il referma la porte, et ils reprirent leur chemin. Elle le regarda de biais.

Il haussa les épaules.

— Je me fous de ce qu'ils cachent, tant qu'ils me le cachent pas à moi. Les règles, c'est les règles.

— Pourquoi tu parles comme ça ?

— Comme quoi ?

— Comme un caïd.

— C'est comme ça que parlent tous ceux que je connais.

— Tu me connais, et je ne parle pas comme ça.

— T'as d'autres réclamations sur ma façon d'être ?

Elle y réfléchit un instant.

— Pas pour l'instant.

Ils arrivèrent au bout du couloir et appelèrent l'ascenseur. Il l'étudia tandis qu'ils patientaient.

— Tu causes pas beaucoup, hein ?

— Pas autant que toi.

— Personne cause autant que moi.

Elle revint à son téléphone et fit défiler l'image vers le bas le long de l'échelle, en direction de SS-4.

Il n'en avait pas fini avec ses questions.

— Donc tu as la fac, ce job de temps en temps… quoi d'autre ?

— Ça ne suffit pas ?

— Pas vraiment. Tu fais pas beaucoup d'heures.

— Qu'est-ce que tu en sais ?

Il haussa les épaules.

— Mon boulot, c'est de surveiller les écrans.

— Ouais, moi aussi, je te vois.

L'ascenseur arriva. Elle passa devant. Les portes se refermèrent.

— Tu fais combien, deux nuits par semaine ?

— Jusqu'ici, oui.

— Alors t'as un autre job ?

— Plus ou moins.

— T'as de la mifa ?

— Si j'ai de la « mifa » ? Bien sûr que j'ai une famille. Teacake, tu es… C'est quoi ton vrai nom ?

— Travis. Meacham.

— Travis, tu es en train de pourrir l'ambiance, là.

En fait, il savait qu'elle avait de la famille dans le coin, et même assez précisément, mais il ne pouvait pas le lui dire sans la faire flipper. Elle avait fait sa première nuit au centre exactement deux semaines plus tôt, et il avait immédiatement remarqué sa présence. Elle avait remplacé Alfano Kalolo, un Samoan de cent quarante kilos, au bas mot.

La caméra de la zone de réception était proche du bureau, si bien que l'absence d'Alfano, qui d'ordinaire occupait une bonne partie du champ de vision, ne pouvait pas passer inaperçue. Quand il s'asseyait sur le petit tabouret en métal, Alfano ressemblait à une montagne humaine dévorant un insecte métallique à quatre pattes avec son cul. Lorsque, ce jeudi-là, Teacake avait levé les yeux vers l'écran et vu Naomi à la place, un chœur céleste avait chanté dans sa tête.

Il l'avait observée toute la nuit avec l'intensité d'un adolescent surveillant ses likes sur Facebook. Elle s'asseyait, se levait, faisait ses rondes, et toujours avec grâce, comme la nuit. Il avait mémorisé un poème à Ellsworth ; on leur avait demandé d'en choisir un et de l'apprendre par cœur pour l'atelier Explorations poétiques, et c'était le plus court qu'il avait pu trouver. Il connaissait les vers, mais leur signification ne l'avait jamais frappé avant ce jour.

Quand elle s'était de nouveau présentée au travail le surlendemain, il avait étudié son image sur les moniteurs pendant des heures, s'imprégnant d'autant de détails que voulait bien lui en fournir un écran de cinq cent quarante pixels. Ce soir-là, elle avait apporté un livre. Il n'avait pas réussi à lire le titre, mais il avait adoré sa concentration, la façon dont elle haussait les sourcils, la délicatesse avec laquelle elle tournait les pages, le fait même qu'elle lise et ne se contente pas de regarder son téléphone comme n'importe qui. Comme elle n'était pas revenue avant le dimanche suivant, il avait compris qu'elle faisait des remplacements, qu'elle prenait des gardes quand et si elle le pouvait, et qu'il existait une possibilité non négligeable qu'elle s'en aille pour de bon.

Alors... Bon, il ne l'avait pas réellement *suivie* après le travail. Certes, il était parti cinq minutes plus tôt pour pouvoir filer de l'autre côté de la falaise et se trouver à proximité de son parking quand elle était partie. Certes, il s'était inséré sur la voie rapide à sa suite et avait laissé entre leurs deux voitures une distance de sécurité raisonnable. Certes, il avait accéléré quand elle avait accéléré, ralenti quand elle avait ralenti, tourné aux mêmes endroits, et il avait fini par arriver chez elle. Mais il savait au plus profond de lui qu'il n'avait aucune mauvaise intention – il repérait simplement les lieux en vue d'une rencontre « fortuite ».

Mais ç'avait été peine perdue. Dès que Naomi avait quitté le parking, son entreprise avait semblé vouée à l'échec. Toutes les routes qu'il avait fallu emprunter rendaient fort improbable la possibilité de se croiser « par hasard » au pied de son immeuble et de sortir : « Oh ! salut ! On bosse au même endroit, non ? C'est pas toi que j'ai matée... je veux dire vue sur les écrans de surveillance une ou deux fois ? C'est dingue que tu vives ici, à trente bornes des entrepôts. Figure-toi que j'allais dans la même direction, mais j'ai dû m'arrêter là, justement sur le parking de ton immeuble, parce que ma voiture a commencé à faire ce bruit chelou. C'est pas ouf ? »

Ce n'était pas une option. Même le plus habile enfoiré de l'histoire (possiblement Wilt Chamberlain[1]) n'aurait pu s'en sortir avec ça.

Alors, plutôt que de la faire flipper, Teacake était resté assis dans sa voiture, feignant de s'intéresser à son téléphone – lequel n'était pas un smartphone, aussi aurait-il été bien en peine d'expliquer ce qu'il faisait si elle l'avait grillé. Il avait attendu qu'elle rentre, puis il avait patienté quelques minutes de plus, histoire de voir quelle fenêtre s'allumait, puis encore un tout petit peu, parce que… parce qu'il l'avait fait, point barre, et avant qu'il ne s'en aperçoive, presque une heure avait filé, et vraiment, il allait partir, mais la porte de l'immeuble s'était ouverte pile à ce moment-là, et il l'avait vue sortir avec la fillette.

Il ne faisait aucun doute qu'il s'agissait de sa fille. Certaines choses tombent sous le sens. Elles se ressemblaient, pour commencer, mais c'était surtout la façon dont elles se tenaient la main. Personne ne vous tient la main comme votre maman.

La gamine était belle comme un cœur et portait des vêtements propres et repassés, un détail qui ne lui avait pas échappé, lui qui s'était baladé toute son enfance avec des fringues crades comme pas permis. Le rouge lui était monté aux joues, pas parce qu'il traquait cette pauvre femme et maintenant sa gosse, mais à cause de toutes les fois où il était allé à l'école dans un état de saleté répugnant. Alors que cette fillette était l'image même d'une enfant bien comme il faut : propre, gaie et l'estomac rempli d'un bon petit déjeuner. Il ne doutait pas une seconde que sa mère y avait pourvu, quand bien même elle revenait d'une garde de douze heures et n'avait pas dormi depuis Dieu sait quand. Naomi était rentrée chez elle et avait préparé le petit déjeuner, et peut-être

1. Un des premiers géants de l'histoire du basket américain au palmarès impressionnant dans les années 1960 et début 1970.

même qu'elle avait saupoudré les toasts de sa fille de sucre à la cannelle, exactement comme elle les aimait.

La gosse débitait mille mots à la minute, et Naomi l'écoutait. Non pas en ponctuant ses phrases de « hum hum, ouais, super », mais en essayant de donner du sens au discours de sa fille, qui devait n'en avoir aucun. Après tout, qu'est-ce qu'un moutard de quatre ans pouvait bien avoir à dire de si important ? Il n'en savait rien, mais d'après ce qu'il entendait, rien de plus pertinent que « je veux plus de glaçage » ou d'autres conneries du même acabit.

Lorsqu'elles arrivèrent à leur voiture, la fillette s'installa à l'arrière dans son siège-auto, et Naomi resta debout à côté de la portière, la main sur la poignée, tandis que sa fille arrivait au bout de son babil incohérent.

— J'ai compris, ma chérie. Ça craint.

Puis elle referma la portière.

Sa repartie l'avait achevé. Elle n'avait pas dit : « Oh ! allez, ce n'est pas si grave » ou « Chérie, s'il te plaît, on est en retard » ou encore : « Arrête avec ces conneries et apprends à tenir ta langue. » C'était : « J'ai compris, ça craint. » Voilà ce qu'il avait toujours demandé. À être entendu. Et cette femme prêtait une oreille attentive à une gamine de *quatre ans*, après une nuit blanche.

Tout ce qu'ont de plus beau la lumière et l'ombre est réuni dans ses traits et dans ses yeux[1].

Ce qu'aurait voulu dire Teacake ce soir-là dans l'ascenseur, ce qu'il mourait d'envie de dire, c'était : « Tu es juste géniale avec ta fille », mais existait-il un moyen de glisser ça dans la conversation alors qu'il n'était même pas censé connaître l'existence de cette enfant ?

Il resta donc muet.

Les portes de l'ascenseur s'ouvrirent.

1. Lord Byron, *Elle marche dans sa beauté*, trad. Benjamin Laroche.

Personne ne s'était jamais demandé pourquoi le sous-sol 1 portait un numéro, quand bien même il était le seul niveau souterrain du complexe de stockage. SS-1 faisait joli sur le clavier de l'ascenseur, mais tout autre numéro aurait aussi bien fonctionné. L'usage militaire des lieux n'était pas un secret, alors découvrir qu'ils abritaient jadis d'autres souterrains n'aurait surpris personne, si quiconque avait un jour pris la peine de se poser la question. Mais découvrir qu'il y en avait trois de plus, connectés par une série de capteurs et d'alarmes à un panneau de contrôle emmuré derrière le bureau de réception aurait sans aucun doute suscité quelques haussements de sourcils.

Selon le plan, l'entrée de l'échelle tubulaire se trouvait au bout d'un court couloir en cul-de-sac à une trentaine de mètres de la cage d'ascenseur. Naomi arriva là-bas la première, s'arrêta et regarda les murs en parpaings recouverts de peinture blanche qui l'entouraient. Rien ici ne suggérait une entrée quelconque. C'était même tout le contraire – cet endroit disait : *Vous êtes arrivés au bout.*

Le cul-de-sac était encadré par trois unités plus vastes, des box de dix-huit mètres carrés principalement utilisés par des artisans y remisant leur stock excédentaire. Mais il n'y avait ni porte, ni trappe, ni entrée d'aucune sorte, sinon un petit placard étroit entre deux unités estampillé ACCÈS RÉSERVÉ AU PERSONNEL AUTORISÉ.

Le regard de Naomi passa du plan au couloir, puis au plan à nouveau.

— Je ne comprends pas.

— T'es sûre que c'est ici ?

Elle lui tendit la carte.

— Regarde par toi-même.

Il prit le téléphone, tint le plan dans un sens puis dans l'autre et le fit défiler un peu. Naomi s'approcha du mur le plus éloigné, celui qui fermait le couloir, et le tapota du plat de la main. Solide. Elle réitéra l'opération, cette fois avec le poing.

— Parpaing, dit-elle. Si c'est derrière, il va nous falloir une masse. Ou un marteau-piqueur.

— Ouais, sans moi.

Teacake retourna le téléphone et regarda de nouveau le plan. Puis il baissa les yeux sur le sol. *Ça, c'est intéressant, mec.*

Il tira une fois de plus son porte-clés – il devait admettre qu'il adorait le tintement du trousseau, lui qui n'avait jamais possédé plus d'une clé avant de travailler ici – et alla ouvrir le placard. Il y prit un marteau arrache-clou sur un râtelier à outils et revint à sa position initiale, à environ un mètre du cul-de-sac. Il recula jusqu'au mur, se mit à quatre pattes et frappa le sol avec le marteau, qui rendit un son mat peu engageant.

— C'est du béton, précisa Naomi.

— Ouaip.

Toujours à quatre pattes, il avança un peu et recommença. Même bruit. Il continua son manège, s'arrêtant tous les quinze centimètres environ et obtenant chaque fois le même résultat.

— C'est un sol de béton, Travis.

— Ça me fait bizarre d'entendre mon prénom.

Il ne s'arrêta pas pour autant.

— Pardon, dit-elle. Ça te dérange ?

— Je sais pas trop.

Oh si, il le savait très bien. Ça ne le dérangeait pas du tout. Au contraire, il adorait ça. Son cœur manquait un battement chaque fois qu'elle le prononçait. Il attendait la fois suivante avec impatience. *Allez, dis-le encore, juste une fois.*

CHTONG. Il avait presque atteint le milieu du corridor, où le marteau avait produit un son creux et métallique.

Il tourna les yeux vers Naomi. Avec un sourire, elle s'accroupit près de lui. Il leva le téléphone et agrandit une portion de la carte.

— Juste là. Ce demi-cercle en pointillés gris sur noir, tu le vois ?
— Ouais, à peine.
— C'est l'entrée. Ils l'ont seulement peinte.
Tous deux baissèrent les yeux sur le sol. Tout à ses réflexions, Teacake fit pivoter le marteau deux fois dans sa main. Il s'assit.
— OK, écoute. Il y a aucun moyen de cacher ce qu'on va faire.
— Qu'est-ce qu'on va faire ?
— Bousiller un peu plus de matos. Mais voilà comment je vois le truc. Notre job, c'est la sécurité, et il y a une *alarme* qui sonne, pas vrai ? Il est trop tard pour appeler Griffin, il est bourré à cette heure, et il saurait pas plus que nous ce que c'est que cette merde. Il appellerait la société, mais il trouverait personne. C'est pas comme s'il y avait des urgences dans ce business, ou comme s'ils avaient des opérateurs dispos 24/7, tu me suis ? Et les seuls autres gars qu'on pourrait appeler, c'est les flics.
— Pour leur dire qu'il y a une vieille alarme incendie ou autre qui sonne au sous-sol ?
— Voilà. C'est crétin. Mais nous, on est là, et il y a cette alarme qui sonne, et tout le bordel est plein à ras bord d'affaires personnelles de très grande valeur.
— Exact ! Tout ce qui se trouve ici est *important* pour les clients.
— C'est parfaitement vrai, ce que tu dis. J'ai toujours vu ça comme ça. (Il s'échauffait à présent, stimulé par l'émulation de leurs deux cerveaux.) Il y a une *alarme* qui sonne, et nous sommes des *gardiens*. La sécurité est notre métier.
— On serait plutôt des employés de bureau.
— Te disperse pas. Oui, c'est un boulot de merde, mais c'est *notre* boulot.
— C'est notre responsabilité.
— Oui !
— Et en plus de ça, on est curieux, ajouta-t-elle.
— Ouais, mais on va laisser ça de côté.

Elle n'était pas une menteuse-née, mais il assurait pour deux.

— Alors ? T'es partante ?

— Tu sais que je le suis.

— Fais gaffe à tes yeux.

Elle se protégea le visage de la main et se détourna. Il fit pivoter le marteau de façon que l'arrache-clou se retrouve vers le bas et le fracassa contre le sol. Le bruit de ferraille résonna bien plus fort, cette fois. Il y avait indéniablement quelque chose là-dessous qui n'était pas du béton. Des éclats de peinture volèrent un peu partout. Il frappa de nouveau, deux, trois, quatre fois en rafales, dégageant encore plus de peinture. Le dernier coup dévoila plus de dix centimètres carrés d'une surface brute.

Là, sous plusieurs couches de peinture à l'huile grise semi-brillante sèche depuis longtemps, ils découvrirent les ondulations caractéristiques d'une plaque d'égout.

12

Cela faisait cinq ou six ans que Roberto Diaz n'avait plus reçu de coup de fil au beau milieu de la nuit. C'était d'ailleurs un hasard extraordinaire que son téléphone ait sonné sur sa table de nuit ; depuis la retraite, il avait pris l'habitude de l'éteindre vers 21 heures et ne le rallumait que le lendemain après sa première tasse de thé. La vie n'en était devenue que meilleure. Plus douce, en tout cas. Annie n'en était pas encore là avec ses propres appareils ; elle laissait toujours son téléphone allumé au cas où l'un des enfants aurait besoin de quelque chose, mais leur cadette ayant vingt-huit ans, les chances que cela arrive étaient minces. Elle aimait consulter le *New York Times* au réveil pour voir si le monde s'était amélioré au cours des huit dernières heures. Bizarrement, ça n'arrivait jamais, mais Annie n'était pas du genre à perdre espoir.

Cette nuit-là, Roberto avait oublié de l'éteindre. Quand il avait sonné, peu après minuit, il avait été surpris de constater que ses vieux réflexes étaient toujours là. En pleine possession de ses moyens avant même la fin de la première sonnerie, la main sur le téléphone à la deuxième, il avait répondu à la troisième, les deux pieds déjà au sol.

— All…, croassa-t-il.

Oups. Ses réflexes étaient peut-être revenus, mais pas sa voix. Il s'éclaircit la gorge et refit une tentative.

— Allô ?

— Roberto Diaz ?

Une voix de femme.

— Lui-même.

— J'appelle pour la Plymouth Duster de 1978 à vendre.

Il resta muet pendant un long moment.

— Monsieur Diaz ?

— Donnez-moi cinq minutes.

Il raccrocha et reposa le téléphone sur la commode. Il resta assis là quelques secondes, plongé dans ses réflexions. Il regrettait d'avoir repris du vin au dîner, mais à part ça il ne ressentait pas grand-chose. Vous saviez que vous étiez opérationnel si l'appel ne vous remuait pas plus que ça. Il compta quelques respirations, resta calme et laissa les mantras bouddhistes qu'il avait découverts en début de cinquantaine pénétrer son esprit.

Je suis ici, maintenant.

Il voulait se faire un thé avant de rappeler.

Annie se retourna et ouvrit un œil par-dessus son épaule.

— C'était qui ?

— Mon autre femme.

— Comment peux-tu faire le malin en plein milieu de la nuit ?

— C'est cadeau.

Elle farfouilla sur sa table de nuit, à la recherche de quelque chose qu'elle ne trouva pas, renversant quelques objets au passage.

— Qu'est-ce que tu fais, lui demanda-t-il.

— Je cherche mes lunettes.

— Pourquoi ?

Elle se retourna complètement et le considéra un instant.

— Je ne sais pas.

Puis elle parcourut la chambre du regard, comme pour s'assurer que tout était à sa place, avant de revenir à lui.

— C'est un des enfants ?

— Non. Ne t'inquiète pas.

Elle laissa passer un silence.

— Oh ! merde !

Si ce n'était pas les enfants et s'il ne lui avait pas encore annoncé qu'une de leurs connaissances était morte, alors ça ne pouvait être qu'Eux. Son exclamation exprimait cependant davantage la lassitude que la peur.

— Ouais, confirma-t-il.

— Qui ?

— Une voix que je ne connaissais pas. Quelqu'un est en train de paniquer.

Il se pencha en avant et l'embrassa sur le front. Il ne l'avait jamais trompée, et n'avait plus flirté avec personne après ce qui s'était passé en Australie. Il ne le regrettait pas un instant.

— Rendors-toi. Je vais me dépêcher.

Il se leva et enfila la chemise propre et le pantalon qu'il ne manquait jamais de laisser sur le dossier de la chaise avant de se coucher pour les retrouver plus facilement dans le noir. Les vieilles habitudes ont la peau dure.

Annie roula sur elle-même et posa la tête contre son oreiller.

— Ne te dépêche pas trop. Attends que je me sois rendormie, tu veux bien ?

— Je ne suis pas né de la dernière pluie, ma belle.

Elle marmonna quelque gentillesse inaudible et sombra dans le sommeil avant que la porte ne se soit refermée. L'imprévu restait une routine, même après tout ce temps ; les coups de fil nocturnes avaient cessé de perturber son sommeil bien des années plus tôt.

Roberto aimait cette maison de Caroline du Nord plus que toute autre qu'il avait possédée, louée ou même visitée. Elle n'avait vraiment rien d'extraordinaire. C'était une construction de la fin des années 1980, aux murs trop fins ; on entendait les canalisations quel que soit l'endroit où l'on se trouvait. Ils auraient sans doute dû la démolir et en faire construire une nouvelle quand ils l'avaient achetée, dix ans plus tôt, mais sans parler du fait qu'ils n'en auraient pas eu les moyens, cela lui aurait semblé un énorme gâchis. Une trahison, même. La maison avait tenu sa place dans le monde, elle avait fait son job sans trop se plaindre pendant vingt ans, et elle méritait mieux qu'un bulldozer.

Ils l'avaient achetée en l'état, conscients de ses défauts, et avaient planifié sa rénovation en deux temps. Ils avaient commencé par l'intérieur, immédiatement après l'acquisition, et repoussé le rafraîchissement des extérieurs décatis aussi longtemps qu'ils l'avaient pu, jusqu'à ce que le pourrissement de la terrasse couverte, les fuites du toit et le revêtement inégal des murs, perclus de nids de guêpes, ne puissent plus être ignorés. Alors, ils avaient pris une profonde inspiration, sorti le carnet de chèques et s'étaient attelés à la tâche quatre ans plus tôt, juste avant leur retraite. Mais leur pécule avait fondu alors que la moitié du toit et l'entièreté de la terrasse restaient à faire.

Ils ne s'étaient pas retrouvés littéralement à court d'argent, mais il y avait des lignes financières qu'ils avaient décidé de ne jamais franchir, des prêts qu'ils ne voulaient pas contracter, des bons du Trésor qu'ils refusaient de vendre ; il était hors de question de violer leurs propres règles alors qu'ils avaient presque réuni de quoi assurer des études universitaires décentes à chacun de leurs petits-enfants.

Alors Roberto avait appris comment couvrir un toit, comment faire le plancher d'une terrasse, comment sourire face à la condescendance virile des employés du magasin de bricolage quand il y retournait pour la troisième fois de la journée avec ses questions débiles. Quelques jours avant Thanksgiving de l'année précédente, deux ans et demi après le départ des ouvriers qualifiés qui avaient commencé le boulot, près de quatre ans après qu'ils avaient commencé à travailler sur l'extérieur, et une décennie révolue après leur emménagement, la maison du 67, Figtree Road était terminée.

Il y avait un fauteuil à l'arrière de la terrasse, un rocking-chair complaisant avec le dos douloureux de Roberto, juste à gauche de la moustiquaire. C'était l'endroit qu'il préférait au monde, pour ce qu'il en avait vu, et il en avait vu un sacré morceau. C'est là qu'il s'était assis en attendant que la bouilloire arrive à température et en s'interrogeant sur cet air chaud et humide d'un mois de mars qui n'aurait dû être ni l'un ni l'autre.

De retour dans la cuisine, il saisit la bouilloire avant qu'elle n'ait une chance de crier à pleins poumons et versa l'eau brûlante dans la passoire. Tandis que le thé infusait, il laissa son regard errer au-delà de la fenêtre – la déplacer de la façade vers l'arrière de la maison lui avait coûté la bagatelle de six mille deux cents dollars, une dépense extravagante qu'il ne regrettait pas un seul instant – et ajouta quelques gouttes de lait au bout d'exactement trois minutes. Il avait pris cette habitude lors de son détachement à Londres. Le lait atténue quelque peu l'acidité des feuilles de thé. On en apprend à tout âge.

Il prit une gorgée et s'approcha du placard à balais à l'autre bout de la pièce. Ses angles biscornus ne permettaient pas d'y ranger grand-chose, mais c'était la moins mauvaise des solutions à un épineux problème électrique qu'il avait rencontré quand il avait insisté pour concevoir et construire lui-même ce coin de la cuisine. Il n'avait permis à personne de l'aider, pas même de rentrer dans la pièce pendant qu'il y travaillait.

Roberto sortit les balais et les serpillières du placard, retira les vases stockés à l'arrière et le petit mixeur qu'ils n'avaient réussi à caser nulle part ailleurs. Il utilisa une clé cachée là pour ouvrir le panneau d'angle au fond et tapa la combinaison du coffre.

Il ressentit un déferlement soudain d'adrénaline lorsqu'il tourna la poignée de sécurité et qu'elle produisit son claquement prometteur. Ce n'était pas de l'excitation, loin de là, mais quelque chose qui tenait davantage de l'instinct de conservation, le vieux système se mettant en branle en cas de nécessité. Le « courage, fuyons » n'était pas de mise.

Le coffre était petit. Il n'avait pas besoin de contenir grand-chose : quelques devises, des passeports qui devaient probablement être expirés à l'heure actuelle. Ce n'était plus vraiment une planque digne de ce nom, juste un endroit où ils gardaient le téléphone sécurisé et la boule à neige, celle qu'ils avaient achetée dans une station-service du Vermont, kitsch comme il faut, mais à laquelle ils n'avaient pas su résister car on y voyait trois enfants en train de faire de la luge, deux filles et un garçon, comme les leurs. Il sortit le téléphone d'urgence, l'alluma, et l'écran afficha le niveau de batterie à mi-charge. Roberto fut surpris qu'il en reste autant. Il récupéra le chargeur, le brancha à la prise près de l'évier et finit son thé en regardant par la fenêtre.

Au bout d'un moment, le téléphone carillonna, signalant le lancement du système d'exploitation. Il le considéra un moment, l'esprit vide, mais ne le prit pas. Il n'allait pas se presser ; les cinq minutes qu'il avait réclamées venaient de se terminer, et le monde n'allait pas s'écrouler s'il s'accordait trente secondes de plus. Le vieillissement avait ceci de bien que l'on accordait plus d'importance à la conservation de l'énergie, au fond plus qu'à la forme. La jeunesse n'était que bruits et mouvements inutiles ; plus vous donniez l'impression de faire quelque chose, plus cela devait être vrai, alors que c'était souvent l'inverse. Avez-vous la patience de rester parfaitement immobile jusqu'à ce que l'eau s'éclaircisse autour de vous ? Non, pas avant cinquante ans.

Quand il se sentit prêt, Roberto composa le numéro. Au bout d'une sonnerie, la même voix de femme répondit :

— Importations Fénelon.

— Zéro-quatre-sept-quatre bleu indigo.

— Merci, monsieur Diaz.
— Que se passe-t-il ?
— Nous avons une alerte de rupture thermique provenant d'un complexe déclassé dans les mines d'Atchison, au Kansas.
Il laissa passer un silence. *Nous y voilà.*
— Monsieur Diaz.
— Oui. Je connaissais cette éventualité. Étant donné le dérèglement climatique.
— Êtes-vous…
— J'ai rédigé un mémo en 1997 sur le sujet.
— Je ne le vois pas dans le dossier.
— Et j'ai appelé, environ cinq ans après ça. Et encore six ou sept ans plus tard.
— La situation ne vous est donc pas inconnue ?
— Non.
— Est-ce quelque chose dont nous devons nous préoccuper ?
— Oui, c'est quelque chose dont vous devez vous préoccuper.
— Nous pensions, s'agissant d'un site déclassé…
— À quelle heure vous est parvenue cette alerte ?
Il l'entendit taper sur son clavier.
— 15 h 11, CST.
— Et vous ne m'appelez que maintenant.
— Trouver qui nous devions joindre nous a pris du temps.
— Et si je n'avais pas répondu ? Qui étiez-vous censés appeler d'autre ?
— Je n'ai aucun nom, à part le vôtre.
Roberto inspira et regarda par la fenêtre.
— OK. Je me trouve à cent dix-sept kilomètres de Seymour Johnson. Je peux y être dans quatre-vingt-dix minutes. J'ai besoin d'un avion pour me conduire au Kansas et qu'une voiture m'y attende. Je la conduirai moi-même. Personne d'autre ne doit aller là-bas.

— Selon vous, cette situation peut-elle être qualifiée de Menace Accrue ?

— Selon moi, elle peut être qualifiée de Menace Exceptionnelle depuis 15 h 11.

Un ange passa.

— Je vais voir ce que je peux faire pour le transport, dit-elle.

— Je n'ai pas terminé. Je n'ai aucun matériel.

— De quoi avez-vous besoin ?

— Tout est sur la liste.

— Je vous prie de m'excuser, monsieur Diaz, je ne sais pas…

— J'ai rédigé un livre blanc en 92. Il est compartimenté et stocké dans la chambre forte stérile. C'était il y a vingt-sept ans, il va vous falloir un logiciel spécifique pour le lire, mais j'ai archivé le programme et une disquette pour le faire tourner. Demandez-en l'accès à Gordon Gray. À lui seul. Vous n'avez besoin d'appeler personne d'autre. Lisez le rapport et rassemblez tout ce qui est listé dans l'appendice A – et quand je dis *tout*, c'est tout – dans la voiture qui m'attendra au Kansas. Compris ?

— Je ne peux pas faire tout cela sans de multiples autorisations.

— Comment vous appelez-vous ?

— Vous savez que nous ne sommes pas…

— Votre prénom. Même un faux. Quelque chose pour vous nommer.

Elle hésita un instant.

— Abigail.

Certainement pas son vrai nom, comme le trahissait la légère élévation de sa voix. Elle aimait l'aventure, et avait sans doute choisi cette carrière précisément pour cette raison, mais ne devait rien vivre de plus palpitant que ces rendez-vous téléphoniques nocturnes à Fort Belvoir.

— OK, Abigail. Vous vous souvenez de ces bonnes notes que vous avez obtenues au lycée ? De ces cours de sport où vous suiez sang et eau ? De l'université que vous vous êtes battue pour intégrer ? Du nombre de sorties et de fêtes que vous avez déclinées parce que vous deviez rester chez vous pour travailler ? Des regards d'incompréhension de votre famille quand vous leur avez dit ce que vous vouliez faire dans la vie ? Des mauvais traitements que vous avez subis durant votre première année ? De la vie personnelle que vous avez sacrifiée ces… au son de votre voix, je dirais dix ou douze dernières années ?

— Huit.

— Tous ces sacrifices, toute cette merde que vous avez bouffée parce que vous vouliez servir votre pays… Tout cela, vous l'avez fait pour *ce* moment, Abigail.

— Oui, monsieur.

Le léger tremblement dans la voix de son interlocutrice lui apprit qu'il savait encore improviser un bon discours *on est dans la merde* quand c'était nécessaire.

— Trouvez-moi le matériel sur la liste. Je serai à Seymour à 2 h 15, heure de la côte Est.

Et il raccrocha.

Annie se réveilla spontanément environ deux heures plus tard. Elle sortait du sommeil aussi vite qu'elle y plongeait. Elle descendit dans la cuisine, où brillait une lumière, près de l'évier. Elle savait ce qu'elle trouverait dans la pièce avant même d'y entrer. Roberto aurait nettoyé, séché et rangé son mug, ainsi que la passoire. La cuisine se trouverait dans le même état que lorsqu'ils étaient allés se coucher, à l'exception de la boule à neige. Elle trônerait sur le plan de travail, à côté de la bouilloire, par-dessus une feuille de papier blanc sur laquelle il aurait dessiné un cœur au feutre indélébile.

Elle ne fut pas déçue.

Annie observa la boule un moment. Elle la souleva et la secoua. De la neige tomba autour des enfants sur leurs luges. D'un côté, cela lui faisait chaud au cœur de revoir ce bibelot ; cela faisait plus de trois ans qu'il n'était pas sorti du coffre.

De l'autre, elle aurait vraiment préféré qu'ils aient choisi quelque chose d'autre comme signal.

Les quatre heures suivantes

13

Il est difficile d'estimer le temps que prend le décapage d'une demi-douzaine de couches de peinture séchée et d'une fine couverture de béton sur le périmètre rainuré d'une plaque d'égout, mais en tout cas plus que Teacake et Naomi ne l'avaient imaginé. S'ils n'avaient pas trouvé le tournevis à large poignée dans le placard, il ne l'aurait peut-être jamais ouverte.

Ils procédaient à tour de rôle. Il était impossible de donner plus de six ou sept coups de marteau d'affilée sans faire une pause, car les vibrations causaient une vive douleur aux mains, un peu comme lorsqu'on essaie de renvoyer une balle rapide avec le mauvais côté de la batte. Par deux fois Teacake frappa le tournevis trop fort. Il avait alors laissé tomber les outils et s'était roulé par terre en serrant ses paumes entre ses cuisses et en donnant un bel aperçu de l'étendue et de l'originalité de son vocabulaire en matière de grossièretés. Naomi était plus méthodique : elle visait soigneusement et mesurait l'impact de ses coups. Elle progressait avec efficacité et régularité, si bien que l'honneur du dernier coup, celui qui allait dégager totalement la plaque, lui revint.

— Tu y es.

— Prends le pied-de-biche, dit-elle.

Il alla le chercher dans le placard et coinça son bout recourbé dans une des quatre fentes prévues à cet effet sur le pourtour de la plaque. Le disque de métal se souleva avec un léger appel d'air, et une odeur fétide venue d'en bas emplit l'atmosphère. Teacake poussa le pied-de-biche plus loin et pesa de tout son poids dessus, jusqu'à ce que son côté touche presque le sol.

— Monte dessus, haleta-t-il.

Ce qu'elle fit prudemment, et le pied-de-biche toucha enfin le sol. Teacake glissa ses doigts dans l'interstice de huit centimètres entre la plaque et le rebord du trou.

— Fais pas ça ! lança-t-elle.

Mais il ne répondit pas car, au point où ils en étaient, il n'existait aucune autre façon de procéder. De plus, elle s'était exprimée sans grande conviction, si bien qu'il ne lui avait pas échappé qu'elle avait en réalité voulu dire : « Vas-y ! »

Ils étaient sur la même longueur d'onde à présent, rien ne pouvait les détourner de leur but.

Il lutta comme un possédé, en regrettant de ne pas avoir continué la musculation qu'il avait pratiquée durant ses dix-neuf mois à Ellsworth. Il aurait adoré qu'elle le voie à cette époque, avec son corps d'athlète dont il n'avait pas été peu fier, lui qui avait été un gamin maigrichon aussi loin que remontaient ses souvenirs. Mais à la minute où il était sorti de tôle, il s'était senti grotesque dans ce corps artificiellement gonflé et avait arrêté de faire de l'exercice, ce qu'il n'avait jamais regretté. Seule la sensation d'euphorie furieuse qu'il éprouvait juste après l'entraînement lui manquait, et bien sûr ses muscles, si seulement elle avait pu les voir… *mais, quoi, je suis pas trop mal non plus, maintenant, est-ce qu'elle ne vient pas de mater mon biceps ? et… Oh ! merde !* Sa digression mentale lui avait fait perdre prise, et à présent le disque métallique lui glissait entre les mains.

Teacake assura ses appuis, se focalisa sur sa tâche, plia les genoux et parvint à hisser la plaque au-delà de son point d'équilibre. Il la stabilisa en position verticale et avait prévu de la reposer de la même façon qu'il l'avait soulevée, mais ses muscles lui crièrent :

Pourquoi tu n'as pas fait ça quand on en était encore capables, ducon ?! Aussi lui donna-t-il simplement une poussée pour la faire rouler en direction du mur.

Elle n'alla cependant pas bien loin. Elle devait peser dans les cent, cent dix kilos, si bien qu'elle ne parcourut que deux ou trois mètres avant de se mettre à pencher et à pivoter vers eux. Ils reculèrent précipitamment alors que la plaque se lançait dans une poursuite grotesque, comme contrariée d'avoir été arrachée à son sommeil. Le rebord métallique racla le sol à quelques centimètres de leurs orteils avant de décrire une dernière circonvolution qui manqua de la renvoyer à sa place initiale. Voilà qui aurait été tordant.

Elle se mit alors à tourbillonner comme une pièce dans un raffut de fonte assourdissant et finit par s'immobiliser, à l'envers, juste devant eux.

Teacake prit la parole quand l'écho retomba.

— Avec le recul, tu vois, je me dis que j'aurais peut-être pas dû faire comme ça.

— On le saura pour la prochaine fois.

Si ça n'avait pas déjà été le cas, il serait tombé amoureux d'elle à cet instant précis, simplement parce qu'elle ne l'avait pas traité de débile profond, comme son père l'aurait fait. Elle ne parlait pas beaucoup, mais ne le faisait jamais pour rabaisser les gens, même pour rire.

Naomi empoigna la lampe torche, celle qu'il avait prise en haut, et l'alluma. Ils se rapprochèrent de la bouche du trou, se mirent à quatre pattes et éclairèrent l'intérieur.

Mais même une lampe puissante munie de batteries neuves ne peut rien pour illuminer un puits de cent mètres plongeant dans les entrailles de la terre. L'échelle de métal courait le long de sa paroi. La tonne de poussière que leurs exploits avaient soulevée flottait dans l'air rance, mais en dehors de ça, il n'y avait rien à voir.

Ils échangèrent un regard. Ni l'un ni l'autre ne voulait y aller en premier.

— Tu descends une quinzaine de mètres et tu me dis ce que tu vois ? proposa-t-elle.

— Combien il y a de barreaux à l'échelle.

Elle baissa le faisceau de la torche sur les degrés de métal.

— Cinquante, je dirais. Pourquoi ?

— Pour rien. J'espérais que ça aiderait.

Elle inclina de nouveau la torche vers le trou, mais cette fois elle éclaira les parois. Le faisceau accrocha le rebord mal défini d'un surplomb, trop loin pour le distinguer clairement, mais au moins y avait-il là un but à atteindre.

— OK, écoute. Allons jusqu'à ce truc…

— Quel truc ?

— Là.

Elle lui fit signe de venir près d'elle. Leurs jambes se touchèrent quand il la rejoignit, à peine un frôlement qu'il ne put s'empêcher de remarquer. Elle souligna le rebord du surplomb avec la lampe.

— Là. C'est à quoi, neuf mètres ? On pourrait aller voir ce que c'est.

— Et après ?

— Et après, on avise. Si tout se passe bien, on continue. Dans le cas contraire…

Il la dispensa de finir sa phrase d'un geste vague.

— Pigé.

Il lui prit la lampe torche, fit passer ses jambes par-dessus le bord du trou et commença à descendre.

— Tu n'as pas à y aller le premier.

— Je suis un gentleman. Je passe devant et j'éclaire vers le haut, histoire que tu voies où tu mets les pieds.

— Admets quand même que jusqu'ici, c'est cool.

— J'admets que jusqu'ici, c'est cool.

— Tu le penses vraiment ?

— Non, je fais que répéter ce que tu veux me faire dire. On se revoit dans neuf mètres.

Elle s'engagea à son tour dans le puits en riant.

Descendre les barreaux à une main était plus difficile qu'il ne l'avait cru, mais il avait si peur de lâcher la torche qu'il n'essaya même pas d'utiliser l'autre. Une main serrée sur le manche de la lampe, l'autre verrouillée sur la rampe verticale de l'échelle, il se mit à suer abondamment au bout de dix ou quinze barreaux, plus de peur que d'autre chose.

C'est alors que son esprit commença à faire des siennes, comme à son habitude. Teacake s'imagina tomber. D'abord une glissade, le choc de son menton contre le barreau en face de lui, puis le douloureux étirement des tendons de sa jambe manquant le barreau suivant, ses deux mains s'agitant en tous sens, peut-être une ou deux fractures aux doigts tandis qu'il essaierait désespérément de retenir le poids de son corps pris dans l'élan. Et enfin la chute – ce moment suspendu dans les airs, comme dans un dessin animé, ses bras battant le vide et ses pieds quittant définitivement le métal salvateur. Crierait-il ? Ou partirait-il en silence, les yeux écarquillés, sa bouche formant un O horrifié sur un hurlement muet tandis qu'il tomberait dans le noir, cinquante, cent, cinq cents mètres plus bas, jusqu'à ce qu'il percute le ciment, pieds en avant, que ses jambes s'encastrent dans son corps, que ses fémurs, ses tibias, enfin les deux grands, là, ceux des cuisses, passent à travers ses intestins, lui perforent le cœur et terminent leur course à la base de son crâne.

Cause de la mort : « Tué par les os de ses jambes. »

Puis un autre scénario lui vint, dans lequel il ne tombait pas comme une pierre. Dans cet enchaînement d'événements, son pied ne se contenterait pas de glisser, il se coincerait entre les barreaux. Teacake perdrait l'équilibre, mais son corps partirait à la renverse, retenu par sa jambe gauche, et il entendrait claquer les ligaments de part et d'autre de sa rotule alors que son genou se plierait à un angle impossible, supportant un poids et une torsion qu'il n'avait pas été conçu pour soutenir. Dans cette version, il crierait, pas de doute, il hurlerait comme un animal blessé, pendu tête à l'envers par son genou déchiqueté, sa tête se fracassant contre les barreaux en contrebas. La lampe torche glisserait de sa main et tomberait, son faisceau devenu fou tandis qu'elle rebondirait contre les parois du puits avant de se fracasser contre le sol.

Naomi essaierait de le sauver à grand renfort de cris. Elle descendrait trois barreaux, en empoignerait un d'une main, se pencherait aussi loin qu'elle le pourrait et chercherait Teacake à tâtons dans le noir quasi complet. Mais elle manquerait sa main tendue et perdrait prise à son tour. Alors c'est *elle* qui tomberait comme une pierre et s'écraserait contre Teacacke. Leurs poids combinés lui déboîteraient le genou et briserait son tibia toujours coincé (dans les deux versions, le tibia prenait cher), et sa jambe fracturée glisserait, informe, entre les barreaux. Ils tomberaient tous les deux. La fin serait à peu près la même, à cette exception près que Teacake atterrirait à l'envers et que la cause de la mort serait cette fois « chute sur la tête », tandis que Naomi écoperait de « fréquentation létale d'un abruti qui avait entrepris de descendre au fond d'un puits non éclairé à une main ».

Son esprit n'avait pas seulement divagué, il avait carrément pris la poudre d'escampette, mais au moins le temps était passé plus vite et Teacake était arrivé au bout des trente-quatre barreaux qui les séparaient de la saillie aperçue d'en haut. Il assura sa position avant de diriger le faisceau de la lampe sur la paroi opposée.

— C'est une porte.

Naomi s'arrêta juste au-dessus de lui et suivit son regard. Trois caractères – avec le recul, ils auraient pu en deviner la teneur sans avoir besoin de descendre jusqu'ici.

SS-2.

Elle hocha la tête.

— Ouais, c'est bien ce que je me disais. On continue ?

Teacake n'avait pas la sensation d'en avoir eu pour son argent. Il n'avait pas défoncé le mur de son patron, fracassé le plancher du premier sous-sol et imaginé avec une telle acuité deux versions particulièrement horribles de sa propre mort simplement pour contempler une porte fermée marquée des lettres SS-2 à moitié effacées.

Pour toute réponse, il fourra sans l'éteindre la lampe torche dans sa poche-revolver, le faisceau tourné vers le haut. Avec ses deux mains libres, il irait beaucoup plus vite.

Ils reprirent leur progression.

14

Après qu'il eut vomi sur le gravier derrière le pot d'échappement, après qu'il eut toussé, craché et se fut mouché au point d'en avoir la cloison nasale irritée, après qu'il eut utilisé la serviette de plage sale qui couvrait la banquette arrière pour débarrasser son visage du moindre reliquat d'entrailles de chat, Mooney reprit possession de ses esprits. Plus ou moins. Il n'arrivait pas à donner le moindre sens à ce qui venait de se produire, car c'était impensable, mais il avait au moins réussi à calmer sa respiration, à ramener son rythme cardiaque à un niveau normal et à cesser de s'écrier : « Oh mon Dieu, putain, mais c'est quoi, ça, oh merde » avec de légères variations, toutes les deux secondes.

Quand il fut propre, une soif dévorante s'empara de lui, et il fut soulagé de constater que la dernière bouteille de vin-soda était encore pleine – il avait à peine eu le temps de dévisser quelques millimètres du bouchon avant de percuter la biche. Il la ramassa dans la flaque de Baie Exotique qui s'était formée au pied du siège passager et la but cul sec. À température ambiante, le goût de l'alcool était plus présent, et c'était exactement ce dont il avait besoin. Un léger afflux de courage lui traversa le cerveau, une sensation à la fois familière et différente de ce qu'il connaissait. Il avait l'impression de devenir plus fort, plus calme, une meilleure version de lui-même.

Il devenait aussi un mécanisme de dispersion ambulant pour *Cordyceps novus*. Mooney était le vingt-huitième être humain infecté par le fongus, mais il existait une différence fondamentale entre lui et les autres véhicules. Bartles & Jaymes, comme beaucoup de producteurs de vin-soda ou de vin en général, intégrait dans ses préparations la quantité maximale de dioxyde de soufre autorisée par la FDA[1] comme conservateur. Le SO_2 est l'un des antimicrobiens les plus efficaces de la planète et empêche toute croissance. Sous sa forme gazeuse, le SO_2 peut être létal pour toute créature respirant de l'air – lors d'une éruption volcanique, ce gaz fait bien plus de victimes que la lave elle-même.

Mais sous sa forme liquide, et dans une juste proportion, le SO_2 peut être très utile. Non seulement il prévient toute invasion microbienne dans le système digestif humain, mais il nettoie et préserve une bouteille de vin en verre, tant durant le processus de fermentation qu'au moment du stockage.

La dernière bouteille de Baie Exotique de Mooney, en plus d'être goûteuse et alcoolisée, était aussi un formidable inhibiteur de croissance. Alors que la prise de contrôle des précédentes victimes du fongus avait eu des allures de blitzkrieg, l'ingression du corps de Mooney saturé de vin-soda s'apparentait davantage à la progression lente et régulière d'un assaut d'infanterie dans la boue. L'armée d'invasion de *Cordyceps novus* l'emporterait, mais la bataille serait longue.

S'étant bien involontairement arrogé quelques heures de plus sur la planète, Mooney s'écarta de la voiture pour réexaminer les événements survenus au cours des deux dernières heures.

Et il y avait de quoi faire. La biche était *morte*, sans aucun doute possible. Tout comme M. Scroggins ; le chat avait perdu la

1. Food and Drug Administration : l'Agence américaine des produits alimentaires et médicamenteux.

moitié de sa gueule et de son crâne. L'idée qu'il puisse survivre à pareille mutilation était risible. La seule explication possible était d'ordre surnaturel, ou contre nature. Peu importe. L'univers était un endroit tordu rempli de merdes qu'il ne comprendrait jamais.

Mais, et moi *? Moi, Mooney, où je me situe dans tout ça ? Qu'est-ce que j'ai* fait, *après tout ?* Mooney se targuait d'avoir un esprit critique, aussi le mit-il à profit. *Qu'est-ce qui peut m'arriver de pire ? Oui, j'ai percuté une biche ; oui, je lui ai rempli le crâne de plomb ; et oui, j'ai tué un chat malade, mais rien de tout cela n'est un crime.* Les enterrer sur une propriété privée en était sans doute un, mais il n'avait pas eu l'occasion de le faire. La biche morte s'était sauvée, et la moitié de chat avait grimpé en haut d'un arbre avant d'exploser. C'est aussi simple que ça, monsieur l'agent.

Il pouvait donc évacuer la Peur de la Police. Il n'avait rien fait d'illégal. Ne restaient plus que la Peur de la Condamnation Sociale et la Peur de Dieu. La société ne le condamnerait que si elle savait qu'il était un taré et un tueur d'animaux, et il n'en existait aucune preuve, sinon dans son coffre. Il s'approcha prudemment de ce dernier, ce qu'il n'avait pas fait à moins de deux mètres depuis que ses occupants avaient décampé. Il ne s'y trouvait aucune tripe, tant mieux, mais la biche avait perdu une quantité de sang non négligeable. Elle avait aussi laissé un drôle de liquide épais brun-vert qui couvrait la moitié du plancher du coffre. Ce devait être le genre de merde qui vous sortait du corps quand vous mouriez.

Quoi qu'il en soit, tout cela pouvait se nettoyer. Un tuyau d'arrosage, quelques vieux chiffons et une vingtaine de minutes de son temps suffiraient. Personne n'en saurait jamais rien. Donc la Peur de la Condamnation Sociale était elle aussi hors course.

Malheureusement, cela laissait le plus gros morceau. Dieu savait. Dieu était au courant de *toute* cette merde, et Il ne devait pas être particulièrement content. Mooney ne craignait pas pour son âme ; sa conception du divin était un peu plus baroque, plus Ancien Testament. Il avait vu assez de la vie pour savoir que Dieu assurait, question châtiment, et plus c'était tordu et ironique, plus ça Lui plaisait. Bien sûr, Il était amour et compassion, mais Il avait aussi inventé le cancer colorectal. Existe-t-il quelque part un super-vilain qui a un jour imaginé façon plus diabolique d'ôter la vie à quelqu'un ? Ne vous fatiguez pas à chercher, la réponse est non.

Oui, Dieu avait certainement remarqué et désapprouvé ce que Mooney avait fait ce soir-là, et sans doute avait-Il déjà lâché sur lui son juste courroux. Phase un : rendre ces innocentes créatures à la vie pour le torturer ; phase deux : lui barbouiller le visage de tripaille de chat. Mooney était certain de ne pas vouloir attendre les phases trois, quatre et cinq, quelles qu'elles puissent être.

Il devait s'excuser.

La dernière fois qu'il avait décidé de faire amende honorable auprès de Dieu, cela lui avait coûté presque quatre ans de sa vie, mais il espérait boucler l'affaire en deux heures de génuflexions. St Benedict Abbey, sur la Deuxième Rue, était ouverte toute la nuit, et il s'y était déjà rendu pour expier ses péchés. L'endroit abritait de vrais moines franciscains vêtus de robes noires à capuche qui donnaient un certain poids à leur ascétisme moralisateur. Les bancs en bois au design minimaliste ne devaient pas être du goût du Vatican, mais il y avait une grande dalle de granit juste devant l'autel sur laquelle Mooney avait passé de nombreuses heures, agenouillé, à supplier Dieu de lui pardonner. La pierre inégale était grêlée de trous, si bien qu'au bout de quelques minutes ses genoux lui faisaient souffrir le martyre, et une heure plus tard la douleur était telle qu'il n'arrivait même plus à se concentrer. Quand ses péchés étaient vraiment graves, Mooney restait là si longtemps que sa peau fusionnait avec le tissu de son pantalon, et lorsqu'il se relevait, plusieurs couches d'épiderme y demeuraient collées.

Le temps qu'il regagne sa voiture, son pantalon était imbibé de sang, signe qu'il avait fait ce qu'il fallait et qu'ils étaient quittes.

Il se rappelait cependant une époque où, malgré toute son ardeur, sa repentance n'avait servi à rien. À ses prières, Dieu répondait : « Même pas en rêve. » Une demi-heure à genoux pour Lui demander la force de lui résister ? Non. Une heure entière pour Le supplier de lui accorder son pardon après qu'il l'avait baisée et, surtout, pourriez-Vous, juste cette fois, m'épargner les conséquences et faire en sorte qu'elle ne tombe pas enceinte, s'il Vous plaît ? Non plus. Encore deux heures pour L'implorer de mettre Sa sagesse et Son jugement à profit pour la convaincre de l'épouser ? Laisse tomber, connard. Pour finir, il avait passé trois jours agenouillé sans rien avaler et s'était évanoui si souvent que frère Dennis lui avait demandé de cesser de venir ou d'au moins utiliser un prie-dieu.

Quant à l'objet non avoué de ces prières, il lui avait également été refusé, non sans une certaine rudesse. La grossesse avait été menée à terme, le bébé n'était pas mort à la naissance, il était même en parfaite santé et c'était son enfant, la fille bâtarde de Naomi Williams. Quoique l'entièreté de la famille Snyder lui ait pardonné, il était clair comme de l'eau de roche que le Dieu d'Abraham n'était pas de cet avis et ne comptait pas en changer de sitôt.

Mike – il se faisait encore appeler ainsi, à cette époque – était tombé sur Luc 12-48, le lendemain du retour de Naomi et du bébé de la maternité. « Mais celui qui, ne l'ayant pas connue, a fait des choses dignes de châtiment, sera battu de peu de coups. On demandera beaucoup à qui l'on a beaucoup donné, et on exigera davantage de celui à qui l'on a beaucoup confié. »

Clairement, Dieu n'y allait pas de main morte, cette fois. Il réclamait un sacrifice de type Isaac-dans-le-désert, et Mike Snyder devait absolument découvrir lequel.

Rejoindre le Corps de la Paix présentait un certain nombre d'avantages – fuir, servir ses semblables, fuir, régler ses comptes avec le Seigneur et… ah, oui, fuir.

Malheureusement, ils n'avaient pas retenu sa candidature. Il s'avère que le Corps de la Paix recherche des diplômés de l'enseignement supérieur avec un bon CV et de réelles compétences. Vous le saviez ?

La Brigade de Service Chrétien, cependant, recrutait à peu près tout le monde, pourvu que vous ne soyez pas sous le coup d'une inculpation dans votre pays d'origine. La Brigade avait signé un contrat avec le gouvernement ougandais pour bâtir des logements à bas coût, ce qui, en termes locaux, signifiait à un coût fortement soumis à l'inflation qui ne les rendait accessibles qu'aux officiels du gouvernement censés les distribuer. Quoi qu'il en soit, Mike avait laissé ses problèmes au pays, la Brigade le payait grassement sous la table, et sa famille le prenait pour un saint, donc à tout prendre…

Quelques semaines après son arrivée en Ouganda, les travailleurs locaux avec qui il faisait équipe l'avaient surnommé Muni, un diminutif de Muniyaga. Ça sonnait si bien que, même lorsqu'il découvrit que Muniyaga signifie « le casse-pieds » dans il ne savait plus quelle foutue langue, il le garda.

Il était désormais Mooney et partait d'un nouveau pied.

Revenu à Atchison quelques mois plus tôt, il avait été accueilli en héros et réintégré dans l'inconfortable cocon familial. Il avait regretté son retour à la minute même où il avait franchi la porte de la maison paternelle ; ils avaient posé leurs yeux débordants de tendresse sur lui, l'avaient jugé, lui avaient dit qu'ils lui pardonnaient tout, sa faiblesse, sa couardise, son absence totale de talents artistiques.

Ils avaient essayé de susciter en lui une lueur d'intérêt pour sa fille, Sarah, avaient déployé des trésors de persuasion pour le convaincre d'aller la rencontrer, mais c'était hors de question. Sa mère, oui, avec plaisir, mais pas la gosse, jamais. De toute façon, Naomi ne voulait pas le voir.

Trois jours après son retour, Mike avait commencé à planifier un nouveau départ. Peut-être pourrait-il rejoindre son ami Daniel Mafabi à Budadiri, où ce dernier avait passé un juteux marché avec le ministère du Travail et des Transports pour construire des écoles dans tout le pays à moitié prix. Beaucoup de shillings ougandais ruisselaient du budget depuis que Nakadama avait pris ses fonctions, et Mike connaissait des gens qui connaissaient des gens. Deux ans de plus là-bas et il s'assiérait sur une montagne de fric suffisamment haute pour plaquer sa famille, pour ne plus jamais avoir à les entendre dire qu'ils lui pardonnaient.

Mais Dieu, c'était une autre affaire. Ces yeux-là le suivraient où qu'il aille. Ce soir, il devait ramener son cul à St Benedict, faire ses excuses et mettre un terme à cette horrible soirée.

Il grimpa dans la voiture, tourna la clé de contact, mais n'obtint qu'un *clic*.

Bien sûr.

Il réessaya.

Pas même un toussotement, juste un *clic*. Panne de démarreur. Il ressortit de la voiture et claqua la portière de toutes ses forces. Elle rebondit, alors il la claqua encore plus fort et accompagna son geste d'un bon coup de pied, laissant une jolie bosse qu'il aurait du mal à expliquer à l'assurance. Il jeta un regard aux alentours et prit conscience qu'il se trouvait au milieu de nulle part.

La voiture au bas de la colline attira de nouveau son attention. Elle était garée près de l'entrée du centre de stockage, juste sous la lampe à vapeur de mercure qui éclairait le parking. L'arrière de la voiture, une Toyota Celica vieille de dix ans, lui apparaissait dans le halo jaunâtre. En s'approchant à pied par la route, il vit un autocollant sur le pare-chocs, qui disait :

Incroyable. Il connaissait cette voiture ; c'était celle des parents de Naomi, à l'époque où il la fréquentait, en tout cas. Ce devait être la sienne, désormais. Il avait passé du bon temps, dans cette voiture. Un sourire étira ses lèvres tandis qu'il accélérait le pas, attiré tant par la voiture que par le fantôme de toutes ces séances de pelotage qu'elle avait abritées. Il avait entendu dire qu'elle s'était réinscrite à la fac et qu'elle avait pris un job de nuit quelque part. Ici, de toute évidence, pile à l'endroit et au moment où il avait besoin d'elle. Si ce n'était pas la Providence, qu'est-ce que c'était ? Mike inspira une profonde bouffée de l'air moite de la nuit ; il se sentait mieux, à présent, infiniment mieux, l'esprit plus clair…

rentrer là-dedans et trouver Naomi, voilà ce que je vais faire, trouver Naomi, trouver Naomi

… et éprouvait une sensation de bien-être qui augmentait de minute en minute. Il força l'allure en s'étirant le cou.

Tout allait bien se passer. Naomi serait tellement heureuse de le voir.

Tout s'éclairait.

15

Teacake et Naomi avaient atteint le bas de l'échelle. *Dieu* que c'était bon de poser à nouveau le pied sur la terre ferme. La lampe torche dans sa poche avait éclairé les barreaux supérieurs tout au long de la descente, et Teacake s'était installé dans une sorte de transe, laissant son corps prendre les commandes – descendre un degré, faire glisser sa main, descendre un degré, faire glisser sa main, descendre un degré, faire glisser sa main. Regarder en bas ne présentait aucun intérêt, puisqu'il n'y avait rien d'autre à voir qu'une grosse flaque d'encre noire. Descendre un degré, faire glisser sa main. Il avait hésité un instant en arrivant à la porte marquée SS-3, mais Naomi n'avait même pas pris la peine d'y jeter un regard. L'aurait-elle fait que Teacake aurait continué avec un sourire, sachant pertinemment que ni l'un ni l'autre ne s'arrêterait avant d'avoir touché le fond du puits.

À partir de ce point, leur descente avait paru interminable. D'après le plan, il avait estimé qu'une trentaine de mètres séparaient le niveau le plus bas de SS-3, mais maintenant qu'il y repensait, cette section de la carte était barrée d'un double zigzag, qui signifiait sans doute une distance bien plus grande. Descendre un degré, faire glisser sa main. Son esprit était reparti faire un tour, mais plutôt plaisant, cette fois, car la seule zone éclairée se trouvait au-dessus de lui, lui offrant une vue dégagée sur les fesses de Naomi, de très jolies fesses, mais une seconde, n'était-ce pas justement ce à quoi il essayait de ne pas penser, par respect pour elle ?

Il se demanda ce qu'ils feraient, s'ils sortaient ensemble, puisqu'elle ne buvait pas. Cela dit, lui-même n'appréciait plus autant l'alcool qu'autrefois, qui rendait son humeur imprévisible. Il pouvait devenir colérique ou euphorique sans raison valable, et les gens ivres le dérangeaient de plus en plus avec l'âge. Et il y avait les réveils nocturnes – il n'arrivait plus à dormir douze heures d'affilée comme avant. Cette époque lui manquait, mais d'un autre côté, les matinées sans gueule de bois n'étaient pas mal non plus. Bon, d'accord, mais alors que font les gens, s'ils ne boivent ou ne se défoncent pas, dans le coin ?

Il s'imagina délirer avec elle autour d'un café... hum, moyen. Du sport, alors ? Sa peau luisante de transpiration sous son legging serré, les cris qu'elle pousserait sous l'effort, et... merde, il repartait dans la mauvaise direction. Le cinéma. Ils y emmèneraient sa fille, et peut-être que la gamine aurait peur et lui sauterait sur les genoux, et il lui dirait que tout va bien, chuut, tourne la tête, cache-toi les yeux, je vais te couvrir les oreilles, je te dirai quand c'est fini, je te protégerai, et Naomi le regarderait avec un sourire, il s'y prenait bien avec les gosses, alors peut-être qu'il pourrait...

Il finit par tomber. Mais du dernier barreau seulement. Son pied droit percuta le sol qu'il n'avait pas vu arriver, il perdit l'équilibre et son pied gauche glissa. Naomi se retourna à son exclamation, et il lui tendit une main secourable.

— Attention.

Elle accepta sa main, franchit le dernier barreau, et tous deux se retrouvèrent côte à côte au fond du puits. Il y faisait plus froid, quelque chose comme quinze degrés, et étonnamment humide. Il sortit la lampe de sa poche et éclaira vers le haut, où le faisceau se perdit dans l'obscurité infinie du tunnel, à présent au-dessus d'eux. Il la tourna ensuite vers la porte qui leur faisait face, plus grosse que les autres et lourdement renforcée par une série de barres et de leviers. Des lettres peintes au pochoir disaient : ACCÈS RÉSERVÉ DTRA.

— C'est quoi, la DTRA ? interrogea-t-il.

— On va vite le savoir.

Elle sortit son téléphone pour interroger Google.

— Pas de signal.

— Horreur.

Il réfléchit. Cela ressemblait moins à une porte qu'à une écoutille de sous-marin, quadrillée d'un motif complexe de lamelles d'acier qui se rejoignaient dans les coins et poursuivaient leur course jusqu'à une grande poignée noire. Il suffirait de tirer celle-ci pour que les lamelles articulées s'écartent et que la porte s'ouvre.

— Tu veux le faire ? lui demanda-t-elle.

— Je voudrais vraiment savoir ce que c'est que ces lettres.

— Moi aussi.

— J'ai l'impression que c'est important.

— Et si ça signifiait : « Détale, Trouduc, Radiations Astronomiques » ?

— Ouais, ça serait tordant.

— Si tu veux remonter, ça me va.

Bien sûr. Comme si ça allait arriver. Il attrapa la poignée, mais elle posa la main sur son bras et planta ses yeux dans les siens.

— Je suis sérieuse.

Il lui rendit son regard et envisagea cette possibilité pendant une nanoseconde ou deux. Mais pas plus, car jusqu'à maintenant, les choses n'auraient pas pu mieux se dérouler. Le moment du baiser allait arriver, il le sentait, ou au moins une frayeur qui justifierait une étreinte, et ce genre d'occasions avec une femme comme Naomi ne poussaient pas sur les arbres. En tout cas pas dans le désert rocailleux qu'avait été sa vie sentimentale ;

les graines de l'amour n'y avaient pas trouvé de terre favorable depuis, waouh, le lycée.

Non, il ne ferait pas machine arrière. Ils allaient en finir.

La poignée s'abaissa beaucoup plus facilement qu'il ne l'aurait cru. Une simple traction sur le levier noir, et le reste des pièces se mit en place, chacune entraînant sa voisine avec diligence et précision. Même après des décennies d'utilisation et malgré l'humidité, l'alliage de qualité n'avait pas cédé à la rouille. Quand les dizaines de pièces mobiles eurent fini de jouer leur symphonie métallique, huit pênes glissèrent hors des gâches où ils avaient passé les trente dernières années. Teacake tira le battant vers lui.

Quelque chose s'engouffra par l'ouverture et les percuta de plein fouet, mais rien d'aussi horrible que tout ce qu'ils avaient pu imaginer. De l'air froid. Pas plus de dix degrés. Leurs efforts les avaient tous deux fait abondamment transpirer, si bien que le coup de vent les réveilla d'un coup.

Après le froid vint le bruit. Celui d'un fort débit d'eau venant d'en haut, comme si des canalisations furieuses passaient au-dessus de leurs têtes. Teacake leva la lampe torche vers la source du bruit et constata que c'était exactement cela. Ils se tenaient sous une douzaine de tuyaux courant le long du plafond du tunnel, et dans lesquels passait de l'eau sous pression. Le plafond était ici assez bas pour que Teacake puisse les toucher en tendant le bras au-dessus de sa tête. Sa main revint mouillée. Les tuyaux suintaient.

— Chaud ? demanda Naomi.

— Froid. Gelé.

— Je n'entends aucune pompe ni rien de ce genre.

Teacake regarda la moisissure sur ses doigts.

— Mais ils suintent. Ça doit être humide, par ici.

— Je te le confirme. Je le sens.

— Pourquoi est-ce que ça serait humide, sous terre ?

— Tu permets ? dit-elle en désignant la torche.

Il la lui tendit, et elle éclaira les alentours. Ils se trouvaient à nouveau dans un long tunnel aux parois de béton. Elle revint aux canalisations.

— D'où vient-elle ? D'un torrent souterrain ?

— Sûrement.

Ils entendirent un bruit familier à l'autre bout du couloir.

BIP.

Encore cette satanée alarme, accompagnée d'un puissant scintillement blanc à une vingtaine de mètres d'eux.

Naomi se retourna vers lui.

— La vache, on est tout près.

BIP.

Il reprit la lampe.

— Je me charge de ça.

Il s'engagea dans le couloir en suivant les tuyaux, précédé par le faisceau de la lampe, Naomi sur ses talons. Les signaux sonores et lumineux gagnaient en puissance à mesure qu'ils s'en rapprochaient. Plus loin, ils distinguèrent d'autres portes – ce n'était pas seulement un long tunnel, mais un bien un niveau du complexe de stockage. Il y en avait une douzaine de part et d'autre du couloir, toutes en acier renforcé et munies du même genre de mécanisme de fermeture que la porte d'entrée, mais équipées de panneaux et de capteurs pour l'heure désactivés.

Deux des portes étaient grandes ouvertes, mais un rapide coup d'œil leur permit de constater que les pièces aux murs de béton nu au-delà étaient vides. À vrai dire, elles auraient peut-être mérité un examen plus approfondi, mais Teacake n'en voyait pas l'intérêt, et il préférait ne pas quitter des yeux leur chemin trop longtemps. Il avait un plan, un plan très clair, à court et long terme – *éclaire devant toi, avance, découvre ce que c'est que ce putain de bip, ramène ton cul à la surface, demande-lui son numéro et basta.*

Les étapes un et deux de son plan se déroulaient sans accroc. Le bip et le scintillement continuaient d'augmenter. Mais alors qu'ils s'approchaient de leur source, l'étape trois s'annonçait particulièrement coton. Ils ralentirent le pas et s'arrêtèrent devant la dernière porte à droite, flanquée d'un panneau de contrôle similaire à celui qu'ils avaient vu en haut, mais plus détaillé et ne concernant que cette pièce. De nombreux capteurs et indicateurs étaient désactivés, mais l'un d'entre eux fonctionnait toujours et il affichait : RUPTURE DE LA THERMISTANCE CTN.

Teacake leva les yeux vers les canalisations métalliques dont le raffut était ici encore plus fort, et qui décrivaient un coude avant de pénétrer directement dans la pièce par des ouvertures sur mesure dans l'épaisse paroi de béton.

BIP.

Il n'y avait plus qu'une seule porte. Ils échangèrent un regard. L'ouvrir ou ne pas l'ouvrir ?

C'est elle qui rompit le silence.

— C'est bon, j'ai mon compte.

— Moi aussi.

Ils se retournèrent pour partir dans un ensemble parfait, comme un couple de nageurs synchronisés. C'en était trop. Même s'il devait admettre qu'ils s'étaient bien amusés, une catastrophe aurait pu se produire à tout moment, et ils ignoraient toujours ce qui était en train de décongeler là-dedans, mais ils en savaient assez, se sentaient vivants, et il ne faisait plus aucun doute qu'il repartirait avec un numéro de téléphone.

C'est alors qu'ils entendirent les couinements. Ils étaient là depuis le début, mais ils ne perçurent leur présence qu'en se détournant de la porte. C'était le cri d'un animal. Ou de plusieurs animaux. Teacake dirigea rapidement le faisceau de la torche vers l'origine du bruit, et la lumière tomba sur un tas de fourrure quelques pas derrière eux.

Au début, ça ne ressemblait à rien d'autre qu'un gros morceau de mohair ou de pelage, mais la chose *bougeait*, se tortillait au sol. Ils s'approchèrent à contrecœur, la flaque de lumière se concentrant à mesure qu'ils avançaient ; le centre de la chose était relativement immobile, mais des formes irrégulières se mouvaient indépendamment sur les bords, s'étiraient en produisant des claquements secs.

C'était un rat. Ou plutôt une douzaine de rats hurlant, grognant et se mordant les uns les autres qui avaient fusionné en un seul corps lié par leurs queues. Deux ou trois des têtes demeuraient immobiles, cannibalisées par leurs voisins. Du sang gouttait de leurs dents et des oreilles manquantes. Les queues des rongeurs étaient engluées dans une étrange substance verte qui les solidarisait.

Teacake fut le premier à exprimer ses sentiments.

— Putain de bordel de *MERDE* !

Naomi éprouvait une répulsion mêlée de fascination.

— C'est un roi des rats.

— Un *quoi ?!*

— Un roi des rats. C'est… eh bien, ça. (Elle fit un geste vague, car aucun mot ne pouvait résumer ce qu'un bref coup d'œil à cette horreur suffisait à saisir.) On a décrit ce phénomène au Moyen Âge, durant la grande peste. Il était considéré comme un mauvais présage.

— Tu m'étonnes que c'est un mauvais présage ! Ça s'appelle le *roi des rats*, putain !

Naomi se pencha pour regarder de plus près, mue par un intérêt purement intellectuel ; elle ferait une bonne vétérinaire, si jamais elle arrivait jusque-là. Elle était capable d'observer la douleur et la difformité d'un œil clinique, dépassionné.

Ce qui n'était pas le cas de Teacake, que cette chose faisait carrément flipper. Il garda ses distances.

— Comment ils en arrivent à ça ?

— Personne ne le sait exactement. Leurs queues s'entremêlent inextricablement et se collent les unes aux autres. Comme prises dans de la résine de pin ou autre.

Elle regarda autour d'elle et ramassa un long morceau de métal qui traînait par terre. Elle donna un petit coup sur la masse de queues fusionnées.

— Quand on trouvait une telle créature morte, on la conservait et on la mettait dans un musée.

— Ouais, ben, celle-ci n'est pas morte. Tu veux bien reculer, maintenant ?

— Qu'est-ce qu'ils vont me faire, me monter sur la jambe ? Ils ne peuvent même pas bouger.

Elle s'approcha encore et éclaira les queues emmêlées avec son portable. À cette distance, elle constata que les cordons rosâtres étaient couverts d'une substance vert citron.

— Ce n'est pas de la résine de pin, dit-elle en se penchant davantage. On dirait un… une amibe.

— Ouais ? Super. (Il regarda autour de lui.) Moi, je dirais que c'est l'heure de partir.

Mais elle s'approcha encore des rats entortillés. Les couinements et l'agitation redoublèrent, mais il était difficile de savoir s'ils essayaient de la mordre ou de s'enfuir.

— Hum, j'ai l'impression que tu les emmerdes, là.

La lumière du portable n'était qu'à quelques centimètres de l'enchevêtrement de queues.

— Non, ce n'est pas une amibe, il n'y a pas de mousse. Et on dirait que… ça bouge un peu. Comme un exsudat fongique. La vache ! Ça fait un gros champignon.

Teacake consentit à s'approcher très légèrement et pointa le faisceau plus puissant de la lampe torche sur la masse gigotante. En déplaçant celui-ci, il remarqua que la matière fongique ne se trouvait pas uniquement sur les queues des rats. Une fine couche recouvrait deux ou trois des animaux emprisonnés et continuait sur le sol au-delà. Teacake suivit la trace sur le mur, sur lequel elle remontait – ou duquel elle descendait –, avant de suivre un sillon entre deux blocs de ciment jusqu'à la porte de la pièce scellée.

Il s'en rapprocha et vit que la substance visqueuse disparaissait dans la pièce elle-même par le verrou de la porte. À cette distance, il sentait quelque chose émaner de la porte.

De la chaleur.

Lentement, il tendit la main et posa la paume à plat contre le métal.

BIP.

Il sursauta et recula précipitamment en criant de surprise. L'alarme de la thermistance avait retenti à quelques centimètres de son oreille.

— Quoi ?

— La porte est chaude. Je veux dire, *vraiment* chaude. Et cette merde verte sort de la pièce, et il y a un putain de roi des rats, et la curiosité, c'est cool, mais ça va bien cinq minutes. C'est bon, j'ai ma dose.

Elle se leva.

— Moi aussi.

— On se casse.

— Mais on ne peut pas les laisser comme ça, dit-elle en montrant les rats.

Il la regarda sans comprendre.

— Quoi, tu veux les emporter ?

— Bien sûr que non, mais ils souffrent.

— Ouais, eh ben figure-toi que j'ai pas de morphine sur moi.

— Je peux le faire.

Il baissa les yeux sur le morceau de métal qu'elle tenait toujours.

— T'es sérieuse ?

— Tu veux laisser ces animaux à leur agonie ? Jusqu'à ce qu'ils meurent de faim ?

— Non, je veux me barrer vite fait et plus jamais penser à eux.

— Attends-moi à la porte, j'arrive.

— Très bien. Super. T'es complètement tordue, mais bon, j'ai pas de problème avec ça.

Il se retourna pour partir.

— Je peux avoir la lampe torche ?

— Même pas en rêve.

Elle le regarda fixement. Il s'expliqua.

— Non, mais, ce que je veux dire… Ça serait pas mieux de faire ça sans ? Tu vois, sans trop regarder cette merde répugnante ?

— Je vais me débrouiller. Vas-y.

Il passerait pour un malotru et un trouillard, mais il sentait qu'il devait s'en aller le plus loin possible. Dans l'échelle de ses priorités, son besoin de mettre de la distance entre lui-même et cette pièce chaude et la merde fongique qui en sortait surpassait celui d'impressionner Naomi par un coup d'éclat. Il parcourut le tunnel en une trentaine de secondes, ne jetant qu'un seul coup d'œil par-dessus son épaule. Il aperçut Naomi penchée sur le roi des rats, captivée. Enfin il atteignit l'écoutille et passa dans l'espace sombre à la base de l'échelle tubulaire.

Il n'avait jamais été aussi soulagé de se retrouver tout au fond d'un puits en béton de près de cent mètres. Il ne ferma pas complètement la porte, mais assez pour ne pas voir ou entendre ce qu'elle croyait devoir faire, et attendit. Cela prit plus longtemps qu'il ne l'estimait nécessaire. D'un autre côté, il n'avait jamais eu à achever les souffrances d'une douzaine de rats attachés par la queue, donc qu'en savait-il ?

Au bout de quelques minutes, il perdit patience et ouvrit la porte, mais le faible halo de lumière du portable de Naomi se rapprochait de lui en bondissant au rythme de ses pas. Elle éteignit ce dernier alors qu'elle arrivait à portée du faisceau de la lampe torche, qu'il leva sur elle à son arrivée.

— Tu as eu de cette merde sur toi ?

— Non.

— T'es sûre ?

— Parfaitement sûre.

Elle franchit l'écoutille, la referma derrière elle et remit le levier d'ouverture en position haute. Le mécanisme du verrou refit son travail ; il avait dû être enchanté de servir deux fois en dix minutes après toutes ces décennies à ne rien faire, sinon garder la boutique. Il scella le tunnel avec un bruit rassurant de métal contre le métal.

Teacake éclaira l'échelle, évaluant l'ascension qui les attendait.

— Tu veux passer devant, cette fois, ou…

Il ne vit pas le baiser arriver, et s'il avait eu le loisir de revivre cet instant, il aurait agi différemment. Une seconde il parlait, le nez en l'air, la suivante il sentait ses lèvres sur sa joue et sa main sur son autre joue, qui l'attirait délicatement vers elle. Alors, ils s'embrassèrent – enfin, c'est surtout elle, qui l'embrassa –, un baiser doux, sucré, à pleine bouche, juste comme il faut. Ce fut terminé avant même qu'il ait eu le temps de reprendre ses esprits, et c'est sans doute ce qui fit de ce premier baiser un moment si parfait, de ceux qui vous donnent le sentiment de vivre et qui en appellent un deuxième.

Parce qu'il ne pouvait s'en empêcher, il parla.

— Attends… quoi ?

Elle sourit.

— Merci. C'était bizarre et cool.

Sur ce, elle se détourna de lui et grimpa à l'assaut des barreaux.

Teacake sourit à son tour. Il y a certaines choses sur lesquelles il vaut mieux ne pas mettre de mots.

— Comme vous, ma chère.

Il fourra la lampe dans sa poche et la suivit. Son sourire ne le quitta pas de toute l'ascension, et pas une fois il ne regarda son cul.

16

Roberto comprit au moment même où il mit un pied dans la base qu'Abigail n'avait pas appelé Gordon Gray. Si elle l'avait fait, on ne l'aurait pas arrêté au portail de service sur Andrews Street et envoyé à l'entrée principale sur Pope Avenue. Il n'aurait pas dû attendre dix minutes que les deux crétins de la sécurité l'escortent en jeep jusqu'à la piste, et STRATCOM[1] ne l'aurait certainement pas confié aux bons soins du 416ᵉ escadron de chasse avec une autorisation prioritaire et un manifeste passager qui s'afficha sur tous les écrans d'Omaha.

Gordon aurait agi avec célérité et discrétion. Roberto aurait déjà décollé depuis quinze minutes sur un vol planifié de la 916ᵉ escadre de ravitaillement en vol comme n'importe quel officier à la retraite profitant d'un trajet aérien gratuit pour aller voir la famille dans l'Ouest. Il aurait été ce vieux tocard que les pilotes remarquent à peine et dont la présence n'est même pas consignée. Au lieu de ça, il se retrouvait seul à l'arrière d'un C-40A, aussi visible et traçable que le nez au milieu de la figure.

Merde. Le discours qu'il avait tenu à Abigail avait pourtant été bon ; il avait vraiment cru lui avoir instillé la peur de Dieu. Six à sept minutes après le décollage, le téléphone sonna dans

1. United States Strategic Command.

le support mural en noyer poli qui jouxtait le fauteuil de cuir absurdement confortable où il avait pris place.

— Allô, dit-il en décrochant.

— Indicatif, je vous prie ?

— J'avais fondé tellement d'espoirs en vous, Abigail.

— Pouvez-vous me donner votre indicatif ?

— Je suppose que j'aurais fait la même chose, à votre âge. Très bien, on s'en remettra. Ça rend la suite un peu plus difficile, mais on s'en sortira.

Elle raccrocha.

Il savait qu'elle le ferait. Elle n'avait pas le choix. Il s'amusait juste un peu avec elle. Il devait admettre que malgré sa fatigue et les enjeux colossaux, il n'était pas mécontent de se sentir de nouveau utile. La retraite l'avait quelque peu désorienté, jusqu'ici. Il l'avait désirée pendant des années, mais ne s'y était pas vraiment préparé. Il savait au plus profond de lui que les travaux de la maison n'avaient été qu'un dérivatif. Et maintenant même ça c'était terminé. Il n'est pas simple de laisser derrière soi quarante années d'activité et de camaraderie forcée mais plaisante avec une incroyable variété de personnes aux quatre coins du monde pour se retrouver… eh bien, assis dans un fauteuil à longueur de journée. Pas du jour au lendemain, et en tout cas pas sans séquelles psychologiques. Même si le fauteuil est top. Il adorait sa femme et chaque journée qu'il passait en sa compagnie, mais les habitudes ont la vie dure, et Roberto Diaz était un homme d'action.

Le téléphone sonna de nouveau. Comme il l'avait toujours en main, il appuya sur le bouton et répondit avant même la fin de la première tonalité. Cette fois, il épargna ses conneries à son interlocutrice.

— Zéro-quatre-sept-quatre bleu indigo.

— Merci

— *Qué pasó*, Abigail ? J'avais pourtant été clair.

— Il y a un problème de transport ? D'après mon écran, vous êtes déjà au-dessus de Fayetteville.

— Vous n'avez pas appelé Gordon.

— Il n'est pas disponible.

— Bien sûr que non ! À 2 heures du matin, personne ne l'est. Mais vous m'avez bien trouvé, moi, alors je suis sûr que vous pouvez…

— M. Gray est décédé en janvier.

Son cerveau assimila cette affirmation en trois étapes distinctes. Les deux premières étaient douloureusement familières, car il avait reçu ce type de nouvelles plus souvent qu'à son tour au cours de la dernière décennie. La première étape consistait à enregistrer l'information. Gordon Gray était mort. L'homme qui avait jadis refusé d'entrer dans un casino en vertu de ses principes moraux n'était plus. « Gordon, lui avait alors dit Roberto, tu es bourré comme une cantine, tu joues l'argent de ton loyer, tu viens de casser la gueule à un type qui avait eu le malheur de te marcher sur le pied, et tu es à *Las Vegas*. À quoi t'opposes-tu exactement ? »

Gordon s'était contenté de lui sourire avec un haussement d'épaules. « Je suis plein de contradictions. »

Il avait un bon millier de souvenirs de ce genre en réserve, et des moins anecdotiques, mais c'est toujours ainsi qu'il préférait se rappeler Gordon, comme un drôle de mélange de traits de caractère antinomiques. Et voilà que cette combinaison moléculaire unique d'âme et de folie n'existait plus. Le jour où Roberto oublierait ce bon mot, il sombrerait pour toujours dans le néant. Il n'aurait jamais existé. Telle était la première étape, la vacuité soudaine et vertigineuse de la mort.

La deuxième, qui talonnait de près cette prise de conscience, était la compassion. Le vide que laissait Gordon parmi sa famille, ses amis, ses frères et ses sœurs d'armes l'attristait. Roberto avait maintenant des gens à consoler, des coups de fil à passer, même si le temps avait passé.

Ce qui l'amena à l'étape trois, laquelle était entièrement nouvelle pour lui. Aucun des précédents décès de ses amis ne l'y avait préparé. Que personne ne l'ait appelé pour lui annoncer la triste nouvelle donnait à Roberto la sinistre impression d'avoir fait un pas de plus vers la mort. Quand on est jeune, la réaction tient de : « Putain de merde, Machin est mort, incroyable, non ? » Puis on vieillit et on commence à scruter la rubrique nécrologique pour voir s'il s'y trouve quelqu'un qu'on connaît, mais cette étape-là n'est pas une surprise, car toute personne dans la force de l'âge admet faire la même chose. Quelques poignées d'années plus tard commence la litanie des coups de fil qui s'égrènent à mesure que le sniper de la nature fauche amis, proches, parents un par un. On achète un costume d'enterrement et une paire de cravates qui vont avec, histoire de ne pas porter toujours la même. On s'habitue à tout ça.

Mais ça, c'était inédit… À soixante-huit ans, Roberto avait atteint l'âge où l'on ne l'appelait plus quand quelqu'un décédait, pas par manque d'empathie, mais parce que c'est Putain De Déprimant.

Il ne dit rien de tout cela à Abigail, mais opta plutôt pour :

— Je vois.

— En janvier, répéta-t-elle.

— Qui avez-vous appelé à la place ?

Une voix masculine répondit pour elle.

— Merci, Belvoir, vous pouvez libérer la ligne.

Roberto s'en voulut d'avoir imaginé qu'ils avaient été seuls. Quelques années au vert et, déjà, son tranchant s'émoussait. Un léger *clic* se produisit quand Abigail se déconnecta. Roberto entendait le colonel respirer à l'autre bout du fil.

— Salut, Roberto.

— Jerabek. Comment va ton urticaire ?

— Ta femme m'a dit de mettre de la crème. Depuis, ça va mieux.

Pourquoi les hommes se parlaient-ils ainsi ? Pourquoi ne pas se donner simplement rendez-vous pour se balancer quelques tartes aux phalanges en attendant que ça aille mieux ?

Jerabek continua sur le même ton, appréciant manifestement l'inversion des rôles. Quand Roberto avait pris sa retraite, son interlocuteur avait pris du galon et pouvait aujourd'hui le regarder de haut.

— Je croyais que tu l'avais mis au lit il y a trente ans, celui-ci.

— Apparemment, il s'est réveillé.

— Ça ressemble plutôt à une thermistance de foutue.

— Je l'espère.

— Je vais être franc avec toi, Roberto. Si tu te trouves à bord de cet avion, c'est uniquement par respect pour Gordon Gray, et pour aucune autre raison.

Encore une fois, pourquoi *personne* ne lui avait-il dit que Gordon était mort ? Ces gens étaient en dessous de tout.

— Évaluation de la menace et rapport concis. C'est ce que je veux, et c'est tout ce que je veux. Compris ?

— Cinq sur cinq. Eh, t'as le numéro de portable de Loeffler ?

— Tu dis ça pour m'irriter, Roberto, et je comprends. Je ferais la même chose à ta place. C'est le genre de joute orale que j'aime tant avoir avec toi. Mais là je ne plaisante pas. Vite fait, bien fait. Évaluation et rapport. Ne sors pas des clous.

— Phil, je te charrie. Ce n'est sans doute rien. Je jette un coup d'œil et je rentre chez moi. Et d'ailleurs, de rien. Je ne suis plus vraiment dans la partie.

Jerabek resta silencieux un instant, incapable de savoir s'il fallait lui faire confiance ou non. Il opta pour une voie médiane.

— Je le sais. Merci de t'être rendu disponible.

— Tu devrais probablement rayer mon nom du dossier.

— C'est ce que je vais faire. On reste en contact.

Qu'il aille se faire foutre. Sortir des clous était justement ce que Roberto avait l'intention de faire.

Il foulerait le sol du Kansas dans moins de deux heures. Ça serait serré, mais si Trini répondait, il aurait un atout dans sa manche. Il faudrait coder l'appel, ce qu'il ne pourrait certainement pas faire à partir du téléphone de l'avion. Il sortit de son sac le MacBook Air que son fils Alexander lui avait offert pour Noël (c'est trop, tu mets tout le monde mal à l'aise, tu exagères, Alexander) et l'alluma. Le wi-fi de l'avion ferait l'affaire, et il parvint à se connecter à Tor2web sans se faire dégager par un garde-chiourme du ministère de la Défense. Premier coup de bol. JonDonym et deux ou trois autres rerouteurs .onion qu'il connaissait étaient déjà morts. Le darknet changeait à toute allure, et il n'était guère surpris de constater qu'il était déjà hors du coup. Il réfléchissait à ses possibilités quand quelque chose vibra dans sa poche.

C'était son téléphone satellitaire, celui qu'il avait sorti du coffre dans sa cuisine. Il regarda l'écran, mais ne reconnut pas le numéro. Il procéda par déduction logique.

— Abigail ?

— J'ai deux minutes devant moi.

Elle, en effet. Roberto en était sincèrement ravi.

— Vous avez dû faire une erreur, répondit-il avant de raccrocher son téléphone probablement sur écoute. Sur l'ordinateur, il entra l'adresse d'un site DeepBeep auquel il se fiait – Dieu merci, celui-ci était encore là – et sauta sur la première clé avec au moins dix nœuds de chiffrage qui s'afficha. Elle décrocha à la première sonnerie.

— Je suis dans les toilettes dames, sur mon téléphone personnel.

L'écho de sa voix sur le carrelage était perceptible.

— Vous avez donc lu mon livre blanc.

— Oui.

— Et vous m'avez cru.

— Qu'avez-vous besoin que je…

Elle s'interrompit. Il avait entendu la porte des toilettes s'ouvrir. Quelqu'un était entré.

Roberto prit le relais.

— OK, je vais parler, contentez-vous d'écouter. Même avec le chiffrage, le wi-fi de l'avion n'est pas assez sûr pour les conversations que je dois avoir, donc vous allez passer quelques coups de fil pour moi. Trouvez un prétexte pour sortir le plus vite possible, allez acheter un téléphone prépayé et appelez une ancienne agente répondant au nom de Trini Romano. Je répéterai le nom avant de raccrocher. Quand elle répondra, vous lui direz : « Margo n'est pas dans son assiette. »

— Margo n'est pas dans son assiette ? Je suis désolée de l'apprendre, dit-elle d'une voix guindée – elle n'était pas seule dans les toilettes.

— C'est ça. Ensuite, dites-lui ce que vous savez, elle vous aidera avec la liste. Même le point sept. Surtout le point sept. On a moins de deux heures, vous devez faire vite.

À l'arrière-plan, il entendit qu'on tirait la chasse. Il poursuivit :

— Envoyez-moi le numéro de votre téléphone par texto via un Mixmaster et je vous appellerai sur la route.

Un bruit d'eau qui coule. Quelqu'un se lavait les mains.

Abigail soupira.

— Je comprends, maman, mais je trouve que c'est un peu tôt après ton opération du genou.

Roberto sourit. Elle était plutôt bonne, tout bien considéré.

— Je meurs d'envie de savoir ce qui vous a convaincue de me croire, mais ça attendra. Je suppose que ça n'a aucune importance.

Il entendit la porte des toilettes s'ouvrir et se fermer à nouveau.

Abigail reprit sa voix normale.

— C'est aussi grave que ce que vous prétendez dans ce rapport ?

— Au moins. Et tous ceux qui le comprennent ne sont plus en poste aujourd'hui. Jerabek ne va pas lâcher l'affaire, il gardera un œil sur tout, et il ne nous aidera pas. Croyez-le ou non, je suis déjà passé par là.

— Même par le point sept ?

— Trini Romano, biaisa-t-il.

Et il raccrocha.

17

Teacake avait quatorze ans quand il était tombé amoureux pour la première fois. Patti Wisniewski en avait dix-sept, et il n'avait jamais vraiment eu ses chances avec elle, mais il avait commencé à fréquenter des lycéennes alors qu'il était encore en troisième, mû par une libido toute-puissante. Comme tout garçon de quatorze ans, Teacake avait de vigoureuses érections et suivait sa bite partout où elle le menait. Pour improbable que ce soit, elle l'avait un jour traîné aux auditions de la troupe de théâtre du lycée. C'était le dernier endroit où un gamin franchement brutal comme Teacake avait un jour pensé se retrouver, mais cela lui avait ouvert un éventail d'opportunités inédit. Tous les élèves avaient dû assister à la représentation de la pièce à l'automne précédent, et il aurait fallu être aveugle pour ne pas remarquer le pourcentage extraordinairement élevé de jolies filles sur scène, presque exclusivement entourées de blaireaux. Trois semaines plus tard, il postulait pour la prochaine représentation.

Être un humain de sexe mâle vivant suffisait pour intégrer la troupe. La pièce, un vieux truc pourri, parlait d'une poignée de comédiennes désœuvrées qui tuaient le temps dans un appartement new-yorkais en attendant la chance de leur vie. Il en avait depuis longtemps oublié le titre, pour peu qu'il l'ait connu à l'époque. Il jouait Frank le majordome et avait très précisément deux répliques :

« Dois-je vous appeler un taxi, mademoiselle Louise ? »

Et, dans le deuxième acte, le clou de sa prestation…

« Le taxi vous attend, mademoiselle Louise. »

Un soir, il les avait inversées, ce qui aurait pu avoir de lourdes conséquences, mais personne ne s'en était vraiment rendu compte. Il ne parlait jamais assez fort, de toute façon. Lors des deux autres représentations, il avait réussi à les dire au bon moment et sans rigoler.

Mais il avait surtout réussi à s'introduire dans le paradis du sexe et de la drogue dont était fait le quotidien des jeunes de dix-sept ans. Il était plutôt mignon pour son âge, assez malin pour savoir ce qu'il fallait dire et ne pas dire – il pouvait remercier son grand frère pour ça –, aussi devint-il assez rapidement la mascotte de ce groupe d'élèves plus âgés. Sa croissance n'étant pas encore terminée, les filles ne se sentaient pas menacées par sa sexualité et l'incluaient volontiers dans leurs discussions. Il travailla à leur plaire avec la même application qu'il mettait en toute chose, si bien que, lors de la fête suivant la première, Patti Wisniewski l'avait soulagé à la main dans les toilettes de la maison du beau-père de Kres Peckham. Malheureusement, il était trop bourré pour s'en souvenir.

Telle était sa malédiction. Teacake aurait été bien en peine de citer une seule de ses expériences sexuelles au lycée qui ne se soit passée sous l'emprise de drogue ou d'alcool. Il avait commencé à fumer de l'herbe en cinquième, comme la plupart des gens qu'il connaissait, mais c'était le genre de choses qui se faisait entre potes, qui se foutaient bien de vous entendre dire des trucs complètement cons. Avec les filles, mieux valait être bourré. La coke, c'était cool, mais ce qu'il fallait faire pour en payer le prix exorbitant l'était beaucoup moins : traîner avec des mecs louches de plus de vingt ans, piquer du fric dans la caisse au boulot ou aux parents de quelqu'un… Trop d'emmerdements. Le crack était moins cher, c'est sûr, mais il ne fallait pas être un génie pour voir où cette merde pouvait mener. Et de toute façon, le crack vous faisait immédiatement perdre tout intérêt pour le sexe.

Sa vie sentimentale n'avait pas vraiment changé après le lycée, quand il avait pris ce job à la goudronnerie. À cette époque, ses mamans avaient rompu, et son père entretenait sa propre relation intime avec la picole. Son vieux avait toujours beaucoup bu, mais Teacake n'en avait pas fait grand cas, car c'était la norme, dans le coin. L'hiver, Atchison était un lieu aussi déprimant que la face cachée de la Lune, où il n'y avait pas grand-chose d'autre à faire que de se mettre des caisses, et puis quand le printemps arrivait, pas question de s'arrêter en si bon chemin. Au mieux, l'alcoolisme de son père s'égayait un peu avec les beaux jours ; il pouvait au moins le cacher derrière le vernis social des nombreuses fêtes de quartier.

Teacake s'en fichait. À la place de son père, lui aussi se serait murgé tous les soirs. Le type était un loser qui enchaînait les boulots merdiques, un cocu incapable de garder une femme, et il était coincé avec un fils à qui il n'avait rien à dire. La seule forme de complicité qu'ils avaient un jour partagée, c'était la fois où son père, déjà bien chargé, était tombé sur une rediffusion en boucle des Trois Stooges à la télé et avait crié à Teacake dans l'escalier : « Descends voir cette merde avec moi ! J'adore ces connards ! »

Ils essayaient de s'éviter autant que possible et y parvenaient la plupart du temps. Tous deux se bourraient la gueule. Copieusement.

Et pour quelle raison aurait-il fallu rester sobre ? Atchison avait eu son heure de gloire, mais elle se résumait aujourd'hui à un centre-ville déserté et à un taux de chômage dépassant les 30 %. La plupart des gens voyaient dans l'ébriété un mécanisme de survie valable. Ils n'avaient pas tort. Ça marche. À court terme, en tout cas.

Quelques mois après la fin du lycée, Teacake emménageait avec un copain, travaillait pour payer – presque chaque mois – sa part du loyer et se mettait minable. Pas de copine, quelques coups d'un soir, et toujours sous influence. Un an et demi après son bac, il comparaissait devant le juge pour ivresse sur la voie publique et refus d'obtempérer. C'est là que le juge lui avait laissé le choix entre la prison ou l'armée. Teacake avait donc dit : « Bonjour, sergent instructeur » – quoique, ayant choisi la Navy, il aurait plutôt dû dire : « Bonjour, officier recruteur. »

S'étaient ensuivies deux années de bourlingage en mer, où il avait été surpris par le nombre de femmes et d'opportunités qui s'étaient offertes à lui. Les journalistes étaient toujours partantes, mais elles aimaient se mettre la tête à l'envers encore plus que lui.

Teacake avait à présent vingt-quatre ans et une décennie d'histoires de cul dont il ne gardait qu'un souvenir brumeux.

Et puis, ceci. Le 15 mars 2019, à 2 h 26 du matin, au fond d'un puits en béton de cent mètres. L'heure et le lieu où c'était arrivé.

Travis Meacham avait embrassé une femme pour la première fois de sa vie sans une goutte d'alcool dans le sang.

Il y aurait encore beaucoup à dire à ce sujet.

Pour Naomi, ce baiser avait été un coup de tête qui mûrissait depuis plusieurs heures. Elle était arrivée au travail d'une humeur massacrante, un cocktail de colère et de désespoir qu'elle traînait depuis qu'elle s'était réveillée cet après-midi-là. Elle enchaînait deux gardes d'affilée, ce qui se traduisait par une meilleure paye mais un sommeil perturbé. Après une nuit aux entrepôts, elle rentrait chez elle, préparait Sarah pour l'école, et avec un peu de chance elle parvenait à se coucher à huit heures et demie et à grappiller cinq heures de sommeil avant de devoir retourner la chercher à trois heures moins dix. Et encore, seulement les jours où elle n'avait pas cours. L'année précédente, elle aurait pu mettre Sarah à l'étude et n'aller la chercher qu'à quatre heures et demie (un luxe !), mais l'école avait entre-temps perdu une partie de ses subventions fédérales. À présent, l'étude s'appelait Opportunités d'Enseignement Étendu et était gérée par une société privée qui facturait cette prestation quarante dollars par jour. Cela représentait la moitié de ce que Naomi gagnait en un jour, impôts déduits, et n'avait donc aucun sens, d'un point de vue économique. Autant ne pas aller travailler.

Quoi qu'il en soit, quand elle s'était réveillée ce jour-là à 14 heures, voir revenir les idées noires qui l'avaient hantée pendant plusieurs années était bien la dernière chose dont elle avait besoin. Mais elle avait su au moment même où elle avait ouvert les yeux que le Chien Noir était revenu. C'était le petit nom que Naomi donnait à sa dépression chronique, et son visage n'était pas celui d'un brave labrador. Plutôt un bâtard galeux et étique, tout en os et en dents, qui sortait des bois comme un fou, la langue pendante, ses yeux jaunes fixés sur elle.

Le Chien Noir restait dans le coin trois à quatre jours, parfois entrecoupés de quelques heures d'un faux espoir, durant lesquelles elle se sentait bien et présumait qu'il était reparti dans la forêt primaire où il vivait. Mais non, le clébard s'était seulement caché pour mieux lui vriller le cerveau et revenait invariablement le lendemain finir son travail de sape. Elle savait qu'elle était impossible pour son entourage durant ces périodes, mais elle s'en fichait. C'était la faute des autres, de toute façon ; ceux qui avaient appelé le chien en premier lieu. Comment exactement, elle l'ignorait, mais elle ne disposait pas de grandes réserves de lucidité, quand elle était dans cet état-là. Au bout de quelques années, elle avait appris que la meilleure chose à faire était de rester autant que possible à distance des gens, se cacher dans sa chambre, se blottir dans son lit et fermer la porte.

« Si tu n'arrives pas à répandre la joie autour de toi, alors va-t'en et laisse-nous tranquilles », lui disait sa mère quand elle était petite.

Enfin, avant que sa mère elle-même ne décide qu'elle était incapable de répandre la joie autour d'elle et ne s'en aille pour de bon.

Le Chien Noir avait suivi Naomi au travail, ce soir-là, et il était resté dans les parages jusqu'au moment où elle avait rencontré Teacake. Ça ne s'était jamais produit auparavant ; personne n'était parvenu à dissiper son nuage noir – cinquante personnes ne le pourraient pas. Mais Teacake, lui, l'avait fait ; elle l'avait senti quand ils avaient commencé à bavarder sur l'aire de chargement. Elle s'était lancée dans cette aventure avec lui par curiosité, mais aussi parce que sa compagnie lui faisait du bien. Le Chien Noir s'était éclipsé parmi les arbres, s'était enfoncé toujours plus loin dans la forêt tandis qu'elle parlait avec Teacake. Pourquoi ? Il n'était ni incroyablement sexy ni particulièrement intelligent et, pour le dire sans ambages, il avait fait de la tôle.

Mais il la faisait rire et tenait le chien à distance. Quel que soit cet étrange don, Teacake l'avait, et Naomi voulait rester auprès de lui, au moins cette nuit, pour voir si l'effet était durable.

Donc voilà. Un baiser, juste un baiser, mais qui signifiait beaucoup pour eux deux. C'était un progrès. D'autres suivraient.

Ils sortirent du tube d'accès par là où ils y étaient entrés, secoués de rire à l'évocation des bizarreries dont ils avaient été témoins en bas. Ils en avaient parlé durant toute leur ascension, que leur excitation avait largement écourtée. Ils allaient maintenant appeler Griffin. Ils étaient prêts à assumer les dégâts matériels qu'ils avaient causés, dans la mesure où ils avaient effectivement découvert quelque chose. Il y avait un vrai problème là-dessous, qui nécessiterait probablement l'intervention de la police, de la société et de Dieu sait qui d'autre. Il se pourrait même qu'on les récompense pour avoir trouvé une fuite de gaz, une infestation de vermine ou quelque autre scénario cauchemardesque à l'œuvre.

Naomi fut la première à s'extirper de la bouche du puits. Elle fit passer ses jambes par-dessus le rebord afin qu'elles n'encombrent pas le passage et s'assit par terre en tailleur pour attendre Teacake. Elle sortit aussitôt son téléphone portable et tapa les quatre lettres peintes sur la porte tout en bas : DTRA.

Le premier lien Google qui apparut fut celui de la Dirt Track Riders Association[1], mais elle n'eut même pas besoin d'y réfléchir pour savoir que ce n'était pas ça. Ses yeux glissèrent sur le lien et s'arrêtèrent sur le suivant.

— *Defense Threat Reduction Agency*, lut-elle.

Teacake, qui venait de pointer la tête hors du trou, ne répondit pas immédiatement. Elle ne l'aurait de toute façon pas entendu s'il l'avait fait, car elle avait déjà cliqué sur le lien et faisait défiler la page d'accueil du site gouvernemental de la DTRA. Son attention était accaparée par des titres peu rassurants comme « Note d'information sur les installations de production de biotoxines de Stepnogorsk », « Liens vers l'Organisation de lutte contre les menaces improvisées » ou « Meurtre au gaz neurotoxique : deux arrestations, beaucoup de questions ».

— Putain de merde, lâchèrent-ils presque au même moment.

Mais pas pour les mêmes raisons. Naomi réagissait à ce qu'elle lisait sur la page de la DTRA, alors que Teacake répondait à un stimulus bien plus immédiat.

La biche boursouflée.

L'animal se tenait sur ses quatre pattes au bout du court couloir et les dévisageait. Ce qui en soit n'avait rien d'étonnant, si l'on considère la prédisposition des cervidés à se planter au milieu de

1. Littéralement : l'Association des pilotes de dirt track (discipline motocycliste qui se pratique sur terre).

nulle part en se demandant comment on en était arrivés là. Mais les entrailles de la biche *remuaient* à chaque inspiration qu'elle prenait. Soit elle s'apprêtait à mettre bas, soit elle avait mangé quelque chose qui manifestait vivement sa désapprobation.

Naomi la vit et se leva lentement, le téléphone dans une main, l'autre tendue devant elle comme pour dire à la biche : *Attends. Tu ne peux pas exister.*

L'animal leva le menton et produisit un son grotesque, comme le hennissement d'un cheval cacochyme.

Teacake s'extirpa du trou avec des gestes mesurés et se plaça à côté de Naomi.

— Qu'est-ce qui ne va pas chez elle ?

— Elle est malade. Abdomen distendu.

La biche fit deux pas vers eux et réa de plus belle. Teacake empoigna le pied-de-biche dont il s'était servi pour ouvrir la plaque d'égout.

— Non, fit Naomi.

— Dis-lui de pas s'approcher.

Elle le regarda.

— Genre, je parle aux animaux.

— Attends une minute.

L'animal se figea de nouveau, comme s'il lui obéissait. Teacake réfléchit. Donc, OK, il y avait une biche malade qui les matait, mais *cette* biche malade se trouvait au premier sous-sol d'un entrepôt de stockage qui n'était accessible que d'une seule façon. Par l'ascenseur.

— Putain, mais comment elle est arrivée ici ?

La biche inclina soudain la tête, comme si on l'avait appelée, puis elle fit demi-tour et trotta jusqu'à la sortie du couloir, non sans leur avoir lancé une dernière fois son cri pathétique. Elle tourna au coin, d'une foulée plutôt stable pour un animal dont les sabots n'avaient pas été conçus pour fouler le béton, puis disparut de leur vue. L'écho cliquetant de ses pas s'éloigna.

Teacake et Naomi échangèrent un regard, mais ni l'un ni l'autre n'avait besoin d'être convaincu. Ils la suivirent.

Arrivés à l'intersection, ils se rendirent compte qu'ils s'étaient laissé distancer par la bête. Elle trottait d'un bon pas et disparaissait déjà à l'angle tout au bout du couloir. Ils accélérèrent et la rattrapèrent juste devant l'ascenseur, vers lequel elle se dirigeait.

Teacake et Naomi ralentirent le pas et s'en approchèrent prudemment.

— Heu... on fait quoi une fois qu'on l'a attrapée ? s'enquit Teacake.

— Je ne veux pas l'attraper, seulement l'aider à sortir d'ici.

La biche atteignit les portes de l'ascenseur, s'arrêta et leur jeta un coup d'œil par-dessus son épaule.

Teacake s'arrêta presque.

— Pas moyen que je prenne l'ascenseur avec ce truc.

À cet instant, les portes de l'ascenseur tintèrent et s'ouvrirent. La biche ramena sa tête vers l'avant, comme si c'était exactement ce qu'elle attendait, entra dans la cabine de son pas cliquetant, se retourna pour leur faire face et, Dieu en soit témoin, leva les yeux vers le numéro des étages au moment où les portes se refermaient.

Teacake et Naomi l'observèrent, médusés.

Ce fut lui qui rompit le silence.

— Cette putain de biche a pris ce putain d'ascenseur.

Naomi regarda autour d'elle, comme si elle voyait les murs qui l'entouraient pour la première fois.

— Mais c'est *quoi*, cet endroit ?

18

Examinons la nuit que la biche avait passée. Après son exécution sommaire par Mike au bord de la Highway 16, elle avait eu un trou noir dont elle s'était brutalement réveillée dans le coffre d'une voiture en compagnie d'un chat fou à qui il manquait la moitié de la gueule. *Cordyceps novus*, après avoir opéré une migration de toute évidence impossible dans le coffre de la voiture, avait passé plus de huit heures à mariner dans le cerveau de la créature impuissante. Le fongus s'était attelé à réparer les dégâts causés par les balles, recâblant au passage les connexions neurales pour altérer le comportement de l'animal. Les amygdales s'étaient dilatées, le cortex frontal inhibé. Tous les instincts primaires du cervidé – manger, se reproduire, fuir – avaient été subordonnés à un but unique : aider le champignon à sporuler et à se disperser.

Dotée de capacités cognitives limitées, la biche n'avait pas cherché pas à savoir comment un champignon pathogène mutant confiné dans un environnement souterrain avait pu gagner la surface et s'introduire dans le coffre d'une Chevrolet Caprice de 1996. La question mérite cependant qu'on s'y attarde.

Au début des années 1990, l'échantillon de *Cordyceps novus* récupéré en Australie et stocké à Atchison commença à ronger son frein. Un impératif biologique contrarié est source de dépression. Mais, même si la température à l'intérieur du conteneur bioétanche avoisinait les moins vingt-cinq degrés et que le fongus était presque inerte, on était encore très loin du zéro absolu, et « presque inerte » n'est pas la même chose que « complètement inerte ».

Loin sous la terre, scellé dans un conteneur lui-même enfermé dans une boîte, elle-même entreposée dans une caisse verrouillée, le champignon avait poursuivi son processus d'évolution vorace, quoique lentement étant donné la température et l'environnement chimique inhospitalier du tube en acier inoxydable. Le manganèse et l'aluminium qui entraient dans sa composition étaient abondants, mais quasi inutiles du fait de leur nature non réactive. Le tube contenait 16 % de chrome, en l'occurrence un inhibiteur de croissance pour *Cordyceps novus*, et du carbone, dont le fongus avait un besoin crucial, mais en quantité très limitée, en l'occurrence 0,15 %.

Le champignon s'était développé. À une vitesse infiniment lente.

Le temps avait passé. En 2005, après quinze ans d'efforts incessants, il avait réussi à transformer et à occuper une zone du tube de l'ordre de quelques microns carrés. Cette minuscule ouverture lui avait permis de suinter dans la boîte renfermant le tube. La mousse de polyuréthane où ce dernier était niché lui avait fourni une maigre source d'alimentation – le polyuréthane a au moins deux groupes hydroxyles par molécule, ce qu'un fongus peut utiliser –, mais ce n'est que lorsqu'il se fut frayé un chemin à travers la paroi extérieure du kit d'échantillonnage que *Cordyceps novus* avait atteint le nirvana digestif.

Car la caisse, celle que Roberto et Trini avaient si prudemment surveillée à l'arrière du camion vingt-sept ans plus tôt, était en fibres de carbone.

Un festin.

Exempt de tout confinement, le champignon allait à présent librement dans la pièce hermétique, mais sa croissance restait ralentie par les basses températures qui y régnaient. Ralentie, mais pas stoppée. Le puissant torrent, nourri par les courants les plus profonds du Missouri, avait passé l'essentiel de ce début de XXIe siècle à se réchauffer, comme le reste de la planète. La température de la rivière en surface avait augmenté, donc celle du torrent également, si bien que le quatrième sous-sol du complexe avait pris près de quatorze degrés en vingt-sept ans. Et le phénomène s'était accentué à mesure que le fongus produisait ses propres réactions chimiques. À l'été 2018, il avait intégralement conquis la pièce hermétique.

Il s'était alors écoulé à travers l'installation électrique du mur à l'automne de cette même année et s'était répandu dans le couloir principal en novembre. Un hiver exceptionnellement froid avait momentanément retardé sa croissance, mais quand un record de chaleur fut battu en mars de l'année suivante, *Cordyceps novus* avait gagné les quelques degrés supplémentaires qui lui manquaient pour mettre en branle sa machine métabolique. Il était à présent capable d'infecter la matière organique pour la première fois depuis sa naissance en Australie.

C'est alors qu'il avait trouvé le cafard.

La blatte américaine possède plusieurs caractéristiques évolutives remarquables, en plus de sa capacité à survivre à un hiver nucléaire. L'une d'elles est de pouvoir subsister jusqu'à une semaine sans sa tête. Elle respire alors par de petits orifices se trouvant sur chacun de ses segments, si bien que lorsque le premier hybride *Cordyceps novus*/blatte fut décapité dans une mêlée impliquant une douzaine d'autres cafards infectés qui avaient essayé de se dévorer mutuellement, C-nBlatte1 était parvenu à poursuivre son objectif.

Et *quel* objectif ! Dès l'instant où le fongus avait pris le contrôle de l'insecte, C-nBlatte1 avait répondu à un impératif biologique plus grand qu'aucun autre cafard avant lui. Ce qui n'est pas rien, pour un genre vieux de deux cent quatre-vingts millions d'années.

Cordyceps novus avait désormais un transporteur. Après trente-deux ans d'isolation, les choses avaient très peu changé, à l'exception notable que son environnement de croissance actuel était franchement merdique. Il gardait de son expansion initiale à Kiwirrkurra le souvenir épigénétique d'une fertilité extrême. Il s'était introduit dans le premier être vivant qu'il avait rencontré, l'oncle d'Enos Namatjira, par une coupure située sous un ongle abîmé de sa main droite. La chaleur et la fétidité d'un corps humain lui avaient permis une prolifération explosive.

Les êtres humains étaient aussi très mobiles et avaient une tendance à se rassembler. C'était comme si Dieu lui-même avait créé cette espèce dans l'unique but de lui faciliter la vie. La prise de contrôle totale de ces vingt-sept lieux de plaisir avait été un jeu d'enfant ; oh, quelle apothéose ç'avait été alors, jusqu'à ce que le fongus ne se fasse incarcérer dans sa prison métallique. Et s'il y a une chose dont la prison ne manque pas, ce sont les occasions de se souvenir du bon vieux temps.

Cordyceps novus avait goûté la chair humaine et il en voulait plus.

Il lui fallait d'abord sortir d'ici, et c'est à cela qu'allait lui servir C-nBlatte1. L'insecte étêté avait parcouru le sol de SS-4 de long en large pendant quatre jours, contournant le roi des rats cannibale et ses hurlements perçants, jusqu'à atteindre le bout du couloir. Là, il découvrit la bouche d'un conduit de quatre centimètres de diamètre à la base du mur, fermée par une petite grille métallique. La loi imposait un système de circulation de l'air dans toute structure souterraine située plus de quinze mètres sous terre, pour éviter les concentrations de CO_2 qui avaient tué tant de mineurs au XIXe siècle. Pour ce qui était du confinement, ce type d'aération était une très mauvaise idée, mais le sous-sol n'avait jamais été conçu pour stocker des armes biochimiques, et le conduit était assez petit pour avoir échappé à l'attention de l'équipe qui avait enterré le fongus trente-deux années plus tôt.

Mais le conduit était là, et C-nBlatte1 se fichait bien de savoir pourquoi ; il avait senti de l'oxygène frais, s'était faufilé à l'intérieur et avait suivi un coude ascendant qui aboutissait à un étroit puits vertical.

L'insecte avait donc grimpé.

Deux jours plus tard, au terme de sa vie mais sur le point d'accomplir son grand œuvre – le succès sur le tard est toujours le meilleur –, C-nBlatte1 avait atteint la grille de la bouche d'aération du rez-de-chaussée et s'était laissé tomber en gigotant sur la chaude surface glaiseuse, à cinquante mètres de l'entrée des entrepôts d'Atchison par un doux après-midi de fin d'hiver.

Quelle réussite que ce cafard ! Il avait supporté l'infection d'un champignon hostile, survécu à sa décapitation, cherché avec méthode et trouvé la sortie d'une prison spécifiquement conçue par des intellects bien supérieurs au sien justement pour empêcher ce type d'évasion. Mais C-nBlatte1 avait été plus fort qu'eux. Mutilé, déshydraté et mourant, il avait grimpé pas loin de cent mètres, à la verticale, sur une surface lisse. Rapporté à sa taille minuscule, cet exploit revenait, pour un humain, à gravir le Kilimandjaro à genoux après être passé par la guillotine. Ce petit cafard avait accompli ce qui était peut-être la plus grande aventure physique de toute l'histoire de la vie sur Terre.

C'est alors qu'une voiture s'était garée au-dessus de lui.

C-nBlatte1 était mort avec un *plop* spongieux sous le pneu arrière droit.

La voiture était celle de Mike, l'après-midi même, quand il s'était rendu aux entrepôts à la recherche d'un lieu de sépulture pour le chat et la biche qu'il avait tués. Pendant que Mike grimpait en haut de la colline en quête du lieu idéal, *Cordyceps novus* avait dû faire face à l'ultime obstacle de son odyssée de trente-deux ans : huit millimètres de caoutchouc d'un pneu de voiture. Mais il avait déjà eu affaire à un cas similaire et savait justement qui appeler à l'aide.

La pellicule de *Benzène-X* qui vivait à la surface du fongus était entrée presque immédiatement en action. Il avait envahi le caoutchouc, s'y était frayé un chemin et avait ouvert un passage vers l'air contenu dans le pneu pour son compagnon. *Cordyceps novus* s'était laissé porter vers le haut, et le champignon et son endosymbiote avaient réitéré l'opération du côté opposé de la roue. De là, ils avaient progressé le long de câbles qui aboutissaient dans le coffre de la Chevrolet, où le fongus avait découvert une abondance de consommable organique, à savoir les cadavres de la biche et de feu M. Scroggins.

C'est à peu près ce qui s'était passé.

19

— Cette putain de biche a pris ce putain d'ascenseur.

Naomi, les yeux écarquillés toujours fixés sur les portes fermées, ne parvenait pas à assimiler ce qui venait de se passer.

— Tu l'as déjà dit, murmura-t-elle sans même regarder Teacake.

— Un truc pareil vaut bien toutes les répétitions du monde. *Cette putain de biche a pris ce putain d'ascenseur.*

Naomi baissa les yeux sur son portable. Elle ne savait pas exactement ce que la DTRA faisait, mais on pouvait raisonnablement parier qu'un roi des rats et une biche qui savait faire fonctionner un ascenseur entraient dans leur champ de compétences. Elle tourna l'écran vers lui.

— Il faut qu'on appelle ces gens.

— Putain, mais fais-toi plaisir.

— Et sans les grossièretés, ça donne quoi ?

— Désolé. (Il l'était. Il était prêt à tout pour elle.) Appelle-les, s'il te plaît.

Naomi ramena le lien « Contacts » au premier plan et cliqua dessus. Une liste de numéros de téléphone apparut.

— Il y a au moins une centaine de personnes dans cette liste.

— Comme ?

Naomi fit défiler la page.

— Directeur, directeur adjoint, président des militaires engagés, technologies contre-ADM ?

Teacake jeta un regard nerveux autour de lui.

— Y a pas un truc comme « merde verte qui dégueule de partout et animaux qui font n'importe quoi » ?

— Centre d'analyse biochimique ? Ministère de la Justice : programme d'exposition aux radiations ?

Ils entendirent un braillement inhumain provenant de la cage de l'ascenseur, dont l'écho se répercuta contre les murs de béton. Ils reculèrent d'un pas.

— Ou alors, proposa Teacake, on se tire de cet endroit, on fait trois kilomètres, et *après* on les appelle.

— Ça me va.

Un nouveau cri leur parvint de la cage d'ascenseur.

— Escalier ? suggéra Naomi.

— Par ici.

Il l'entraîna dans le couloir au pas de course. Ils tournèrent à une intersection et arrivèrent devant la porte de l'escalier. Teacake tira de nouveau sa clé (il adorait vraiment ce son, indépendamment de ce qui se passait), déverrouilla la porte, et ils s'y engouffrèrent. Ils grimpèrent à toute vitesse deux volées de marches et atteignirent le rez-de-chaussée où il joua de nouveau de sa clé. Ils débouchèrent dans le couloir aux murs blancs, plus soulagés qu'ils ne l'avaient jamais été d'avoir regagné la surface. Il la prit par la main – *Elle a la peau hyper douce, mais ses mains sont fermes, ça se sent, je me demande si c'est à force de porter sa gosse partout... Nan, ça muscle les bras, pas forcément les mains, alors comment ça se fait ? Attends, concentre-toi, mec, faut se barrer d'ici.* – et l'entraîna dans le couloir en direction du hall de réception.

Pas très loin, la biche attendait de nouvelles instructions dans l'ascenseur. Elle n'était pas consciente, ou en tout cas n'avait aucune conscience d'elle-même. Ce qu'elle avait en revanche, c'était un but clair. Tant qu'elle progressait vers l'accomplissement de ce but, la douleur dans son ventre restait gérable. La biche ignorait pourquoi ça ne devrait pas être le cas, et d'ailleurs elle ne comprenait pas grand-chose de ce qui lui était arrivé au cours des dernières vingt-quatre heures.

Les portes de l'ascenseur s'ouvrirent au niveau zéro du complexe de stockage, et Teacake et Naomi hurlèrent. Ils avaient pris l'escalier justement pour éviter l'ingénieuse biche défigurée qui semblait savoir comment faire fonctionner un ascenseur, et maintenant cette monstruosité se tenait devant eux.

— Putain mais comment t'as fait *ça*... ? ! cria Teacake à la bête.

Celle-ci fit trois pas vacillants dans leur direction en éructant un son guttural.

Teacake et Naomi ouvrirent des yeux horrifiés et fascinés. De si près, ils virent les nombreuses blessures par balles à la tête, et un côté de son arrière-train semblait avoir été enfoncé puis regonflé, mais de travers. Le ventre enflait sous leurs yeux et les jambes, autrefois filiformes, avaient pris la forme de pieds de piano.

Naomi tendit les mains, l'une vers la biche, l'autre vers Teacake.

— Attends... attends... attends...

— Ouais ? l'encouragea Teacake d'une voix une octave plus haute que d'habitude.

— Ne... ne... ne...

— Tu me parles à moi ou à cette chose ?

Elle n'en savait trop rien.

La bête avança encore de quelques pas vers eux, qui reculèrent d'autant. Ce faisant, ils s'approchaient de l'intersection en T du couloir.

Dans la tête de la biche, une guerre civile faisait rage. Chacun des instincts naturels de l'animal lui criait de faire demi-tour et de fuir ces deux effrayantes créatures à deux pattes, mais une injonction plus forte encore, qui était là depuis peu, la poussait à faire le contraire. Et cette nouvelle voix était puissante et ferme.

Avance, disait-elle, *approche-toi autant que tu peux, va vers eux, va vers eux, avance, avance, avance, et la douleur s'arrêtera.*

Cordyceps novus savait ce qu'il voulait, et ce n'était ni un cafard, ni un chat, ni une biche, mais les créatures intelligentes, hautement mobiles et communautaires qui se trouvaient dix mètres devant lui au bout du couloir.

La biche avançait toujours vers eux, et Teacake et Naomi reculèrent encore, mais ils se heurtèrent au mur de parpaings. Ils auraient pu partir en courant dans l'une ou l'autre direction, mais il aurait fallu pour cela s'arracher au spectacle contre nature qui se déroulait devant eux, et cela leur était impossible.

La biche continuait d'enfler ; son corps craquait, grognait et claquait de l'intérieur. Il se boursouflait comme une bombe à eau ; dans quelques secondes, ses entrailles exploseraient. Naomi et Teacake, qui se trouvaient dans le rayon de la déflagration, ne surent jamais à quel point ils étaient passés près d'une mort atroce.

Car à cet instant, Sarah, la fille de quatre ans de Naomi, entra en scène et les sauva tous les deux.

Ces trois derniers mois, Sarah avait été complètement obsédée par *Charlie et la chocolaterie*. La fillette, et donc sa mère avec elle, avait visionné la version de 1971 de ce film, en entier ou en partie, un nombre incalculable de fois. Lorsque Naomi était réveillée, elle regardait avec sa fille, mais parfois elle s'endormait et en rêvait, ou pliait le linge dans la pièce d'à côté, et la bande-son s'infiltrait dans ses oreilles. Elle en savait chaque réplique, chaque chanson par cœur, et les passages qu'elle connaissait le mieux étaient ceux qui faisaient peur à Sarah. Ceux où elle avait besoin que sa mère vienne près d'elle, la prenne sur ses genoux, lui caresse les cheveux et lui dise que c'était pour de faux.

Ça ne dérangeait pas Naomi. C'était même dans ces moments qu'elle aimait le plus sa fille, qu'elle avait plus ou moins la sensation d'être une bonne mère. Les passages effrayants de *Charlie et la chocolaterie* comptaient parmi les moments les plus paisibles de la vie de Naomi, ce qui bien sûr la jetait dans les affres de la culpabilité. *Ma fille doit-elle être terrifiée et accrochée à moi pour que je sois heureuse ?* Certes pas, mais parfois ça aidait.

Ce qui importait pour le moment, c'était la scène du film qui terrorisait littéralement Sarah : quand Violette Beauregard volait le bâton de chewing-gum magique Wonka, se mettait à enfler et se transformait en une énorme myrtille. Sarah se couvrait les yeux, paniquée, et criait : « Elle va éclater ! Elle va éclater ! *Maman, elle va éclater !* »

La biche allait éclater.

Naomi attrapa Teacake par le bras, le tira vers elle et leur fit franchir l'angle du couloir, où ils se plaquèrent durement contre le mur juste au moment où la carcasse surmenée de la biche lâchait. Il ne serait pas parfaitement exact de dire que l'animal explosa, comme dans le cas de M. Scroggins et de l'oncle d'Enos Namatjira. Cette fois, c'était différent. À un moment la biche se trouvait là, presque une sphère parfaite, telle Violette Beauregard. Au suivant, elle n'était plus là, mais le plafond, le sol et les murs du couloir étaient recouverts d'une mousse verte fongique. Naomi pressait fermement Teacake contre le béton, à quelques centimètres de la zone de déflagration et des coulures de matière visqueuse subséquentes.

Il y eut une seconde durant laquelle Teacake put la regarder dans les yeux de très près sans passer pour un taré, une seconde où tout n'était que gratitude et complicité. La première moitié de cette seconde l'électrisa – ses yeux étaient un foyer, le seul endroit où il eût jamais envie de vivre, et les derniers vers de l'unique poème qu'il connaissait lui traversèrent l'esprit…

Une âme en paix avec tous, un cœur dont l'amour est innocent[1].

Mais vint alors la deuxième moitié de cette seconde, et la paix de son esprit l'abandonna. Il ne ressentit plus que du chagrin, car il savait que les sentiments qu'elle éprouvait ce soir, l'excitation, le danger, l'euphorie de la découverte, tout cela aurait disparu avec le matin, et elle se rendrait compte qu'ils n'avaient rien à faire ensemble. Une mère célibataire – non, une *extraordinaire* mère célibataire – ne choisissait pas de passer sa vie avec un type au salaire minimum qui avait fait de la tôle.

Plus précisément, elle ne choisirait pas d'être avec lui. Si elle le faisait, elle ne serait pas elle, et il ne la respecterait pas. Il lui épargnerait la peine de le lui dire une fois que toute cette aventure serait terminée ; il disparaîtrait, c'est tout. Elle ne saurait pas pourquoi, mais peut-être saurait-elle à quoi elle avait échappé.

Ils entendirent les portes de l'ascenseur se rouvrir et des pas venir vers eux.

Quoi *encore* ? Naomi s'écarta de Teacake, et ils échangèrent un regard confus et alarmé. Toujours cachés par l'angle du mur, ils communiquèrent par gestes silencieux. Elle haussa les sourcils et inclina la tête pour demander : *Qui ça peut bien être ?* Et il tourna les paumes vers le haut et secoua rapidement la tête pour répondre : *Comment veux-tu que je le sache ?*

Les pas se rapprochèrent. Ils étaient indéniablement humains, mais personne d'autre ne travaillait ici à cette heure, et ni l'un ni l'autre n'avait fait entrer de client.

1. *Op. cit.*

— Y a quelqu'un ? lança Teacake d'une voix qui se voulait autoritaire, mais sans quitter sa cachette.

Les pas s'arrêtèrent un instant, avant de reprendre leur progression. Ils entendirent un bruit spongieux et en déduisirent que l'inconnu avait marché dans le tapis mouillé de fongus au milieu du couloir. Ça ne l'arrêta pas pour autant.

— Qui va là ? lança Naomi à son tour, plus fort.

Les pas s'interrompirent à nouveau, mais une seconde seulement, et reprirent. Les *floc* se firent plus rapides. L'inconnu se trouvait maintenant juste derrière le coin du mur. Teacake et Naomi reculèrent vers le milieu du couloir, à une distance qui leur permettrait de s'enfuir en cas de besoin.

Un homme franchit l'angle du mur et s'arrêta, les yeux fixés sur eux.

Il fallut quelques instants à Naomi pour assimiler la bizarrerie de ce qu'elle voyait.

— *Mike ?*

Ce dernier retroussa les lèvres sur ses dents, ce qui n'était pas du tout la même chose qu'un sourire, mais c'était ce qu'il pouvait faire de mieux.

— Salut, chérie.

Le regard de Teacake passa de l'un à l'autre, et trois questions légitimes se pressèrent dans sa tête. Il décida de zapper les deux plus ordinaires – *Vous vous connaissez ?* et *« Chérie » ?* – et passa immédiatement à la troisième.

— Tu étais dans l'ascenseur avec cette chose ? demanda-t-il à l'arrivant.

Mike tourna la tête vers Teacake, comme s'il remarquait sa présence pour la première fois.

— J'étais dans l'ascenseur avec cette chose.

Teacake regarda Mike, puis Naomi. *C'est ton cinglé.* Il revint néanmoins à la charge.

— Donc c'est toi qui as appuyé sur les boutons ?

Mike cligna les paupières.

— C'est moi qui ai appuyé sur les boutons. Une biche ne sait pas appuyer sur les boutons.

Teacake plissa les yeux. Ce type avait une drôle de façon de parler, et il terminait chaque phrase la bouche bizarrement entrouverte, comme s'il essayait de sourire, mais que ses lèvres restaient collées à ses dents.

— Qu'est-ce que tu fais là, Mike ? intervint Naomi. Qu'est-ce qui est arrivé à cette *chose* ? ajouta-t-elle en désignant la flaque visqueuse dans laquelle Mike venait de marcher.

Puis elle remarqua que les manches de sa chemise étaient imprégnées de sang, qui s'écoulait d'une série de longues coupures irrégulières sur toute la surface de ses deux bras.

— Et qu'est-ce qui est arrivé à tes *bras* ?

Il y avait là bien plus de questions que les maigres reliquats du cerveau de Mike ne pouvaient en gérer. Il s'était senti en pleine forme à l'extérieur, notamment quand il avait vu la voiture de Naomi et qu'il s'était rendu compte qu'il y avait un autre être humain dans son voisinage immédiat. Et pas n'importe lequel : un être humain qu'il connaissait et dont il pouvait s'approcher. *C'est quelque chose que je dois faire, non ?* avait-il demandé à cette sensation dans sa tête. *C'est quelque chose que je dois faire tout de suite, non ?*

Oh oui, avait répondu la sensation. *Cordyceps novus*, après son échec en Australie et son succès limité avec M. Scroggins, avait perdu tout intérêt pour les hauteurs commençait à entrevoir les avantages de la mobilité *latérale*.

Oui, rapproche-toi autant que possible et fais-le le plus vite possible, oui, s'il te plaît.

Mike s'était donc mis en mouvement. Il était confiant, il avait un but, lui qui n'en avait pas eu depuis bien longtemps.

La porte close de l'accès principal du centre de stockage ne l'avait pas découragé ; il avait trouvé une entrée de service dont il avait fracassé la vitre avec une pierre, avant de s'introduire tant bien que mal par l'ouverture. Le verre brisé ne lui avait pas fait si mal que ça, et quand il avait atterri de l'autre côté et qu'il s'était levé, il avait été ravi de voir la biche par la fenêtre cassée. Elle se tenait à l'orée des bois, dix mètres plus loin, et le dévisageait.

Mike avait ressenti un frisson d'excitation. Le sort de la biche l'avait préoccupé pendant deux jours, mais elle était là, vivante et – sans qu'il sache d'où lui venait cette certitude – de son côté. Il avait ouvert la porte en grand, la lui avait tenue, et l'animal était entré dans le bâtiment au petit trot. Ils avaient arpenté ensemble les couloirs des entrepôts d'Atchison pendant une bonne vingtaine de minutes sans trouver Naomi, ni personne d'autre, d'ailleurs. Ils avaient poursuivi leur exploration silencieuse au sous-sol après avoir emprunté l'ascenseur. Elle devait bien être quelque part. Mike et la biche répondaient au même impératif – *trouve un humain et infecte-le, répète l'opération autant de fois que possible avant de mourir* –, et ils comptaient bien s'acquitter de leur tâche. Il allait *enfin* être bon à quelque chose.

Quand les portes de l'ascenseur s'étaient ouvertes sur le couloir principal de SS-1, Mike s'était figé. Il avait entendu sa voix, alors qu'elle s'adressait à Teacake, probablement dans un couloir perpendiculaire. Les 49 % de son cerveau qui traitaient encore des sentiments humains utiles comme la culpabilité et le remords se mirent en surrégime. Il se souvenait de ce qu'il avait fait, qu'il avait fui, qu'il avait une enfant quelque part dont il n'avait pas assumé la paternité. Alors que la voix de Naomi s'était rapprochée, il s'était plaqué contre la paroi de l'ascenseur, hors de vue, près des commandes, et il avait prié pour se trouver n'importe où sauf ici. La prière est une puissante force psychique, capable de contrecarrer même les injonctions de *Cordyceps novus*, du moins le fut-elle pendant une soixantaine de secondes. Mike s'était caché dans l'ascenseur et avait temporairement combattu l'envie irrépressible d'aller les voir.

Quand la biche était remontée dans l'ascenseur et que Mike avait enfin pu forcer la fermeture des portes, une vague de soulagement avait déferlé sur lui. Il n'aurait plus à la voir, à supporter le poids de ses péchés. Ils avaient atteint le rez-de-chaussée, et la biche – *Dieu te bénisse, belle, intrépide créature !* – avait trotté hors de l'ascenseur en direction de ces deux humains, enflé et fait de son mieux pour les arroser de matière fongique.

Mais elle avait échoué. Et la pieuse révolte qui se jouait dans le cerveau de Mike s'était fait écraser sous le talon des bottes de *Cordyceps novus*, qui avait simplement dit : *Au suivant !* avant de pousser Mike à aller accomplir son devoir biologique.

Et maintenant Naomi attendait qu'il réponde à ses questions. N'importe laquelle, vraiment.

Il cligna les paupières et se borna à lui retourner son regard.

Teacake essayait désespérément de donner du sens à tout ça.

— Ça va, mec ? demanda-t-il, mais Mike se contenta d'ouvrir la bouche et de la refermer.

Teacake se tourna vers Naomi.

— Tu connais ce type ?

— Oui, répondit-elle d'une voix hésitante, tant il lui coûtait de l'admettre.

— Ouais ? insista Teacake.

— C'est le père de ma fille.

Mike ouvrit et referma la bouche trois fois. Ses dents s'entrechoquèrent.

Teacake encaissa la nouvelle.

— Heu… Sans déconner ?

Mike s'avança vers Naomi.

— Ouvre la bouche, dit-il.

Elle recula d'un pas.

— *Quoi ?*

Teacake se plaça devant elle et tendit la main devant lui, la paume ouverte.

— Ouah, mec, c'est quoi ces conneries, qu'est-ce qui va pas chez toi ?

Mike ouvrit la bouche en grand, comme s'il étirait les muscles de ses mâchoires, puis il claqua de nouveau des dents.

— Ouvre la bouche.

De toutes les choses déplaisantes que Naomi avait vues et entendues cette nuit, celle-ci remportait la palme. Que lui était-il passé par la tête pour s'être un jour intéressée à un taré pareil, sans parler du fait d'avoir conçu un enfant avec lui ? Pourquoi agitait-il son ventre comme un chat cherchant à expulser une boule de poils ? Et qu'est-ce qu'il faisait avec sa main derrière son dos ?

Teacake avait croisé pas mal d'armes à feu au cours de sa brève carrière militaire et il avait passé une bonne partie de son temps à portée de tir, mais il avait surtout vu beaucoup de films, et il savait que lorsqu'on faisait ce geste, ce n'était pas pour se gratter le haut de la raie des fesses. Tandis que Mike continuait son manège avec son ventre et refermait la main sur la poignée du .22 qu'il avait coincé dans sa ceinture à l'arrière de son pantalon, Teacake étudiait la géographie des lieux. Mike leur bloquait la sortie, mais juste derrière eux se trouvait le couloir qui menait aux unités 201 à 249, au bout duquel un petit sprint leur permettrait de gagner assez de temps pour s'enfermer dans un box se verrouillant de l'intérieur, et ils avaient tous les deux des téléphones, alors peut-être que…

Mike éructait maintenant les mêmes mots entre deux haut-le-cœur.

— Ouvre… (haut-le-cœur) la… (haut-le-cœur) bouche… (haut-le-cœur).

Le pistolet apparut dans sa main, mais Teacake s'était déjà retourné et avait mis les voiles, entraînant Naomi à sa suite. Le vomissement que Mike parvint enfin à produire jaillit deux ou trois mètres devant lui, mais cela ne suffit pas, et le liquide visqueux gicla sur le ciment à l'endroit qu'ils venaient juste de quitter.

Teacake et Naomi disparurent derrière le coin du couloir au moment où Mike levait le pistolet, tirait et délogeait un morceau de mur à quelques centimètres de leurs têtes.

Aucun d'eux ne s'était jamais fait tirer dessus. Cela n'avait rien de réjouissant. Ils parcoururent le couloir ventre à terre, sans prononcer un mot, mus par un réflexe de fuite. Ils entendirent alors Mike pousser un cri de rage et de douleur et se lancer à leur poursuite. Ce fou furieux et la biche explosée se trouvaient entre eux et les accès du bâtiment, leur interdisant toute sortie pour le moment. Teacake se livra à un calcul mental au résultat fort déplaisant : ces couloirs étaient interminables et personne n'est capable de battre une balle à la course. Il aurait tenté le coup, s'il ne s'était agi que de lui – quelles étaient les chances que Vomito atteigne une cible mouvante en courant ? –, mais il ne voulait pas prendre un tel risque quand la vie de Naomi était en jeu.

Il tourna sèchement à l'intersection suivante et s'arrêta brusquement devant l'unité 231-232, un box combiné de deux mètres cinquante sur cinq. Il tira le passe-partout du porte-clés accroché sur sa hanche, fit rapidement jouer la serrure et souleva la porte d'une soixantaine de centimètres.

Naomi comprit qu'il s'agissait de sa seule option. Elle s'allongea et roula dans l'étroite ouverture. Teacake n'ouvrit pas davantage la porte ; au besoin, il voulait pouvoir la rabattre à toute vitesse et enfermer Naomi, ce qu'il était pleinement prêt à faire. Si Mike avait déjà franchi le coin de couloir, il l'aurait affronté seul à seul, flingue ou pas flingue, mais quand il jeta un coup d'œil par-dessus son épaule, le couloir était vide. Les hurlements de rage de Mike, qui n'avaient plus grand-chose d'humain, se rapprochaient rapidement.

Teacake se laissa tomber par terre. Au moment où il touchait le sol, il vit les pieds de Mike s'engager dans le couloir, à peine à trois mètres de là, et il entendit le claquement sec de trois coups de feu aveugles immédiatement suivis par le bruit des balles percutant le métal. Teacake roula à son tour sous la porte et débarqua dans le box plongé dans le noir. Les pieds de Mike étaient maintenant juste devant la porte et ses mains cherchaient à ouvrir cette dernière en grand. Teacake sut qu'il avait raté son coup, de quelques secondes seulement, mais ça suffisait, il avait merdé, il n'était pas en capacité de se relever et de tirer le battant avant que Mike ne réussisse à l'ouvrir complètement, *merde, super plan, trouduc*, il les avait conduits tout droit dans un cul-de-sac, une unité de stockage hermétique. Ils étaient acculés.

Mais Naomi s'était déjà relevée, *évidemment* ; elle avait sauté sur ses pieds aussitôt qu'elle s'était retrouvée à l'intérieur, et à présent elle avait les deux mains serrées sur la poignée centrale de la porte, y appuya de tout son poids et la claqua si fort que le bruit métallique avait dû se répercuter dans tout le complexe.

Mike hurla de douleur ; ses mains étaient restées coincées entre le panneau de métal et le béton. Naomi remonta le panneau de quelques centimètres, non par compassion, mais pour s'en débarrasser une bonne fois pour toutes. Mike retira ses mains précipitamment, et Naomi claqua de nouveau la porte. Teacake, qui s'était relevé entre-temps, tira la goupille de sûreté d'un côté de la porte et alla en vitesse réitérer l'opération de l'autre côté.

Tous deux restèrent quelques secondes immobiles dans le noir complet, peinant à reprendre leur respiration, tandis que Mike poussait des cris inhumains dans le couloir. La porte trembla sous ses coups de poing et de pied furieux. Il tira une demi-douzaine de coups de feu, mais le métal ne fit guère plus que se tordre légèrement aux points d'impact. Il essaya alors de rouvrir le battant. La lumière du couloir s'introduisit un instant par l'interstice d'un ou deux centimètres qu'il avait réussi à créer, mais les deux goupilles de sûreté en acier n'avaient pas l'intention de céder davantage de terrain.

Teacake, hors d'haleine, fut le premier à parler.

— Le papa, donc.

— C'est bon, je sais.

De l'autre côté de la porte, le silence se fit. Ils attendirent.

Au bout de presque une minute, les pas de Mike s'éloignèrent. Ils patientèrent encore trente secondes avant de sortir leurs téléphones, dont l'écran leur éclaira le visage.

— Griffin m'a appelé onze fois, fit remarquer Teacake.

— Là, tout de suite, on s'en cogne un peu.

— Il faut pas que je perde mon boulot.

— C'est vrai. (Elle loucha sur son téléphone, qui affichait toujours la page « Contacts » du site de la DTRA.) Il y a le numéro d'un endroit qui s'appelle Fort Belvoir.

— Fort Belvoir ? C'est une base militaire.

— Je les appelle ? Ou plutôt les flics ?

Ils entendirent alors un léger bruit de pas qui se rapprochait très rapidement. Quelqu'un courait droit sur eux. Le bruit s'interrompit net alors que ce quelqu'un se projetait dans les airs, une seconde silencieuse passa, puis une gigantesque déflagration secoua la porte alors que Mike s'écrasait contre le métal, y imprimant très légèrement la forme de son corps. Mais la porte tint bon.

Ils l'entendirent ensuite s'écrouler par terre et lâcher un hurlement de frustration animal.

Teacake leva les yeux sur Naomi.

— Ouais. Appelle cette putain d'armée.

20

La piste d'atterrissage se précipita à la rencontre de l'avion alors que Roberto s'étirait une dernière fois. Il avait bougé autant qu'il avait pu en cours de vol, mais à soixante-huit ans, son corps se raidissait bien plus vite qu'autrefois, et à des endroits surprenants. *Attends une seconde, je me suis claqué un muscle du* cul *? Mais comment un truc pareil peut-il arriver ?* Annie et lui en parlaient tout le temps ; ils se faisaient parfois des élongations pour le moins inattendues ou déclenchaient des douleurs lombaires en exécutant des mouvements anodins comme, oh, se lever ou ouvrir un pot de beurre de cacahouète. Ce n'était pas du tout le moment de se laisser surprendre par une infirmité de ce genre, qui ne manquerait pas de le ralentir et dont pouvait résulter la mort de milliers de personnes.

L'avion atterrit et gagna le hangar le plus éloigné, celui qu'à Leavenworth on réservait pour les visites de dignitaires et les urgences. *Merci beaucoup, Jerabek, pour cette définition toute personnelle du mot* discrétion. Roberto était impatient de descendre de cet avion gouvernemental, de fourrer son téléphone dans un sac de Faraday pour en bloquer le signal et de ne pas donner signe de vie pendant quatre ou cinq heures. Jusqu'à ce que le problème soit classé. Classé… il avait aussi appris cette expression à Londres et l'avait toujours aimée. Réglé, géré, arrangé. Une place pour chaque chose et chaque chose à sa place, tout en calme et en efficacité, comme un bon petit employé de bureau. Bon, cette fois le calme ne serait pas de la partie, mais ça n'en serait pas moins parfait, si tout se déroulait selon ses plans. Permanent. Classé.

Il regarda par la fenêtre et vit les portes ouvertes du hangar. Il y avait de la lumière, mais il semblait vide. Rien ne venait interrompre la vaste étendue de tarmac brillant. Un van était garé devant, près duquel se tenait une silhouette en manteau noir, la tête environnée d'un halo de fumée éclairé à contre-jour par les néons à l'intérieur.

Une rampe mobile se connecta à l'avion sitôt ce dernier arrêté. Roberto se trouvait déjà derrière la porte. Le copilote le salua d'un hochement de tête, sans paroles inutiles. Voilà une des particularités de l'armée qui lui manquait. Les civilités étaient réduites au strict minimum, car il n'y avait aucune place pour l'hypocrisie, et on y gagnait un temps fou. Tous deux attendirent quelques secondes que les bruits mécaniques cessent à l'extérieur, puis le copilote appuya sur plusieurs interrupteurs, tira les poignées et la porte s'ouvrit vers l'intérieur avec un bruit de succion. Le copilote hocha de nouveau la tête et le gratifia d'un : « Bonne nuit, monsieur. » Il était 4 heures du matin, et Roberto sortit dans la brume du Kansas.

Il descendit l'escalier métallique en vitesse, rendit son salut au soldat qui se trouvait en bas et rejoignit le van. Trini et lui-même furent frappés par l'état de leurs corps vieillissants. Il ne l'avait pas revue depuis quinze ans, ce qui voulait dire que Trini avait soufflé sa soixante-dixième bougie depuis un moment. Son hygiène de vie ne s'était pas améliorée avec l'âge, à en juger par le rougeoiement au bout de la Newport Menthol King sur laquelle elle tirait frénétiquement. La cigarette n'avait pas une chance.

Roberto s'arrêta près d'elle. Il regarda autour de lui le tarmac déserté.

— Qu'as-tu fait de la sécurité de la base ?

— Je leur ai dit de foutre le camp et de retourner au pieu.

— Et ils l'ont fait ?

Elle acquiesça.

— Je suis très persuasive, fit-elle observer, mais la fin de sa phrase se perdit dans une quinte de toux.

Elle leva un doigt comme pour dire : *Bouge pas*, et Roberto attendit que ça passe.

— Comment se fait-il que tu ne sois pas encore morte ?

Elle haussa les épaules.

— La méchanceté, sans doute.

Elle se retourna, ouvrit la portière conducteur, s'installa au volant et la claqua derrière elle. Roberto fit le tour du véhicule, considérant d'un œil dédaigneux le van Mazda blanc et carré, et alla ouvrir la portière passager.

Il prit place sur le siège en similicuir blanc.

— Sympas, les jantes. C'est ta propre bagnole, non ? J'espère que tu ne vas pas me demander de la conduire.

Trini secoua la tête et enclencha la marche avant.

— Vas-y, ma beauté.

Elle appuya sur l'accélérateur, braqua, coupa à travers le hangar et émergea de l'autre côté. Elle prit à gauche en direction de la sortie de Pope Avenue.

— Sérieusement, Trini, je suis inquiet. Tu n'as pas eu un cancer du poumon il y a dix ans de ça ?

— Je n'ai jamais eu l'ombre d'un cancer, espèce de crétin indélicat. Je fais de l'emphysème, ce qui n'a rien à voir, et ce n'est pas mortel pour deux sous.

Elle tira une autre bouffée sur sa cigarette.

— Peux-tu au moins ouvrir la fenêtre ?

Elle baissa la vitre côté passager, ce qui eut pour effet d'attirer toute la fumée sous le nez de Roberto.

— Merde, Trini !

— Pardon.

Elle la referma et ouvrit la sienne.

— Cette nana de Belvoir semblait inspirée par la peur de Dieu le Père lui-même. Qu'est-ce que tu lui as dit ?

— Un petit bout de la vérité.

— Ouais, eh ben, ça a marché. (Elle fit un geste vers l'arrière du van.) Tout est là.

Roberto se retourna. Sur les sièges arrière repliés, une bâche recouvrait plusieurs caisses dont le nombre et les dimensions paraissaient corrects.

— Même le numéro sept ?

Elle secoua la tête.

— Il va falloir qu'on s'arrête pour le récupérer.

Il regarda sa montre.

— Tu te fous de moi ? Tu sais que chaque minute compte, là ?

Leur rapport hiérarchique s'était inversé vingt ans plus tôt, quand Trini avait cessé de progresser pendant que Roberto poursuivait son ascension. C'est lui qui avait donné les ordres, à partir de ce moment-là, non qu'elle s'en soit souciée outre mesure.

Elle se tourna vers lui, l'air offensé.

— Tu manques pas de culot. Il y a deux heures, je dormais. Et maintenant je te sers de chauffeur en plein milieu de la nuit, le coffre rempli d'une demi-douzaine d'objets de contrebande qui pourraient m'envoyer en prison pour le reste de ma vie.

— Soit environ trois ou quatre jours ?

Elle éclata d'un rire qui se transforma en une telle quinte de toux qu'il lui fallut presque s'arrêter sur le bas-côté.

— Ça te manque ? lui demanda-t-il avec un sourire.

— Tu parles que ça me manque.

— Quelle partie ?

Elle fit un geste vague.

— Ça. Les conneries.

Il aimait ça, lui aussi, et ne s'était pas rendu compte à quel point ça lui avait manqué.

— Gordon est mort, dit-il.

— Ouais, je sais. Les funérailles étaient très belles.

Il lui jeta un regard agacé.

— Comment se fait-il que tout le monde soit au courant à part moi ? Pourquoi tu ne m'as pas appelé ?

— C'est pas mon job de passer des coups de fil chaque fois qu'il y en a un qui cane. Je ne décollerais plus de mon téléphone de merde.

Pas faux. Roberto contempla le paysage au-delà de la fenêtre un moment, en essayant de se rappeler la dernière fois qu'il avait parlé à Gordon, mais sans succès. Il revint au présent et se tourna vers Trini.

— Tu sais que tu es encore pas mal ?

— Je suis canon, blaireau, et tu le sais. Toi aussi, d'ailleurs. Beau comme un dieu, comme tu l'as toujours été. La version mexicaine de Ken. Je t'imagine sans parties génitales.

— Je préfère que tu évites.

— Que veux-tu que j'imagine, alors ?

— Faut-il vraiment que tu imagines quelque chose ?

Elle haussa les épaules. Lorsqu'ils arrivèrent à proximité du portail principal, Trini baissa sa fenêtre et lança un regard sévère à Roberto.

— Tu crois que tu peux la fermer pendant une minute ?

Tandis que Trini signait leur sortie et soufflait une bouffée de Newport dans la guérite des gardes, Roberto sortit le sac de Faraday de la poche de sa veste et ouvrit le tissu doublé de qualité militaire. Au moment où il s'apprêtait à y fourrer son téléphone, ce dernier vibra. Il regarda l'écran, où s'affichait un numéro commençant par 703. Il mit une oreillette, cliqua sur l'icône de réponse et écouta sans rien dire.

— Allô ? dit une voix féminine.

Roberto se concentra et entendit le son caractéristique de pneus mouillés sur l'asphalte.

— Deux minutes, lâcha-t-il avant de raccrocher.

Il lança l'application météo de son smartphone, entra Fort Belvoir, Virginie, et vit qu'il y pleuvait. Satisfait que l'appel provienne bien de ce que laissait supposer l'indicatif et n'ait pas été rerouté, il lâcha son téléphone gouvernemental dans le sac et referma la glissière. Puis il sortit son ordinateur portable de son sac à dos, inséra une carte dans un des ports USB disponibles, s'équipa d'une oreillette Bluetooth et rouvrit le site DeepBeep auquel il avait accédé dans l'avion. Là, il entra le numéro de téléphone qui s'était affiché sur son écran. Son interlocutrice décrocha à la première sonnerie, mais Roberto parla le premier.

— Vous êtes dehors ?

— Oui, sous la pluie, lui répondit la voix d'Abigail.

— Trini était là à mon arrivée, et chargée. Bien joué. Je n'ai besoin de rien d'autre.

Il était sur le point de raccrocher quand Abigail prit la parole.

— Il y a du nouveau.

Roberto se tendit.

— Quel genre ?

— Sur le terrain, à Atchison. Quelqu'un a appelé Belvoir depuis l'intérieur du complexe.

— Qui ?

— Une civile de vingt-trois ans.

— Merde. Comment a-t-elle eu votre numéro ?

— Elle a trouvé le sigle DTRA sur une porte et l'a googlisé.

— OK, elle n'est pas idiote. Qu'avez-vous fait ?

Abigail laissa passer un silence, durant lequel Roberto entendit des voix de gens qui se pressaient sous la pluie. Quand elles s'éloignèrent, Abigail poursuivit :

— J'ai raccroché, je suis sortie et je l'ai rappelée depuis un de mes téléphones prépayés. Je l'ai en double appel en ce moment. Vous voulez lui parler ?

Abigail l'impressionna une fois de plus, mais les choses allaient devenir plus compliquées qu'il ne l'avait présumé, et il aurait encore besoin d'elle, aussi prit-il soin de ne pas trop la flatter.

— Oui. Comment s'appelle-t-elle ?

— Naomi.

— Jetez votre téléphone prépayé dans la benne d'un camion en mouvement quand nous aurons terminé et envoyez-moi un nouveau numéro par texto.

— D'accord. Ne quittez pas.

Roberto patienta. Trini le regarda en levant le menton : *Que se passe-t-il ?* Il couvrit le micro du téléphone de son pouce.

— Civil. Dans les mines.

La connexion se dégrada, et la voix effrayée d'une jeune femme qui s'efforçait néanmoins de paraître autoritaire s'éleva dans son oreillette.

— OK, c'est qui, *cette fois* ?

— Bonsoir Naomi. Je m'appelle Roberto. Je voudrais vous parler de ce qui est en train de se passer.

— OK, pourquoi la dame d'avant m'a raccroché au nez ?

— Parce qu'elle se soucie de votre problème et essaie de le résoudre de la meilleure manière, comme moi.

Derrière elle, Roberto entendit une voix masculine crier quelque chose comme : « Demande-lui ce qui se passe, bordel ! » ou quelque chose du même goût.

— J'entends que vous n'êtes pas seule, reprit-il. Qui est cette personne ?

— Travis. Nous sommes les gardiens du complexe.

— OK. Pouvez-vous m'accorder une faveur en demandant à Travis de la fermer pendant que nous parlons ?

Le volume de sa voix décrut alors qu'elle tournait la tête et lançait : « Il dit qu'il faut que tu la mettes en veilleuse. » Puis une pause, quelques marmonnements, et elle reprit la parole dans le téléphone.

— On a un sérieux problème. Il y a un virus, ou un champignon…

— Un champignon. Je suis au courant. J'en sais plus que quiconque sur le sujet. Êtes-vous en sécurité pour le moment ?

— On s'est enfermés dans un box de stockage.

— OK. Ça pourrait être pire. Restez-y.

— Sans déconner. Combien de temps ? Vous allez nous envoyer quelqu'un ?

— Est-ce que quelqu'un est entré en contact physique direct avec le fongus ? Vous le sauriez, parce que, dans ce cas…

— Oui.

Merde, articula silencieusement Roberto. Trini le regardait aussi souvent qu'elle l'osait tout en franchissant Centennial Bridge à plus de cent dix kilomètres-heure.

— Allô ? fit Naomi.

— Oui, je consultais un document sur mon écran, mentit-il. Combien de personnes ont été infectées.

— Une seule, je pense.

— Et cette personne se trouve-t-elle encore dans le complexe ?

— Oui. Il essaie de s'introduire dans notre box.

À l'arrière, il entendit d'autres vociférations. Le râleur avait remis ça. Naomi s'entretint brièvement avec lui, dit « OK, OK, *OK* » et reprit leur conversation :

— Il y avait aussi une biche. Infectée.

— Où est-elle, maintenant ?

— Elle a explosé.

— À l'intérieur ou à l'extérieur ?

— Vous m'avez entendue ? J'ai dit qu'elle avait *explosé*.

— Oui, j'ai entendu. Pouvez-vous me dire où elle a explosé ?

— Dans le couloir.

Roberto l'entendit presque ajouter : *Qu'est-ce qu'on en a à carrer ?* mais il lâcha un petit soupir de soulagement en apprenant que le problème était circonscrit au centre de stockage.

— OK, écoutez-moi, Naomi, poursuivit-il. Tout va bien se passer. Vous avez appelé au bon endroit, et vous parlez en ce moment même avec la personne la plus qualifiée qui soit sur ce dossier. Vous avez une excellente intuition, et elle vous a bien servi jusqu'ici. À présent, il est temps de vous en remettre à quelqu'un d'autre. Je suis en chemin, et je sais quoi faire pour résoudre ce problème. Plusieurs d'entre nous y ont déjà été confrontés, et nous nous sommes préparés à l'affronter à nouveau. Je serai là dans…

Il regarda Trini.

— Moins d'une heure, déclara-t-elle.

— Un peu plus d'une heure, dit-il à Naomi. Restez où vous êtes. N'ouvrez pas la porte. Ne joignez personne d'autre. Pas même Fort Belvoir. La femme qui nous a mis en contact vous appellera toutes les dix minutes. Ne lui parlez qu'à elle ou à moi. N'utilisez pas votre téléphone à moins qu'il ne sonne. Vous m'avez compris ?

— Qu'allez-vous faire ?

— Dites-moi que vous avez compris.

— J'ai compris.

— Qui devez-vous appeler ?

— Personne. Vous m'appellerez toutes les dix minutes.

— Super. Vingt sur vingt. Essayez de calmer Travis, il me semble être le genre à tenter une sortie. Vous devez l'en empêcher.

— La biche a explosé.

— Je sais, ça paraît dingue. Je vous en dirai plus quand on se verra. Tout va bien se passer. Une heure.

Il ferma l'ordinateur, ôta l'oreillette et se massa les tempes.

— Trois civils et une biche ? interrogea Trini.

— Une personne infectée, toujours dans le bâtiment. Les deux autres vont bien, ils se sont enfermés dans un box. La biche a explosé, mais à l'intérieur.

— C'est peut-être jouable.

Il se tourna vers elle.

— Tu rigoles ? C'est un cadeau du ciel. Espérons que la situation n'évolue pas au cours de la prochaine heure.

Trini hocha la tête sans quitter la route du regard, dans ses pensées. Puis elle demanda, sans précautions inutiles :

— Ils sont morts, n'est-ce pas ?

Roberto réfléchit.

— Probable.

Cette réponse ne lui plaisait pas, aussi réfléchit-il davantage. Il y réfléchit durant tout le trajet, mais sans jamais arriver à une autre conclusion.

— Probable.

21

Les quinze premières minutes de cette heure s'étaient très bien passées. Mike s'était assis devant la porte de l'unité 231-232, les yeux rivés à la porte métallique. À ce stade, il ne pensait plus à rien d'autre qu'à s'introduire dans ce box.

je dois entrer là-dedans la porte est fermée je dois entrer je dois porte fermée

Quant à la solution à ce problème, ses capacités de raisonnement ne tournaient pas à plein régime, mais elles bossaient dur sur la question et avaient proposé un certain nombre d'approches. La stratégie numéro un lui venait d'un fragment d'une chanson que son père adorait et qui flottait quelque part à la surface de sa conscience ; ça parlait de se jeter contre un mur, mais ça n'avait pas franchement fonctionné. Il s'était sûrement démis l'épaule en essayant d'enfoncer la porte métallique et s'était fracturé au moins deux doigts en retombant. L'un de ceux de sa main droite affichait une coloration rose et se pliait à un angle inédit, mais Mike n'en avait pas fait grand cas. Il n'avait pas le loisir d'y consacrer la moindre pensée.

dois entrer porte fermée entrer

La stratégie numéro deux impliquait de vomir à nouveau, cette fois en soulevant la porte du garage de quelques centimètres et en essayant de viser juste. Mais, quoique séduisante, cette approche avait été écartée au souvenir de ses doigts écrasés lorsque Naomi avait claqué la porte sur eux, et il ne l'avait pas mise en pratique. La stratégie numéro trois était, comme on dit, encore en développement.

En attendant qu'une idée lui vienne, il restait assis, les yeux fixés sur la tôle ondulée. Il patienterait.

Derrière la porte, Naomi et Teacake étaient considérablement mieux installés, mais pas tranquilles pour autant. L'unité dans laquelle ils avaient trouvé refuge s'était révélée être un bon choix : elle semblait être remplie des meubles en surnombre d'un client qui avait été contraint d'emménager dans une maison plus petite. Il pensait sans doute que son revers de fortune n'était que temporaire, que son sort s'améliorerait sous peu et qu'il aurait bientôt besoin de toutes ces affaires. Les canapés et les fauteuils étaient là depuis plusieurs années, mais ils ne puaient pas. Leur propriétaire les avait vaguement recouverts d'un drap et avait inséré des sachets de silice dans les coussins, comme on est censé le faire. Il y avait même un déshumidificateur branché à l'une des prises. Naomi et Teacake avaient débarrassé deux des fauteuils de leur linceul de fortune, les avaient poussés tout au fond du box – le plus loin possible de la porte – et avaient même trouvé une lampe dont l'ampoule fonctionnait encore. Ils restèrent assis là, chacun dans son fauteuil, la lampe posée sur une caisse entre eux. Le regard qu'ils échangeaient semblait se demander comment les choses avaient pu en arriver là.

Teacake, qui détestait le silence, fut le premier à le rompre.

— Le père, donc.

— Arrête de dire ça, je t'en prie.

— Désolé, c'est juste un peu dur de me le sortir de la tête, c'est tout. Comment ce type-*là* a pu un jour avoir une chance avec toi ?

— Il n'a pas toujours été comme ça.

— Ouais, bon, ça je m'en doute. Je crois pas qu'il y ait une personne au monde qui soit comme ça. Mais il devait bien être un genre de version de ça, non ?

— Je suppose.

— Et toi, tu es, tu sais, toi.

— Merci.

Elle aurait préféré qu'il se taise.

— Et ta gosse est tellement mignonne.

Oups.

Naomi inclina la tête sans le quitter des yeux, pensive.

Oh merde, comme il aurait voulu pouvoir attraper ces six derniers mots au vol avant qu'ils n'atteignent ses oreilles, comme il aurait souhaité revenir en arrière, trois secondes, pas plus. Mais c'était impossible. Il les avait dits, elle les avait entendus, et elle savait ce qu'ils signifiaient.

Son esprit passa en revue ses différentes options. Son réflexe de base aurait été de continuer de parler, d'emballer ça dans une explosion verbale, d'enterrer ce faux pas si profondément sous une couche de blabla si épaisse qu'elle ne l'aurait pas remarqué ou qu'elle aurait aussitôt oublié qu'il ne lui avait pas seulement annoncé qu'il connaissait l'existence de son enfant avant cette nuit, mais qu'il l'avait vue.

Il était sur le point d'ouvrir les vannes de sa lance à mensonges, mais quelque chose le retint. La nuit avait été longue et étrange, et Naomi n'était pas n'importe qui. Il se fit la réflexion que ses réflexes n'étaient peut-être pas les bons. Peut-être même que c'est eux qui l'avaient mené à cette vie de petits boulots et de célibat. Peut-être devrait-il dire la vérité, pour une fois, peut-être devrait-il confesser une triste réalité tant qu'il en avait l'occasion, peut-être devrait-il se montrer franc et critique envers lui-même chaque fois que c'était nécessaire. Il pourrait faire preuve d'un peu de *classe*, bordel, s'exprimer avec un tel charme, une telle grâce, une telle sagesse, un tel style qu'elle serait touchée par ce moment, cette confession, cette candeur.

Je t'ai suivie jusque chez toi un matin, c'était tordu, je suis désolé.

Voilà ce qu'il *aurait* pu dire.

Le téléphone de Naomi vibra. Elle s'en saisit immédiatement, jeta un coup d'œil au numéro et répondit :

— Allô.

Elle écouta ce que son interlocuteur disait et répondit à ses questions sans quitter Teacake du regard. Les yeux de Naomi le clouèrent à son fauteuil durant toute la conversation.

— Oui. Oui. Pareil qu'il y a dix minutes. Non, il n'a pas essayé. Je suppose que oui, on ne l'a pas entendu partir. Oui. OK.

Elle raccrocha.

Teacake leva le menton.

— Il y a du nouveau ?

— Non.

— Bon, et ils arrivent bientôt, sinon ?

Il consulta ostensiblement l'heure sur son portable, profondément soulagé qu'ils aient changé de sujet. Elle oublierait. Peut-être même qu'elle avait déjà oublié ! Il continua sur sa lancée :

— Dans quelque chose comme trois quarts d'heure ? Attends, il était quoi, à peu près 4 heures quand tu as parlé à ce type, du coup…

— C'était toi, le mec au téléphone à clapet.

Elle n'avait pas oublié.

Il soupira.

— Je m'excuse, Naomi. Je… je fais des trucs complètement cons, des fois. J'étais pas… je voulais pas… ah, merde.

— Sur le parking de mon immeuble, c'est ça ? Il y a à peu près une semaine. Absorbé par ton téléphone à clapet.

— Tu m'as vu ?

— Ouais. Ton visage m'était familier ce soir, mais je n'arrivais pas à te remettre. J'aurais dû capter quand tu as sorti ton téléphone. Plus personne n'en a de comme ça.

— Je suis désolé, je…

— Es-tu un harceleur, Travis ?

— Non. Je te le jure.

— Parce que c'est flippant.

— Je sais. Je m'excuse. J'avais jamais fait ça.

— J'espère bien que non.

— Je voulais juste te parler. Alors je… me suis embourbé là-dedans, et je savais pas comment m'en dépêtrer. Je suis désolé.

Elle le considéra un long moment, le scrutant d'un regard analytique. Elle semblait évaluer chaque parcelle de son être, disséquer l'entièreté de sa personnalité sur la base de l'expression qu'affichait son visage à l'instant présent. Finalement…

— OK. Ne recommence pas.

Et c'était *réglé*. Il était abasourdi. Il s'était attendu à tout sauf à ça. Elle ne lui en tenait pas rigueur. Il allait s'en tirer aussi simplement que ça. Elle n'était pas dégoûtée ni rien de ce genre. Il lui avait dit la vérité et ça avait *marché*. Il sourit, et pendant presque une minute, tous deux oublièrent où ils étaient et ce qui s'y passait.

Puis ils l'entendirent. C'était léger et lointain, mais si bas et profond que la structure entière de béton et de métal du bâtiment vibra à l'unisson. La porte trembla très légèrement dans son encadrement. Ils l'observèrent un instant puis échangèrent un regard. *C'est donc ça, le bruit de la cavalerie ?*

Teacake se leva par réflexe.

— Ils sont là !

Naomi consulta l'heure sur son portable. Ça ne semblait pas coller.

— Je ne crois pas.

De l'autre côté de la porte métallique, Mike l'avait également entendu. Il n'aurait pas pu manquer la vibration, dont les parpaings des murs du couloir renvoyaient un écho puissant. Le rugissement sourd gagnait en force à mesure qu'il se rapprochait du bâtiment. Des véhicules, comprit Mike. Véhicules = gens = groupement = dispersion = migration. Voilà qui serait beaucoup plus simple que cette porte dont la simple vue le faisait souffrir dans tout son corps.

pas besoin d'entrer là-dedans après tout pas besoin autres gens

Il se leva et partit en direction de l'origine du bruit.

Devant l'entrée principale du complexe, des phares balayaient la route et éclaboussaient de lumière la façade. Neuf en tout : deux appartenant au pick-up et sept aux Harley qui faisaient tout ce bruit. La Fat Boy de Griffin, au pot d'échappement modifié, était la plus sonore de toutes – même ses compagnons trouvaient ça un peu *too much.* Tu sais, mon pote, on n'est *pas* seuls au monde.

Griffin arrêta sa moto devant le portail, en descendit, jeta ses lunettes de protection sur le guidon et cracha sur le gravier. Il était bourré depuis dix heures consécutives, ce qui n'était pas grand-chose pour lui, mais ajouté à l'herbe qu'il avait fumée et au burrito XXL qu'il avait englouti à 2 heures du matin, cela commençait à lui peser sur le bide. Même un estomac comme le sien avait ses limites. Les autres Harley prirent position autour de la sienne et les bikers en descendirent un à un : Cedric, Tête-de-pioche, Pochetron, Cuba, Ordure et le Dr Steven Friedman.

Le Dr Friedman, comme Griffin, était le genre de personne à qui il était impossible de donner un surnom. Aucun ne semblait jamais coller. Quelque chose en lui proclamait qu'il s'appelait Dr Steven Friedman, aussi resterait-il toujours le Dr Steven Friedman, un dentiste plutôt sympa qui aimait rouler cheveux au vent et porter du cuir. La Naine et le Révérend sortirent du pick-up. La plupart d'entre eux étaient à différents stades et types d'ébriété, à l'exception du Dr Friedman, qui avait un rejeton de dix-huit mois, et la Naine, hygiéniste notoire.

La nuit avait commencé assez innocemment chez Griffin, une maison de plain-pied de trois pièces sobrement meublée qu'il louait près de Cedar Lake, tout au bout d'une route en cul-de-sac. Les voisins étaient assez loin pour ne pas avoir à se plaindre du bruit, et Griffin se souciait peu de son intérieur ou de ce que vous y faisiez. On pouvait s'y mettre minable jusqu'à l'inconscience, rayer à peu près tout ce qui s'y trouvait, et comme il y avait un écran incurvé Samsung Ultra 4K Premium de 55 pouces dans chaque pièce, tous reliés au câble illégalement, personne ne se battait jamais pour choisir le programme.

C'est justement pour les télés qu'ils se rendaient aux entrepôts au beau milieu de la nuit. Après les avoir stockées pendant cinq mois sans rien en faire, Griffin venait enfin d'en vendre la moitié, soit une douzaine. Ça n'avait pas été facile ; il travaillait ce groupe au corps depuis minuit, et ce n'est que lorsqu'il avait sorti les derniers grammes de sa maigre réserve de coke et les avait fait passer à la ronde que ses clients avaient finalement accepté de lâcher cent dollars chacun et d'emporter les télés la nuit même dans le pick-up du Révérend. Ça en faisait une pour chacun, à l'exception d'Ordure, qui en prenait cinq, car il pensait pouvoir les refourguer à son pote qui bossait au rayon Électronique chez Walmart. Ce qui serait assez tordant, Griffin étant presque certain que les télés venaient des entrepôts Walmart à Topeka. Mais il était assez avisé pour savoir quand il fallait la boucler.

Griffin avait accepté de stocker et de revendre les téléviseurs en octobre de l'année précédente et en était venu à les haïr. Neuves, elles valaient sept cent quatre-vingt-dix-neuf dollars et étaient censées faire un tabac à leur sortie, mais tout le monde se foutait qu'elles soient incurvées, 4K, LED, Ultra ceci ou cela, parce qu'on pouvait acheter à peu près les mêmes n'importe où à moitié prix, pour une qualité d'image tout aussi bonne. Griffin et le type qui les lui avait fourguées s'étaient mis d'accord pour faire moitié-moitié sur le produit de la vente, ce qui signifiait que les efforts de ce soir allaient lui rapporter six cents dollars. C'était à peine plus que le coût du stockage dont il s'était acquitté pour les cinq derniers mois, mais au moins n'aurait-il pas perdu d'argent, et la moitié du problème serait réglé.

Une colère sourde le tenaillait à son arrivée aux entrepôts. Il avait dû appeler ce petit con de Teacake une bonne douzaine de fois au cours de la dernière heure, pour lui dire qu'il débarquait avec des Types Qui Ne Plaisantent Pas, et que s'il avait une once de bon sens, Teacake aurait intérêt à aller se planquer à l'autre bout du complexe pour ne pas voir ce qu'il ne voulait pas voir. Mais ce blaireau n'avait jamais répondu. Apparemment, il avait quand même eu le message, car lorsque Griffin martela la porte, il vit que le bureau de réception était inoccupé. Mais alors il se figea, son badge à mi-chemin de la porte, quand il vit le mur. Ses yeux déjà écarquillés sortirent un peu plus de leurs orbites.

Il y avait un *trou* dans le mur derrière le bureau. *Deux*, même, énormes balafres irrégulières de plus d'un mètre de large dans la cloison sèche. Le crâne chauve de Griffin vira à l'écarlate.

— Qu'est-ce que c'est que ce bordel de merde de bordel de merde ? ! se demanda-t-il.

Il passa son badge dans le lecteur, la porte s'ouvrit et il entra en trombe. Il se courba comme un boxeur sur le point d'envoyer un direct et gagna le bureau d'un pas raide, fixant sur les trous un regard horrifié.

Tête-de-pioche entra à sa suite.

— Waouh, Griffin, ton gars a pété les plombs. C'est quoi, cet endroit que tu diriges ?

— Je vais lui faire un putain de deuxième trou au cul à ce petit merdeux qu'est-ce qu'il a fait à mon *putain de lieu de travail* ? !

Cedric et Ordure semblaient trouver ça drôle. Tête-de-pioche sauta par-dessus le comptoir, attiré par les lumières clignotantes derrière le mur.

— Y a tout un tas de merdes électroniques par ici. C'est quoi ?

Le Dr Steven Friedman se posta à côté de Griffin, sobre et compatissant.

— On dirait que tu as quelques problèmes de personnel, Darryl.

Griffin haïssait le Dr Friedman, notamment parce qu'il était le seul à employer son nom de baptême.

Griffin sortit son téléphone et planta une fois de plus son gros doigt sur le numéro de Teacake, mais la voix impatiente du Révérend tonna dans le hall.

— On y va, ou bien ?

Griffin raccrocha. Il tuerait Teacake plus tard.

— Ouais. Par ici.

Il gagna l'accès aux unités de stockage et passa de nouveau son badge. Ils poussèrent la porte lorsqu'elle buzza et entrèrent.

Alors qu'ils progressaient sans discrétion le long du couloir et s'enfonçaient dans le complexe de stockage, un bruit attira l'attention de Cuba, dans un couloir perpendiculaire sur sa gauche. Elle aperçut quelqu'un, non pas un gardien, mais un type légèrement bouffi dans un jean trop serré et une chemise de travail tachée d'une matière verte dont les boutons menaçaient de céder à tout moment, comme s'il avait récemment pris beaucoup de poids et négligé d'acheter de nouveaux vêtements. Le type regardait dans leur direction en franchissant une intersection à une trentaine de mètres de là. Lorsque leurs yeux se croisèrent, son visage, aussi enflé que le reste de son corps, et son regard un peu trop insistant la laissèrent perplexe. Elle ne le vit qu'une seconde ou deux avant qu'il ne disparaisse de son champ de vision et ne poursuive sa progression, parallèle à la leur, comme s'il les suivait à un couloir de distance.

Cuba – qui n'avait pas une once de sang latino dans les veines mais nourrissait un goût immodéré pour la *ropa vieja* – se demanda quel genre de taré traînait dans un entrepôt de stockage à 4 heures du matin.

Elle se dépêcha de rattraper les autres.

22

Trini éteignit les phares quand ils arrivèrent à un demi-pâté de maisons de leur destination et s'arrêta doucement dans la rue résidentielle. Roberto, qui connaissait assez Trini pour savoir qu'il devait limiter ses questions au strict nécessaire, estima que le moment était bien choisi pour en poser une.

— Où va-t-on ?

Trini coupa le moteur, ouvrit son sac et le fouilla jusqu'à ce qu'elle trouve un petit étui en cuir roulé.

— Chercher le numéro sept.

Elle descendit du van, jeta un coup d'œil à droite et à gauche dans la rue déserte et se mit en route, en prenant garde de rester en dehors du halo des rares lampadaires.

Roberto sortit à son tour, referma discrètement sa portière et la rattrapa. Il la suivit en silence tandis qu'elle comptait les maisons, dont toutes les lumières étaient éteintes ; personne de respectable n'était debout à cette heure. Trini s'arrêta devant une jolie bâtisse à un étage et s'engagea sur la pelouse. Elle dédaigna la porte d'entrée et continua dans l'étroite bande de jardin qui longeait le flanc de la maison. Arrivant devant une porte latérale, elle s'agenouilla sur la dalle cimentée qui faisait office de seuil et déroula l'étui en cuir par terre devant elle.

— Un peu de lumière, s'il te plaît ?

Roberto produisit une minuscule Maglite porte-clés et se pencha pour circonscrire le faisceau. Il l'alluma et la tint dirigée vers l'étui. Son rayon accrocha tout un attirail de crocheteur, une demi-douzaine d'outils en métal de formes et de dimensions variées.

— T'as oublié tes clés ? chuchota-t-il.

Trini ne répondit pas. Moins il en savait, mieux ça valait. Elle frôla des doigts le tenseur et le crochet, regarda le type de serrure auquel elle avait affaire et jeta son dévolu sur le râteau. Elle le fit pénétrer dans la serrure et le manipula soigneusement, l'oreille aux aguets.

Roberto observa les alentours puis revint à elle, vaguement agacé.

— Tu es sûre que c'était le meilleur endroit où la ranger ?

— Ça a fait l'affaire pendant trente ans, non ?

Elle joua encore un peu du râteau, mais n'arrivant à rien, elle le ressortit et le remplaça par le diamant.

— Le seul emmerdement, c'est quand ils ont déménagé. Il m'a fallu six semaines de mensonges très créatifs pour les convaincre de me laisser empaqueter le sous-sol moi-m… Ça y est !

La serrure avait cliqueté. Elle la fit pivoter délicatement avec le crochet. La porte s'entrouvrit. Elle glissa les outils dans leur rouleau de cuir, le noua rapidement et le fourra dans la poche arrière de son pantalon en se relevant. Elle considéra Roberto ; si elle attendait des compliments, elle en fut pour ses frais. Elle haussa les épaules. On ne peut pas plaire à tout le monde. Elle ouvrit la porte et entra, suivie de Roberto.

Ils avaient pénétré dans une cuisine, celle d'une famille très occupée, visiblement. Malgré la pénombre, ils distinguèrent sur le comptoir des cruches d'huile d'olive, des bouteilles d'huile épicée, des livres ouverts, les devoirs de quelqu'un et toutes sortes de merdouilles en plastique. Trini invita Roberto à lui emboîter le pas d'un signe de tête, et ils traversèrent la pièce en silence jusqu'à un mur où pendait un tableau de liège couvert de dessins d'enfant, de rubans, de listes et de pense-bêtes. Trini se saisit d'une poignée à moitié dissimulée, la tourna et ouvrit la porte.

— Encore un peu de lumière ?

Roberto ralluma sa Maglite devant eux, dévoilant l'escalier qui menait au sous-sol. Après qu'ils l'eurent descendu à pas de loup, Roberto éclaira un chemin pour Trini à travers l'espace souterrain à moitié reconverti, entre un canapé fatigué et une table de billard à obstacles, jusqu'à une nouvelle porte à l'autre bout de la pièce.

Elle enclencha la poignée et pénétra dans un débarras inachevé. La famille vivait là depuis un bout de temps et avait manifestement eu un certain nombre d'enfants, d'âges éloignés, comme en témoignait la présence de choses aussi diverses qu'un tricycle ou des skis qui avaient de toute évidence beaucoup servi. La partie arrière du débarras était séparée par un rideau qui peinait à retenir les milliers d'objets entassés derrière.

Trini le tira sur le côté, dévoilant un contenu sensiblement différent. Les affaires des enfants laissaient place à un entassement de vieux cartons, de boîtes et d'objets sans valeur sentimentale, comme ces malles de camping et cette vieille souffleuse à neige. On avait aménagé un passage étroit entre les empilements, qui ne trompait personne sur la tendance à l'accumulation compulsive des propriétaires des lieux. Trini tendit la main vers la lampe de poche. Roberto la lui donna, et elle se fraya un chemin entre les boîtes en direction du fin fond de la pièce.

Il s'y trouvait une volumineuse caisse fermée par trois verrous sur sa face avant. Trini sortit un trousseau de clés, rendit la lampe à Roberto et les ouvrit un par un avant de soulever le couvercle. La caisse contenait un grand plateau en bois pourvu de compartiments de toutes sortes et de tailles variables, lesquels étaient remplis de morceaux de papier de couleur. Roberto crut d'abord qu'il s'agissait de billets de banque – Trini avait peut-être ici une planque comme la sienne –, mais en y regardant de plus près, ces papiers étaient bien trop petits et carrés pour être des billets. Trini prit une inspiration soudaine, comme si elle avait oublié ce que contenait la caisse. Roberto éclaira son visage.

Elle souriait comme une gosse.

— Ma collection de timbres !

Elle fit courir un doigt léger sur les rangées de timbres bien ordonnés, classés par pays et par continents. Chaque spécimen était présenté sur une petite carte cartonnée, et légendé de sa date et de son origine d'une écriture soignée. Elle en prit un, fascinée.

— Kampuchéa ! C'est rare !

— Ça attendra peut-être une autre fois ?

— Pardon, j'avais oublié qu'elle était là.

Elle étendit ses bras sur toute la longueur de la caisse et referma ses mains sur le cadre en bois du plateau. Elle secoua un peu ce dernier, le souleva et se détourna à la recherche d'un endroit où le poser. Pendant ce temps, Roberto éclaira l'intérieur de la caisse, rempli d'une montagne de film bulle qu'il entreprit de dégager. Trini l'aida à s'en débarrasser, et ils découvrirent finalement ce qu'ils étaient venus chercher.

L'objet était volumineux et avait la forme d'un cylindre coupé en deux dans sa longueur. La surface plane disposait d'une série de sangles, de cordes, de boucles et d'attaches qui s'enroulaient autour du corps. Un tel conteneur était censé être léger, mais ses dimensions rendaient la chose peu probable. L'extérieur était couvert d'une toile de couleur claire tendue sur une sorte de coque rigide.

Elle était exactement telle que Roberto se la rappelait, trente ans plus tôt. Pourquoi aurait-elle été différente ?

— Quel vieux truc.

Trini haussa les épaules.

— Comme nous. Et on marche toujours.

Certes. Mais le corps humain était programmé pour vieillir, se dégrader et dysfonctionner de temps à autre, et ce demi-cylindre était une Cloudburst T-41, une arme nucléaire portable à puissance variable. Si Trini ou Roberto tombaient en panne, ils mourraient, et leurs proches les pleureraient. Si la T-41 tombait en panne, tout le monde mourrait dans un rayon de quinze kilomètres.

La T-41 était un produit de l'opération *Nougat*, qui avait eu lieu au début des années 1960, après que Eisenhower avait pour la première fois autorisé et mis en œuvre le concept d'armes nucléaires de terrain. Les modèles suivants avaient été affinés et pour la plupart déployés dans plusieurs points chauds d'Europe de l'Ouest à la fin des années 1960. Ces armes, censées servir en cas d'invasion soviétique, devaient pouvoir être livrées partout où les Green Light Teams de l'armée américaine, des escouades d'élite spécialement formées à leur usage, en avaient besoin. Elles étaient ainsi faites qu'un soldat seul ou une équipe de deux hommes pouvait les porter derrière les lignes ennemies, activer un retardateur ou un détonateur radio et ainsi détruire des positions stratégiques comme des ponts, des dépôts de munitions ou de tanks. Elles pouvaient également être parachutées, immergées ou enterrées jusqu'à une profondeur de six mètres, mais alors la détonation était beaucoup moins précise que lorsqu'un technicien se chargeait lui-même de la placer.

La T-41, comme la plupart des Special Atomic Demolition Munition, ou SADM, de la famille W54, avait une puissance ajustable de dix tonnes à une kilotonne, soit assez pour détruire deux pâtés de maisons ou le Liechtenstein. Dans ce dernier cas, l'exfiltration des membres de la Green Light Team était sévèrement compromise, et les soldats qui signaient pour une mission de ce type savaient qu'ils n'en reviendraient pas.

Cette T-41-ci avait été produite et déployée en 1971 à la trouée de Fulda, en Allemagne de l'Ouest. D'un intérêt stratégique majeur durant toute la seconde moitié du XXᵉ siècle, la trouée de Fulda est composée de deux couloirs de plaines par lesquels on craignait que les chars soviétiques conduisent une attaque surprise sur la vallée du Rhin, leur point d'entrée en Europe de l'Ouest. On pensait que l'explosion contrôlée d'une seule T-41 nous éviterait une interminable bataille. En ces balbutiements de l'ère nucléaire, ces armes étaient considérées par certains au Pentagone comme des versions plus puissantes et plus efficaces des bombes conventionnelles. En 1988, la tendance avait changé, le traité FNI s'était imposé, les trois cents dernières SADM avaient été rapatriées d'Europe, déclassées et démantelées.

Sauf celle-ci. Durant les trois années qui avaient suivi la confirmation du succès du bombardement de Kiwirrkurra, Roberto, Trini, Gordon Gray et deux autres collègues de la DTRA avaient mené une croisade infructueuse et frustrante pour convaincre leurs supérieurs de la nécessité de mettre au point un plan B pour *Cordyceps novus*, si jamais celui-ci devait un jour s'échapper de sa prison sous les mines d'Atchison. La nature du complexe de stockage convenait parfaitement à l'utilisation contrôlée d'un dispositif nucléaire, avaient-ils plaidé. S'ils prenaient les bonnes dispositions en temps et en heure, ils pourraient étroitement limiter les pertes humaines. Certes, une explosion nucléaire, même souterraine, ne pourrait être tenue secrète, mais après tout, il s'agissait d'un scénario catastrophe qui n'avait qu'une infime chance de se produire. Ne fallait-il pas s'y ternir prêts pour autant ?

Entre l'indifférence et les refus qu'ils avaient essuyés, ils avaient finalement pris les choses en main eux-mêmes. Alors que le désarmement de l'Europe battait son plein, ils avaient falsifié les registres des mouvements du Joint Elimination Coordination

Element[1], et le résultat était là, sous leurs yeux, trente ans plus tard. Le plan B, dans une caisse au fond d'une cave, sous la collection de timbres de Trini.

Roberto entreprit de sortir l'unité de la caisse, ce que son dos n'apprécia que moyennement. Il s'interrompit immédiatement – *n'insiste pas, crétin* –, plia les jambes, redressa le torse et réessaya. La T-41 pesait vingt-sept kilos, plus lourd qu'il ne s'y était attendu ou qu'il ne s'en souvenait. Il la posa sur le rebord de la caisse et leva les yeux vers Trini.

— Tiens-moi ça une seconde, tu veux ?

Elle s'approcha et stabilisa l'appareil. Il se retourna et s'accroupit, dos à lui, puis il passa les bras dans les sangles, les serra au maximum, expira et se releva. Il sentait déjà le poids s'imprimer dans ses cuisses. Ce truc était *lourd*, et il n'avait plus vingt ans.

— On peut y aller, dit-il.

Elle dirigea le faisceau de la lampe sur lui et se mit à rire.

— Quoi ? demanda-t-il.

— Dans quel merdier on s'est encore fourrés ?

— Ça pimente la retraite. Après toi.

Ils se mirent en route, franchirent le rideau séparant les deux espaces du débarras, contournèrent le billard à obstacles et le canapé défoncé et s'engagèrent dans l'escalier qui menait à la cuisine. Trini se trouvait sur la quatrième marche et Roberto avait à peine posé le pied sur la première lorsque les néons de la cave s'allumèrent.

Ils se figèrent, momentanément aveugles. Ils levèrent leurs yeux plissés et commencèrent à distinguer la silhouette d'un homme

1. Division de l'United States Strategic Command chargée de l'élimination des armes de destruction massive.

en haut des marches, vêtu d'un boxer et d'un T-shirt Kansas City Chiefs[1] et pointant un fusil sur eux.

Roberto passa en revue leurs options et n'en trouva aucune, pas avec ce *frigo* sanglé sur le dos, et pas en deuxième position au bas d'un escalier face à un type qui l'alignait avec une arme de chasse. Pour la première fois depuis longtemps, il interrogea son cerveau, son instinct et son expérience et n'y trouva absolument rien d'utile.

— Euh…, dit-il.

Le type en haut des marches soupira et baissa son fusil en reconnaissant Trini.

— Maman. *Sans déconner ?*

Trini sourit.

— Salut, mon cœur. (Elle le regarda des pieds à la tête.) Tu as pris un peu de poids, non ?

Roberto remarqua qu'en effet son T-shirt lui moulait l'estomac.

L'homme descendit quelques marches en faisant attention au fusil et plus encore au volume de sa voix.

— Qu'est-ce que tu *fais* ? chuchota-t-il.

Trini le rejoignit en haut de l'escalier, Roberto sur ses talons.

— Oh ! j'étais juste passée chercher un truc. On aura disparu dans deux secondes. (Se rappelant qu'elle n'était pas seule, elle se retourna.) Pardon, Anthony, voici mon ami Roberto…

Roberto monta une autre marche et lui tendit la main.

— On s'est déjà rencontrés. Tu devais avoir trois ans.

Anthony la lui serra par réflexe en grommelant quelque chose. Puis il revint à Trini.

— Janet te tuerait. Et moi par la même occasion.

Trini fit le geste de se sceller les lèvres et leva le menton vers le haut de l'escalier. Anthony regagna la cuisine d'un pas lourd

1. Équipe de football américain.

et s'écarta pour les laisser passer. À la vue de l'énorme appareil militaire que Roberto portait sur le dos, il se contenta de lever les yeux au ciel. Puis il alla ouvrir la porte et les fit sortir en silence. Une fois dehors, Trini se retourna vers lui.

— Peut-être à Thanksgiving ?

— Peut-être. J'y travaille.

— Je t'aime, mon cœur.

— Je t'aime aussi, maman.

La porte se referma discrètement. Alors qu'ils traversaient la pelouse plongée dans la pénombre en sens inverse, Roberto ne put s'empêcher de rompre le silence.

— On dirait qu'il a réussi.

— Ouais, c'est un brave gosse.

Roberto lui jeta un coup d'œil alors qu'ils s'approchaient du van.

— Je me demandais juste…

— Ouais ?

— Eh bien, le… euh… l'endroit. Que tu as choisi pour entreposer ceci.

— Et alors ?

— Hum… les enfants ?

Trini roula les yeux.

— Oh ! c'est bon. Ce n'est pas comme s'ils savaient comment l'activer. Merde, ce que tu peux être trouillard.

Roberto laissa tomber. Trini était Trini, et c'est ce qui lui plaisait chez elle.

Dix minutes plus tard, ils étaient garés devant chez elle. Son travail s'arrêtait là. Roberto avait pris le volant, et le point numéro sept se trouvait en sécurité à l'arrière. Il avait touché le sol du Kansas à peine trente-deux minutes plus tôt.

Le bras tendu vers le bas de la rue, elle lui expliqua comment regagner la voie rapide.

— Tu tournes à droite, puis tu prends la deuxième à gauche et tu arriveras à la rampe moins d'un kilomètre plus loin.

— On est à combien d'Atchison ?

— Vingt-cinq minutes. Tu es sûr de ne pas vouloir que je...

La fin de sa phrase se perdit dans une quinte de toux particulièrement douloureuse.

Roberto la regarda. Les événements de la nuit avaient drainé presque toutes ses forces, et ils savaient tous les deux qu'il était hors de question qu'elle l'accompagne.

— Ça ira, dit-il. Tu es toujours dans le coup, tu sais.

Elle secoua son paquet pour en extraire une nouvelle cigarette.

— Tu vas essayer de faire sortir les deux gardiens ?

Il réfléchit un moment.

— Je ne sais pas si je le peux.

— Essaye, OK ?

— Tu t'adoucis, au crépuscule de ta vie.

— La nuit est déjà tombée, *guapo*. Les lucioles sont de sortie.

Elle tira une profonde bouffée sur sa cigarette et expira un gros nuage de fumée. Il tourbillonna et s'enroula autour de sa tête dans la fraîcheur nocturne.

Roberto passa la main par la fenêtre et la posa sur son épaule. Elle inclina la tête vers elle, touchée par ce contact humain.

— Appelle-moi quand tu veux, dit-il. J'aurai toujours une connerie à te raconter.

— Avec plaisir, répondit-elle avec un sourire.

23

Mary Rooney s'était endormie sur le canapé-lit entreposé dans son box plusieurs heures plus tôt et aurait pu y rester jusqu'au matin, si elle n'avait été réveillée par les coups de feu de Mike. Il lui était déjà arrivé de passer la nuit dans ce bon vieux SS-211 ; en fait, elle avait récemment découvert que c'était le seul endroit où elle parvenait à trouver un sommeil réparateur. Elle avait commencé par s'y accorder une petite sieste de temps en temps, histoire de passer quelques minutes de plus avec les souvenirs de toute une vie. Mais une fois qu'elle eut déménagé le canapé-lit de la chambre d'amis pour le loger ici, le box était devenu bigrement plus cosy. Les siestes avaient commencé à rallonger. Entourée des affaires de son bien-aimé, elle se sentait en paix et en sécurité, plus que nulle part ailleurs. Certainement plus, en tout cas, que dans son appartement, avec ce colocataire qu'elle avait été malavisée de prendre, mais ses enfants avaient tant insisté, ils s'inquiétaient qu'elle soit seule chez elle. Mary avait aujourd'hui apporté les dernières bricoles de Tom, deux boîtes à chaussures remplies de ses souvenirs et de ses certificats de service méritoire de l'époque où il était dans l'armée. Lorsqu'elle avait commencé à les classer, cette balade sur les sentiers de sa mémoire l'avait épuisée, aussi elle s'était étendue et avait rapidement sombré.

Mais elle était à présent pleinement consciente. La première détonation l'avait réveillée en sursaut. Cette pièce était une chambre de réverbération, et la nature du bruit ne faisait aucun doute. Mary s'était assise, et la demi-douzaine de coups de feu qui avaient suivi avait répondu à la question : *Est-ce que j'ai rêvé ?* Non, elle n'avait pas rêvé. Quelqu'un tirait quelque part au-dessus d'elle. Qui donc pouvait bien cambrioler un entrepôt au beau milieu de la nuit, et pourquoi fallait-il tuer des gens pour ça ? Cela n'avait aucun sens à ses yeux.

Ou peut-être s'agissait-il d'un de ces cinglés de tueurs de masse qu'on voyait tout le temps, mais c'était tout aussi insensé – ne voulaient-ils pas tuer *beaucoup* de gens ? N'était-ce pas justement le but ? Elle n'avait jamais vu plus de deux personnes à la fois dans cet endroit. Mary était restée pétrifiée pendant les quinze minutes suivantes, n'osant pas quitter son unité de stockage, mais parfaitement incapable de retrouver le sommeil.

Le rugissement des motos lui était parvenu de l'extérieur, suivi peu après par des voix dans les couloirs, beaucoup de voix, et elle s'était mise à réfléchir à un plan. Rester là toute la nuit en attendant que les choses se calment était sans doute la meilleure chose à faire, mais si des gens étaient en danger ? Que pouvait-elle faire ? Mieux, qu'est-ce que Tom aurait fait ? Elle considéra les affaires de son mari, classées et empilées si proprement et si amoureusement sur l'étagère en métal et aggloméré qu'elle avait commandée sur Amazon et qu'elle avait montée elle-même. Elle essaya de se mettre dans les chaussures de Tom.

Car Tom aurait forcément fait *quelque chose.*

24

Non loin, Teacake et Naomi avaient affiné leurs propres plans depuis l'arrivée des Harley. Ils avaient entendu les pas de Mike s'éloigner vers l'origine du bruit, comme attiré par celui-ci. Teacake était arrivé à la conclusion que lui-même n'avait aucune envie de bouger d'un iota.

— C'est comme ces saloperies de zombies.

Naomi se sentait plus encline à la raison.

— OK, pour commencer, les zombies n'existent pas.

— Les zombies existent. Ils existent à cent pour cent.

— Non, Travis. Ils n'existent qu'à la télé, dans les films.

— Oui, et certains sont excellents, soit dit en passant, mais c'est pas de ça que je parle. Je te parle de Haïti, de toutes ces merdes, c'est connu, là-bas. Leur magie transforme les cadavres en esclaves. J'y crois pas que tu le saches pas. Et tu veux devenir véto ?

— Tu penses vraiment que c'est ce qui se passe ici ? La magie haïtienne ?

— Quoi ? Mais non, putain. Je suis pas complètement con.

Il perdait patience.

— Alors qu'est-ce que tu veux dire ?

— J'ai dit : c'est *comme* ces saloperies de zombies, pas ce *sont* des saloperies de zombies, parce que j'ai bien compris que c'était pas trop l'ambiance au Kansas, OK ? Attendu que, c'est-à-dire, à savoir, en fait, ici, ce soir, il y a un champignon vert en pleine croissance, un roi des rats, une biche explosée et un mec qui veut te vomir dans la bouche.

Il conclut sa démonstration par un geste soulignant l'évidence.

— D'accord. Et ?

— La *chose* – quelle qu'elle soit – se répand. Elle *veut* se répandre. Appelle-la comme tu veux, mais la chose est ici, dans ce bâtiment, et elle veut sortir, aller dans le monde. Alors, qu'est-ce qu'on va faire ? Dans vingt ans, quand toi et moi on sera assis autour du feu et que nos arrière-petits-enfants nous demanderont ce qu'on a glandé pendant la grande guerre des zombies, qu'est-ce qu'on leur racontera ?

Elle ouvrit la bouche pour répondre, mais il leva la main pour l'en empêcher et ajouta :

— Et, ouais, je sais, le compte n'est pas bon pour les arrière-petits-enfants, commence pas avec ça.

Elle ne s'était pas apprêtée à ergoter sur ses calculs, mais à lui faire remarquer qu'il venait d'évoquer leur future progéniture. Mais c'était hors de propos, et plutôt mignon, aussi le laissa-t-elle continuer.

— Il faut qu'on sorte de là et qu'on arrête ce connard avant qu'il aille vomir dans la bouche de quelqu'un d'autre.

— Pourquoi devrait-on faire ça ? Le type que j'ai eu en ligne a dit qu'il sera là dans vingt minutes.

— Ouais, et c'est qui, au juste ? Un mec qui se la raconte au téléphone ? Une nana à Fort Belvoir qui t'a raccroché au nez avant de te rappeler sur ton portable ? Pourquoi elle ferait ça ? C'est des putains d'amateurs, meuf, ils ont autant les chocottes que nous. Si t'avais parlé, mettons, à Chuck Norris et qu'il t'avait dit qu'il radinait avec une demi-douzaine de Sikorsky bourrés de missiles en balançant « Don't Fear the Reaper »[1] à fond, peut-être bien que je me serais tenu à carreau. Mais je crois pas qu'on ait le temps de rester assis là à espérer que deux francs-tireurs pointent le bout de leur nez et survivent assez longtemps pour sortir de leur bagnole. Faut qu'on décarre d'ici et qu'on *fasse* quelque chose.

Le débat se poursuivit encore une minute ou deux. Teacake avait entre-temps pris connaissance des messages de Griffin, aussi il savait que c'était lui et sa bande de voyous à deux roues qui étaient arrivés, sûrement pour récupérer la marchandise volée. C'était entièrement la faute de Teacake, qui n'avait pas voulu se plier aux règles – ou comment se faire baiser une fois de plus en voulant bien se conduire. Mais Naomi et lui avaient fini par tomber d'accord sur le fait que Griffin et ses amis, quoique détestables par ailleurs, étaient aussi des êtres humains et ne méritaient pas de mourir. Ou, s'ils le faisaient quand même, qu'il valait mieux qu'ils évitent de répandre un fongus mortel sur le reste du monde en sortant. Un coup de fil serait un bon début, décidèrent-ils.

Teacake rappela Griffin et attendit. Ce dernier répondit à la deuxième sonnerie. Il avait commencé à parler avant d'être à portée de micro, si bien que Teacake manqua le début de la phrase.

— … espèce d'abruti prétentieux avise-toi d'ignorer encore mes appels et je te dégage tu crois que je déconne…

Sa voix faiblit de nouveau alors qu'il éloignait le combiné de sa bouche et raccrochait, toujours en milieu de phrase.

Teacake contempla l'écran noir de son téléphone.

— Waouh.

— Quoi ?

— Quel trouduc. Ça me surprend à chaque fois.

— Il a raccroché ?

1. Tube des Blue Öyster Cult de 1976, dont le titre signifie : N'aie pas peur de la Faucheuse.

Teacake acquiesça et rappela. Il tomba directement sur la boîte vocale. Il baissa son téléphone, séché.

— J'avoue, je l'ai pas vue venir, celle-là.

— Comment il t'a paru ?

— Il m'a autant pris la tête que d'habitude, donc je suppose que c'était lui et qu'il allait bien. Chopons-le avant que ton petit copain le fasse.

— Ce n'est pas mon petit copain ! s'indigna-t-elle.

— Pardon, le mec avec qui tu as eu un bébé. Arrêtons-le.

Il alla jusqu'à la porte et ôta l'une des goupilles de sûreté. Elle se plaça devant l'autre : le sujet n'était pas clos, en ce qui la concernait.

— Il est armé.

— Il a un .22. Ça peut faire des dégâts, mais le chargeur ne contient que dix balles, et je crois qu'il est vide.

— Comment tu le sais ?

— Parce que j'ai compté. Une dans le couloir, quand il nous poursuivait. Trois devant la porte, quand je roulais dessous. Et six sur la porte elle-même, quand on s'est enfermés. Regarde, on voit les impacts.

De fait, six petites auréoles convexes concentrées dans un rayon d'un mètre déformaient la surface métallique, là où les balles avaient percuté la façade extérieure de la porte. Elle était impressionnée.

Teacake poursuivit :

— Donc il ne peut plus nous canarder. Seulement nous gerber dessus ou exploser à portée, mais si on reste à distance, ça ne devrait pas poser de problème. On récupère Griffin et les têtes de cons avec qui il s'est pointé et on met les voiles, en laissant le papa à l'intérieur…

— Arrête avec ça.

— … et on attend la cavalerie. S'ils ont deux neurones (qui se connectent), alors *boom*. On sauve le monde. Ou en tout cas la moitié du Kansas.

Il s'interrompit. Un bon vendeur garde toujours son argument décisif pour la fin, et se contente d'en suggérer l'éventualité. Teacake avait un tel atout dans sa manche, aussi s'accorda-t-il une pause stratégique avant de le sortir.

— Et accessoirement ta gamine.

Naomi lui lança un regard ému.

Teacake continua, et ce qu'il s'apprêtait à dire signifiait plus pour lui que tout le reste. Il n'en avait pas mesuré l'importance jusqu'ici, mais il comprenait maintenant pourquoi il mettait tant d'ardeur à la convaincre de le laisser ouvrir cette porte et d'aller risquer sa vie alors que rien ne l'y obligeait. Ces quelques mots venaient du cœur.

— Écoute, je sais que la paye est merdique, mais ils m'ont embauché à ma sortie de prison, ce que personne d'autre n'aurait fait. Je suis censé surveiller cet endroit, et pour une fois dans ma vie, ça serait bien de ne pas tout foutre en l'air. C'est mon boulot, et oui, il est pourri, mais c'est le seul que j'aie ou que j'aurai jamais. Tu n'as pas à venir avec moi. Je sors, tu refermes la porte, et je reviens te chercher quand les choses se seront calmées.

Naomi le regarda et songea : *C'est drôle. Certaines choses se bonifient quand on y regarde de plus près. Ça n'a jamais été aussi vrai.*

Elle fit sauter la seconde goupille de sécurité, déverrouilla la serrure, et ensemble ils basculèrent la porte.

Dès qu'ils se retrouvèrent dans le couloir, la théorie de Teacake se vérifia – le pistolet devait être vide, car Mike l'avait laissé par terre, là où il s'était assis. Ils se mirent en route. Ils n'avaient parcouru que quelques pas quand le téléphone de Naomi vibra.

Elle fit signe à Teacake, s'arrêta et répondit en chuchotant :

— On est toujours là.

C'était Abigail, pile dix minutes après le précédent coup de fil.

— Bien. Je voulais juste vérifier. La situation est toujours la même ?

Naomi hésita.

— Pas exactement.

— Que voulez-vous dire ?

— Nous avons quitté le box.

Abigail resta un instant silencieuse, puis :

— Je ne comprends pas pourquoi vous feriez ça.

— Il y a d'autres personnes dans le complexe, maintenant. On doit les prévenir.

— Combien ?

— Je ne sais pas. Rappelez-moi plus tard. (Elle raccrocha et se tourna vers Teacake.) Elle n'était pas contente.

Teacake haussa les épaules.

— Qui ça ?

Les trente-quatre dernières minutes

25

Le chargement des cartons Samsung s'était bien déroulé jusqu'à présent, mais il prenait plus longtemps que Griffin l'aurait souhaité. La renégociation avait tout ralenti. Après tout le boulot qu'avait demandé la vente de ces télés à ces crétins, ce connard de Tête-de-pioche lui avait fait baisser le prix à soixante-quinze dollars à la dernière minute. Et ce n'est pas comme s'il avait fait ça discrètement – tout le monde l'avait entendu, et maintenant tout le monde voulait la même chose. Tête-de-pioche – qui ne portait pas son nom pour rien – était doué pour ça. Commercial pour Xerox, il négociait comme il respirait. Il avait attendu qu'ils soient dans le box ; un coup d'œil au surstock lui avait appris qu'il tenait Griffin par les couilles. Ils avaient marchandé deux minutes, mais à ce stade Griffin était désespéré à l'idée qu'ils repartent en lui laissant les télés sur les bras. Il avait donc lâché à soixante-quinze, ce qui réduisait sa part à quatre cent cinquante au lieu de six cents, mais tant pis.

Les écrans, lourds et de forme bizarre, nécessitaient deux personnes pour les manipuler, et ils ne pouvaient en sortir qu'un à la fois. Cedric et Pochetron avaient emporté le premier, Cuba et Ordure le deuxième, la Naine et le Révérend le troisième, et Griffin et le Dr Steven Friedman avaient déjà fait deux voyages. Tête-de-pioche, qui avait réussi on ne sait trop comment à s'autoproclamer chef des opérations, tirait quelques bouffées sur sa cigarette électronique, appuyé à l'un des murs du box, quand Mike apparut à la porte.

Il resta là un long moment, la respiration sifflante. Il dévisageait Tête-de-pioche, qui lui rendait son regard.

— Tu veux ma photo ?

Mike continua de le fixer en silence. Tête-de-pioche souffla un nuage de vapeur.

— Je t'ai posé une question, blaireau.

Mike ne répondait toujours pas. Tête-de-pioche fit un pas en avant.

— Tu vas avoir de gros problèmes, mec. C'est privé, ici, enfoiré. Soit tu recules de deux pas et tu baisses tes putains d'yeux à la seconde, soit je te fracasse le crâne contre ce mur jusqu'à ce qu'il éclate comme un melon. T'imprimes ?

Mike se détourna et s'intéressa au couloir, non pas en réponse aux ordres de Tête-de-pioche, mais parce qu'il avait entendu des voix. Après avoir déposé leur premier chargement dans le pick-up, Cedric, Pochetron, Cuba et Ordure revenaient chercher d'autres téléviseurs. Ils virent Mike, mais celui-ci s'éloigna dans le couloir pour les laisser passer. Tête-de-pioche crut qu'il avait réussi à impressionner ce taré qui l'avait reluqué.

— Je préfère ça, dit-il à Mike tandis que les autres entraient dans l'unité de stockage.

Cuba lui jeta un coup d'œil par-dessus l'épaule, reconnaissant le tordu qui l'avait matée plus tôt. Sa chemise était encore plus tendue que lors de leur précédente rencontre ; sur son ventre, deux des boutons avaient sauté, et deux autres semblaient suivre le même chemin.

— Qu'est-ce qu'il veut, ce type ? demanda-t-elle à Tête-de-pioche. Je l'ai déjà vu.

— J'en sais foutre rien. T'occupe pas de lui. Continue, on n'a pas toute la nuit.

Toutes ces années, Cedric avait supporté l'autoritarisme de Tête-de-pioche jusqu'à la nausée.

— Quand est-ce que tu vas en prendre une, glandeur de mes couilles ?

— Eh, je *coordonne*. Tu peux me remercier. Je devrais prendre une com sur le fric que je te fais économiser.

Ils entendirent des cris à l'extérieur, de voix assez éloignées. Ils scrutèrent le couloir derrière le mateur, mais ne virent personne. Tête-de-pioche se retourna vers les autres, en leur faisant signe de se dépêcher.

— Bougez-vous le cul, prenez une télé et cassons-nous d'ici.

Un bruit de déchirure s'éleva, semblable à celui d'une étoffe lacérée par le milieu. Ils se retournèrent comme un seul homme. Le son provenait du ventre de Mike, qui avait regagné le seuil du box. Sa peau, étirée au-delà de ses capacités d'élasticité, avait fini par se séparer de sa paroi stomacale, laissant apparaître la masse flottante de gelée visqueuse à l'intérieur de son abdomen.

Il lui restait moins de quatre-vingt-dix secondes à vivre.

Toutes les bouches béèrent, mais seul Tête-de-pioche parvint à articuler deux mots.

— Putain de…

Il dut s'interrompre, car à cet instant, l'estomac de Mike et ses autres entrailles furent aspirés à l'intérieur de son corps, remontèrent dans sa gorge, franchirent sa bouche et jaillirent dans les airs à la vitesse de quarante kilomètres-heure. Pas très rapide pour une voiture, mais quasi instantané pour une gerbe, qui parcourut la distance entre Mike et les bikers en moins d'une seconde. Ils ne purent éviter le large rayon d'éclaboussures qui les contamina tous. Tandis qu'ils criaient et reculaient d'un pas vacillant, Mike leva les bras, claqua la porte et remit le cadenas en place – il ignorait pourquoi, mais il savait qu'il lui restait encore du travail et il ne voulait pas les avoir dans les pattes.

La forme évoluée de *Cordyceps novus* à l'intérieur de Mike engrangeait les expériences positives de croissance les unes après les autres. Il venait d'apprendre l'intérêt de ne *pas* faire exploser le corps de son hôte à la première occasion. La dispersion de la masse fongique par voie vomitive s'était révélée tout aussi efficace qu'une explosion en bonne et due forme, et cela lui conférait l'avantage de disposer d'un corps plus ou moins intact et mobile pour encore au moins soixante secondes.

Le fongus était un excellent élève. Il apprenait.

Mike entendit des cris et des hurlements provenant de l'unité de stockage, mais leurs auteurs étaient maîtrisés. Il suffisait qu'ils le restent pendant une minute ou deux. Mike n'avait plus grand-chose de fonctionnel à l'intérieur. Il se consommait et s'évacuait rapidement, et devait s'assurer que le peu qui restait de lui servirait une bonne cause.

Les autres humains.

Il se tourna vers l'origine des cris qu'il avait perçus un peu plus tôt.

Moins de deux minutes auparavant, Naomi et Teacake étaient sortis de leur box. Naomi avait répondu à l'appel d'Abigail, lui avait raccroché au nez et ils s'étaient remis en route, progressant prudemment dans le couloir. Le téléphone de Naomi vibra de nouveau, mais cette fois elle l'ignora et pressa la touche qui envoyait l'appel directement sur sa boîte vocale. Ils entendaient des voix devant eux. Teacake parvint à une intersection et risqua un regard dans le couloir perpendiculaire où Griffin stockait ses télés volées.

Le box en question se trouvait à quinze mètres de là, et Teacake vit que sa porte était grande ouverte. Mike se tenait sur le seuil, tourné vers l'intérieur et les silhouettes de quatre ou cinq personnes. Ils étaient en train de faire quelque chose, mais il était clair comme de l'eau de roche qu'ils ne prêtaient pas attention à Mike, qui aurait dû être leur première préoccupation. Naomi franchit l'angle du couloir au moment où Mike commençait à aspirer ses entrailles. Tous deux savaient ce qui allait suivre et crièrent en même temps pour alerter les pauvres bougres en face de lui – « Attention, tirez-vous, putain mais sortez de là » – mais ils étaient arrivés trop tard. Ils ne purent qu'observer le ventre de Mike se vider et le champignon se répandre dans l'unité de stockage. Ils le virent claquer et verrouiller la porte, puis se tourner vers eux.

Il les fixa du regard un moment.

Puis se lança à leur poursuite.

Le corps en décomposition de Mike ne semblait pas capable de courir, mais il le fit quand même, d'une démarche à la fois rapide et traînante. Il réduisit la distance entre eux en un rien de temps. Il était déjà trop proche pour leur laisser le loisir de fuir, et Teacake se rendit compte, non sans regret, que son grand plan héroïque ne reposait sur aucune idée concrète. Quitter le box, prévenir les autres, sauver le monde ? Sérieusement, c'était un plan de *merde*, ça ne méritait même pas de s'appeler un *plan*. Il avait convaincu Naomi, cette femme admirable, cette mère géniale qui comptait dans ce monde, de quitter la sécurité de leur cachette et de braver le danger avec lui sans la moindre stratégie et sans personne d'autre que lui, Improman, pour la protéger. Teacake entendit la voix de son père lui répéter la même chose qu'il lui serinait depuis quinze ans.

« Heureusement que t'as de la merde dans le crâne, sinon ta tête sonnerait creux. »

Mike n'était plus qu'à quelques mètres d'eux désormais. Teacake abaissa son centre de gravité, prêt à se jeter contre son adversaire afin de laisser le temps à Naomi de s'enfuir. Il banda ses muscles en prévision de l'impact.

Naomi fut la première à entendre les coups de feu, tirés à une cinquantaine de centimètres de son oreille, si sonores que son tympan gauche éclata et qu'elle perdit temporairement l'ouïe de l'autre côté.

Le Glock 21SF .45 automatique était l'arme de service de la Kansas Highway Patrol[1] depuis 2009. Personne ne savait trop pourquoi ils ressentaient le besoin de disposer d'une telle puissance de feu, mais les dernières personnes qui s'en seraient plaintes cette nuit-là étaient Teacake et Naomi. Six balles passèrent à proximité de la tête de cette dernière, par-dessus l'épaule de son compagnon et percutèrent le torse de Mike avec une telle force qu'elles inversèrent le mouvement de sa course. Elles le soulevèrent littéralement de terre, le repoussèrent de deux mètres en arrière et le laissèrent retomber sur le sol cimenté, mort. Son corps infusé de fongus se trouvait dans un tel état de confusion et de délabrement que les impacts l'avaient presque désintégré.

Naomi, complètement sourde de l'oreille gauche et la droite envahie par un tintement persistant, se retourna et vit la femme qui se tenait derrière elle, les mains toujours crispées sur l'arme fumante.

Teacake se redressa et tourna des yeux exorbités vers la nouvelle venue.

— Madame Rooney ? !

Mary Rooney abaissa le canon de l'arme de service de feu son mari, celle qu'elle avait déclarée perdue plutôt que de la rendre à sa mort, celle qu'elle avait apportée le jour même dans une boîte à chaussures.

1. Agence de sécurité privée assurant des fonctions de maintien de l'ordre sur les principales routes du Kansas, placée sous l'autorité du gouverneur.

Elle se détourna des restes éparpillés de Mike et rendit leurs regards à Naomi et Teacake.

— Ce gamin n'était pas net.

L'écho des coups de feu était encore perceptible dans le hall de réception quand la Naine et le Révérend tournèrent les talons et détalèrent vers le pick-up, peu désireux de rester dans le coin pour découvrir ce qui s'était passé. Six balles – six *boulets de canon*, vu le bruit – tirées par arme manifestement semi-automatique quelque trente mètres devant vous, alors même que vous êtes en train de charger des marchandises de contrebande dans votre camion en plein milieu de la nuit a de quoi vous faire passer l'envie de vous attarder dans le coin.

Ils sautèrent dans le pick-up, la Naine passa la marche arrière et écrasa la pédale d'accélérateur, projetant des graviers si fort et si loin qu'ils laissèrent une belle rayure sur les portes vitrées du complexe. Elle braqua, lançant le véhicule dans un demi-tour parfait, et ils s'engagèrent à toute vitesse sur la route sans un regard en arrière.

Griffin et le Dr Steven Friedman ne jouissaient pas de la même position avantageuse, cependant. Ils étaient déjà en chemin pour aller chercher une nouvelle cargaison de téléviseurs et s'apprêtaient à franchir le coin du couloir quand ils avaient entendu les détonations. Le Dr Friedman s'accroupit et se couvrit les oreilles des deux mains, une réponse biologique inutile qui le faisait ressembler à un canard au milieu du couloir. D'un autre côté, ses années de médecine dentaire ne l'avaient aucunement préparé à ce type de situation.

Il en allait autrement de Griffin, qui avait joué ce scénario une centaine de fois dans *School Shooter : North American Tour 2012*, un mod de *Half Life 2* qu'il avait téléchargé. Il réagit instinctivement, non sans une certaine allégresse, en s'aplatissant contre le mur et en tirant le Smith & Wesson M&P 40C de son holster d'épaule dissimulé sous sa veste. Avant même que les tirs soient terminés, une petite reconnaissance des lieux, gauche-droite-gauche, lui apprit que le couloir était vide, à l'exception du Dr Friedman, toujours accroupi au milieu du passage. Griffin fit un pas en avant, attrapa le dentiste par le col d'un geste emphatique de la main gauche et le tira contre le mur.

L'autre leva les yeux vers lui, toujours accroupi, terrifié.

— Bordel, mais qu'est-ce qui se passe ? chuchota-t-il d'une voix chevrotante.

— Tireur actif, lâcha Griffin.

Il ne s'était pas senti aussi bien depuis des années.

26

Roberto roulait sur la Highway 73, à treize kilomètres à peine d'Atchison, quand Abigail l'appela. Son téléphone portable se trouvait toujours dans le sac de Faraday, mais il avait laissé son ordinateur ouvert sur le siège passager et y avait inséré une carte AT&T pour rester connecté à Internet. Il enfila son oreillette, appuya sur la barre d'espace pour répondre et l'écouta lui exposer les derniers développements à l'intérieur du complexe de stockage.

Il n'était pas sûr de bien comprendre.

— Ils sont partis ? Que voulez-vous dire par là ?

— Ils ne se trouvent plus dans l'unité de stockage.

— Mais pourquoi ça ?

— Elle a dit qu'il y avait d'autres personnes dans le complexe et qu'ils devaient les avertir.

— Génial, des chevaliers blancs. Combien d'autres personnes ?

— Elle l'ignorait.

— Pouvez-vous la rappeler ?

— J'ai essayé quatre fois. Elle ne répond pas.

— Il y a combien de temps ?

— Moins de deux minutes.

— Et l'autre ? Le type infecté qui était devant leur porte.

— Elle ne m'a pas dit.

— Vous n'avez pas posé la question ?

— La conversation a été très brève. Elle m'a raccroché au nez. Vous en savez autant que moi.

— OK, fit-il, pensif. OK, OK. (Puis il répéta tout ce qu'elle venait de lui dire, comme il l'avait appris quarante ans plus tôt.) Naomi vous a dit qu'elle et l'autre individu sain ont quitté l'unité de stockage parce qu'ils ont entendu des personnes arriver. Elle ne vous a pas dit combien. Vous n'avez pas eu d'autres contacts avec elle depuis. C'était il y a environ deux minutes. J'ai bien tout compris ?

— Oui, monsieur.

— Connaissez-vous leur nom ?

— Oui.

Roberto réfléchit à toute vitesse. Estimation des dégâts, balance bénéfice-risque, évaluer la situation et choisir le plan d'action le moins pourri. Il avait une idée, mais elle impliquait d'élargir le cercle. Ça pouvait marcher, à condition que le ciel soit dégagé. Il baissa la vitre, passa la tête à l'extérieur et leva les yeux. Pas un nuage ne masquait la canopée des étoiles. OK, la météo était avec eux. Il remonta sa fenêtre.

— Je vais avoir besoin d'un soutien aérien.

Abigail laissa passer un silence avant de répondre :

— Je ne vois pas comment ça serait possible.

— Tout est possible, Abigail. Certaines choses le sont simplement plus que d'autres.

— Je ne dispose pas de ce type de ressources.

— Je sais exactement de quelles ressources vous disposez, OK ?

Il n'avait pas eu l'intention de se montrer cassant, aussi adoucit-il sa voix. Il n'avait pour le moment qu'une seule alliée, qu'il ne pouvait se permettre de perdre.

— Vous voulez une reconnaissance satellite ?

Elle aurait tout aussi bien pu dire : « Vous voulez un milliard de dollars ? »

— Ce que je veux, c'est un Global Hawk trois mille mètres au-dessus du complexe, mais il est impossible d'en faire venir un d'Edwards à temps. Il faudra se contenter d'images Keyhole. Un différé de dix minutes fera l'affaire.

— Il faudrait l'autorisation du ministre de la Justice.

— Ouais, si on voulait la jouer comme ça. Mais disons que nous sommes dans un cadre un peu plus informel.

— Vous êtes fou. D'un point de vue opérationnel, je veux dire. C'est du délire.

— Non, je suis ambitieux, Abigail, et vous aussi. Allons, qui connaissez-vous au NRO ?

Le National Reconnaissance Office s'occupait de la coordination des satellites de surveillance et de la diffusion des données aux divers organes gouvernementaux comme la NSA, la CIA, le FBI et le ministère de l'Intérieur.

— Je n'y connais personne, répondit-elle avec irritation.

— Baissez d'un ton, je vous prie. Je serai sur place dans neuf minutes.

Il jeta un coup d'œil au compteur de vitesse et s'aperçut qu'il roulait à plus de cent trente. Il leva le pied.

Après un nouveau silence à l'autre bout de la ligne, la voix d'Abigail revint, toujours incertaine, mais il pouvait presque entendre les rouages de son cerveau se mettre en branle.

— J'ai une amie, Stephanie, qui sort avec un type de l'ADF-E.

L'Aerospace Data Facility-East, situé juste derrière Fort Belvoir, était la plate-forme opérationnelle des satellites de reconnaissance partout dans le monde.

— Vous voyez, quand vous voulez…

— Mais il faudrait que je la réveille… qu'il soit de service…

— Il va nous falloir un peu d'aide, et aucune question. Donc réveillez-la. Vous avez déjà les coordonnées. J'ai besoin d'une vue plongeante sur le complexe dans cinq minutes. Si des personnes infectées quittent les lieux, je dois savoir combien et où elles vont. Compris ?

— Compris.

— Et trouvez-moi des informations personnelles sur les deux personnes à l'intérieur du complexe. Les sains. CV, crème glacée préférée, tout ce que vous aurez pourra m'être utile. D'accord ?

— D'accord.

Abigail raccrocha pour se mettre au travail.

Roberto ôta l'oreillette et referma l'ordinateur. Il s'autorisa un léger soupir. Ça allait peut-être, possiblement, en quelque sorte, marcher. Il avait oublié qu'il connaissait autant de gens et qu'il n'avait pas son pareil pour tirer le meilleur de ceux qu'il ne connaissait pas. Il comblait les rides qui étaient apparues au fil du temps. Rien ne remplaçait l'expérience. Prenez une vie de compétences acquises, assaisonnez-la de la sagesse des ans, ajoutez quelques bons instincts et réflexes – ceux-là, on ne les apprend pas, il faut les amener à la fête – et vous obtenez un agent sacrément efficace. Peut-être bien qu'il n'aurait jamais dû prendre sa retraite. Il y serait dans huit minutes, et le problème serait réglé dans une heure. Il sourit.

C'est alors que la voiture de police alluma son gyrophare.

Roberto regarda dans son rétroviseur, avec la sensation familière d'avoir avalé un pavé. Le flic le collait de si près que les lumières rouges l'aveuglèrent un instant. Il baissa les yeux sur le compteur de vitesse. L'aiguille dépassait les cent quarante. Excès de vitesse ? Il faisait un *excès de vitesse* ? *Oh ! vraiment, bravo, Roberto.*

Il tapa du poing sur le volant et continua à rouler un moment, son esprit cavalant dans dix-huit directions à la fois, qui aboutissaient toutes à un cul-de-sac. Le flic actionna sa sirène deux fois, brièvement. La puissance du son fit sursauter Roberto.

Il n'avait pas le choix. Il ralentit.

Le gravier de la bande d'arrêt d'urgence crissa sous ses pneus tandis qu'il garait proprement le van. Il jeta un nouveau coup d'œil dans le rétroviseur pour tenter d'en apprendre davantage. Le véhicule de police, une berline standard à quatre portes, probablement une Chevrolet Impala, arborait une barre de lumières rouges sur le toit, à l'avant des phares carrés qui projetaient une vive clarté par intermittence et une bande éclairante bleue au niveau de la calandre. Cette information, dans son ensemble, ne lui servait absolument à rien.

Un coup d'œil par-dessus son épaule aurait eu des allures de confession, aussi Roberto opta-t-il pour un regard de biais, qui lui permettait en outre de ne pas être aveuglé. La voiture de service ne s'étant pas autant aventurée que lui sur la bande d'arrêt d'urgence, Roberto parvenait à distinguer la silhouette du flic à travers le pare-brise. L'homme avait les yeux baissés, la radio à la main ; sans doute venait-il de transmettre sa plaque et attendait-il une réponse. Roberto calma sa respiration en passant en revue ses différentes options. Aucune de bonne ne se présentait. La fuite était la pire d'entre elles – impossible de semer des ondes radio. Cela se terminerait en une course-poursuite à grande vitesse qu'il perdrait.

Il envisagea de passer la marche arrière et d'emboutir l'avant de la voiture de police. Avec un peu de chance, il lui crèverait un pneu, mais il risquait aussi de crever l'un des siens dans la manœuvre, ce qui mettrait un terme à la poursuite avant même qu'elle n'ait commencé. Quand bien même il parvenait à neutraliser le véhicule sans endommager le sien, se reporter à la section « ondes radio ».

Il songea à contrecœur à tuer le flic. À supposer qu'il puisse se résoudre à assassiner un agent dans le simple exercice de ses fonctions, il n'avait pas d'arme sur lui. Le pistolet le plus proche était un M9 non chargé dans une caisse à l'arrière. Trini avait laissé un chargeur plein à proximité qu'il pourrait engager en une seconde, mais il fallait déjà qu'il puisse l'atteindre. À l'instant où il ferait un geste vers l'arrière du van, l'autre le mettrait en joue.

La porte de la voiture de police s'ouvrit et son occupant en descendit. Il était grand, plus d'un mètre quatre-vingt-dix, et tenait son chapeau à bord rond dans une main. Il s'arrêta, referma sa portière, et prit un long moment pour ajuster son couvre-chef. Génial, c'était un con, par-dessus le marché.

Il s'approcha enfin du van. Roberto l'observa du coin de l'œil, l'esprit toujours en ébullition. Un pot-de-vin ne servirait pas à grand-chose, et il n'avait de toute façon que quelques centaines de dollars en poche. Alors que le flic arrivait au niveau de sa fenêtre, une dernière pensée désespérée lui traversa l'esprit. Lui dire la vérité ?

Les chances que ça marche frisaient le zéro absolu.

Il baissa sa vitre. Le policier le regarda, se courba très légèrement et jeta un coup d'œil dans l'habitacle pour s'assurer que Roberto était bien seul.

— Permis de conduire et certificat d'immatriculation, je vous prie.

— Je roulais trop vite ?

Sans déconner. Un professionnel comme lui, au CV long comme le bras, incapable de faire mieux que n'importe quel conducteur lambda s'étant un jour fait arrêter sur le bord de la route ? *Je roulais trop vite ?!*

— En effet. Permis de conduire et certificat d'immatriculation.

— Je vais ouvrir ma boîte à gants.

Vous voyez ? Je suis un bon citoyen. Un type raisonnable, comme vous. Vous pouvez me faire confiance.

— Allez-y.

Roberto se pencha en avant pour ouvrir la boîte à gants, sans la moindre idée de ce qu'il y trouverait. Un flingue, peut-être.

D'une nature prévoyante, Trini pouvait très bien avoir estimé qu'il n'était pas question de lui laisser affronter cette nuit sans une arme chargée à portée de main. Le doigt sur le bouton d'ouverture du compartiment, il hésita, imaginant sans peine la cascade d'événements que la présence d'un pistolet ne manquerait pas de déclencher.

— Monsieur ? s'impatienta l'agent.

Dans sa position, Roberto ne pouvait le voir, mais il sentait sa présence, et il entendit distinctement le froissement du tissu lorsque l'homme bougea le bras. Un très léger craquement de cuir lui apprit que la main droite du flic reposait à présent sur la crosse de son arme de service, qu'il souleva de quelques millimètres pour s'assurer qu'elle n'était pas coincée dans son holster.

La situation se dégradait rapidement. Là encore, il n'avait pas le choix. Il devait ouvrir la boîte à gants et s'en remettre à la chance. Il relâcha sa pression sur le bouton, et le compartiment s'ouvrit.

Pas de flingue. Roberto ferma les yeux et se força à respirer. Jusqu'ici, tout allait bien. Cerise sur le gâteau, il y avait là une pochette jaune de voiture de location, exactement ce qui lui fallait. Il s'en saisit, se retourna et la tendit au policier par la vitre ouverte.

— C'est une location.

Le flic prit les papiers.

— Votre permis ?

— Dans ma veste.

Il leva la main à hauteur de sa poitrine – *Puis-je ?*

— Allez-y.

Roberto prit son portefeuille dans sa poche intérieure, en sortit son permis et le lui donna.

Il attendit que le flic ait fini d'examiner les documents. Si Trini avait loué le véhicule à son nom à elle, il était bon pour quelques explications, mais c'était pour l'instant le cadet de ses soucis. Il s'en sortirait avec quelques palabres. Il jeta un coup d'œil à l'horloge du tableau de bord. Il avait déjà perdu trois minutes ; il devrait se remettre en route dans moins de deux minutes, sans quoi la fenêtre satellite qu'il avait réclamée, pour peu qu'Abigail ait réussi à la lui obtenir, se refermerait au moment où il en aurait le plus besoin.

Comment les choses avaient-elles pu se détériorer à ce point en l'espace de cent quatre-vingts secondes ?

— Merci, monsieur Diaz.

La pause infinitésimale et l'emphase à peine perceptible avec laquelle il avait prononcé son nom n'avaient pas échappé à Roberto, qui se demanda si le racisme ordinaire allait le desservir ou jouer en sa faveur. Il décida que ça ne ferait aucune différence. L'homme lui rendit ses documents, sans un mot à propos du contrat de location. Bénie soit Trini, qui avait pensé à mettre le van à son nom.

L'agent se désintéressa des papiers et jeta un coup d'œil à l'arrière du van. Son regard s'arrêta brusquement. La bâche que Trini avait jetée sur les caisses militaires n'était pas assez grande pour les dissimuler complètement, en tout cas pas après qu'ils y avaient ajouté le demi-cylindre de la T-41. Pour quiconque ayant un minimum d'expérience en la matière, ou qui regardait des séries sur le sujet, le fourbi à l'arrière ressemblait comme deux gouttes d'eau à… des armes dans des caisses.

Le flic tira une lampe torche de sa ceinture et l'alluma. Il ne pouvait pas ouvrir un coffre sans l'autorisation de son propriétaire, ou à tout le moins une bonne raison de le faire, mais rien ne l'empêchait de jeter un coup d'œil par la vitre ouverte. Roberto observa discrètement l'agent, profitant de son inattention pour évaluer son adversaire. Il envisagea brièvement d'ouvrir sa portière assez violemment pour le renverser, lui couper le souffle ou, avec un peu de chance, le frapper aux parties avec la poignée. Si les choses se passaient ainsi, il pourrait jaillir hors du van, désarmer le flic et le descendre à bout portant avec sa propre arme de service. Roberto n'avait cependant pas pour habitude de s'en remettre à la chance, et risquait très certainement de finir mort au bord de la route ou dans une prison du Kansas, pendant qu'un fongus agressif ravageait le pays.

Pas terrible.

C'est alors qu'il vit le tatouage. Le policier ayant gardé la main droite à portée de son arme tout du long, il avait empoigné sa lampe torche avec la gauche, ce qui l'avait obligé à tendre le bras pour éclairer l'arrière du van. Or, par cette chaleur, il portait son uniforme d'été : chemisette bleu clair dont les manches ne descendaient pas plus bas que son biceps proéminent. Lorsqu'il avait levé la torche, la manche était remontée au-dessus du muscle, révélant dix centimètres supplémentaires de peau nue.

Et une épaisse croix noire, tatouée justement à cet endroit pour rester invisible sous le tissu. Mais ce soir-là, à cet instant précis, dans la lumière écarlate des gyrophares, Roberto la vit.

La croix se résumait à un X aux extrémités coiffées d'un triangle. Rien de très sophistiqué ou coloré, juste à l'encre noire, mais Roberto aurait mis sa main au feu qu'il s'agissait d'un drapeau sudiste stylisé. La forme générale évoquait autant la croix de Saint-André que celle, bleue et étoilée, qui ornait le drapeau des confédérés. Mais la couleur comme les étoiles étaient sans doute trop connotées, et certains ne voulaient ou ne pouvaient sans doute pas afficher trop ostensiblement leurs opinions d'extrême droite. Comme un agent de police dans l'exercice de ses fonctions.

Le flic ramena le faisceau de la torche à l'avant, aveuglant momentanément Roberto.

— Qu'est-ce que vous avez là, monsieur… Diaz ?

Aha ! cette fois la pause fut plus perceptible, et l'emphase moins discrète confirma les doutes de Roberto, s'il en avait encore. *Espèce de fils de pute raciste, je t'ai cerné, petit blanc nationaliste.* OK. Il tenait enfin quelque chose d'utile.

— Vous m'avez percé à jour, frère.

Le policier lui jeta un regard dubitatif. « Frère » ? Il n'y était pas allé avec le dos de la cuiller, mais bon, quand on n'a qu'une seule carte à jouer, autant le faire avec panache.

— Que voulez-vous dire, monsieur Diaz ?

Le visage du flic demeurait impénétrable. Il ne lâchait rien.

— Eh bien, je me prépare.

— Pour quoi, monsieur ?

— Pour quand le jour viendra.

L'autre le considéra pendant un long moment. Il n'encouragea Roberto d'aucune sorte, mais il ne lui demanda pas non plus de sortir de la voiture. Roberto prit cela pour une invitation à poursuivre. C'était le moment de faire tapis.

— J'ai vu votre tatouage. Si on vivait dans un pays libre, je parie que vous y auriez ajouté un III %, je me trompe ?

Durant les sept ou huit dernières années de Roberto à la DTRA, le nombre de signalements d'armes acquises par des milices sur le sol américain avait sensiblement augmenté. Ses missions se déroulant quasi exclusivement à l'étranger, il n'avait lu que d'un œil ces comptes rendus dans les briefings quotidiens, mais il en savait assez pour connaître le nom des mouvements nationalistes les plus influents, parmi lesquels les Three Percenters figuraient en bonne place. Cette organisation paramilitaire américaine prônait la résistance armée contre toute tentative de limiter la détention d'armes à feu par un gouvernement tyrannique. Le nom trouvait son origine dans la croyance historiquement contestable que seuls 3 % de la population des treize colonies originales s'étaient dressés contre la Grande-Bretagne durant la guerre de Sécession. En vérité, ce nombre était plus proche de 15 %, mais la rhétorique ne s'embarrasse pas souvent de chiffres.

Les Three Percenters comptaient parmi leurs rangs bon nombre de polices locales. Des officiers des forces de l'ordre de Jersey City avaient même été suspendus en 2013 parce qu'ils portaient des écussons « UN DES III % ». Depuis, ceux qui exerçaient une fonction publique faisaient profil bas. Arborer un tattoo à l'effigie du drapeau sudiste était un signe de reconnaissance subtil et populaire.

Ce flic appartenait à cette organisation, Roberto n'en doutait pas. Mais jusqu'à quel point était-il impliqué ?

L'agent ne le lâcha pas des yeux durant une bonne dizaine de secondes. Roberto soutint son regard.

— Le jour approche, mon ami. Nous devons nous tenir prêts à défendre ce pays que nous aimons et que nous révérons.

L'autre ralluma sa lampe torche et éclaira de nouveau les caisses militaires à l'arrière.

Puis il revint à Roberto. Restait une question : Roberto était-il assez blanc pour faire oublier son nom à ce connard ? Le flic réfléchit encore un long moment.

— Roulez prudemment, patriote.

Apparemment, oui. Il éteignit sa torche, se détourna et regagna sa voiture en faisant crisser le gravier.

Roberto partit sans demander son reste. Il passa la marche avant et s'engagea sur la chaussée, ni trop vite ni trop lentement. Il remercia le flic d'un geste de la main par la fenêtre ouverte et s'empressa de s'éloigner.

Il revint à son état d'esprit initial. *Je suis* très *bon.*

Encore sept minutes et il arriverait à destination.

27

Trente secondes après avoir tiré six balles dans la poitrine de ce type bizarre qui avait explosé, Mary Rooney fut traversée par la pensée qu'elle avait tué un homme. Le fait qu'il se soit décomposé en une matière verte gluante n'enlevait rien à la réalité objective de sa situation. Elle avait commis un meurtre – OK, possiblement un homicide involontaire, selon la façon dont on voyait les choses, et il s'était rué sur eux. Mais il ne portait aucune arme visible, et elle-même en tenait une qui, au regard de la loi, avait été volée à l'État du Kansas. Pas besoin d'être diplômé de droit pour savoir que, devant un tribunal, les choses se présenteraient mal pour elle.

Naomi était pliée en deux par la douleur, les mains sur les oreilles. Du sang s'écoulait entre ses doigts. Teacake se tourna vers Mme Rooney, les yeux écarquillés.

— Madame Rooney merci bon Dieu où c'est que vous avez trouvé ça ?

Les mots étaient sortis tous en même temps, sans qu'il quitte des yeux le canon fumant.

— Il faut que je sorte d'ici, dit-elle.

— Non non non, tout va bien, c'est nickel, vous étiez obligée, ce type, il est infecté par cette espèce de merde zombie, il y a eu cette biche qui a explosé, et ces trucs bizarres au sous-sol, et lui… il essayait de nous vomir dessus et… (Devant son regard consterné, sa voix mourut.) Vous avez raison. Vous devez sortir d'ici.

Ils entendirent des voix provenant du couloir perpendiculaire devant eux. Teacake crut reconnaître le grondement guttural de Griffin. Il prit Mme Rooney par l'épaule et parla rapidement.

— Pas par l'entrée principale. Repartez dans ce sens, tournez deux fois à droite et sortez par la porte de service. (Il désigna le pistolet qu'elle tenait toujours.) Jetez ça dans la rivière.

Elle ne bougea pas.

De derrière l'angle du couloir, la voix de Griffin s'éleva.

— Je suis armé, enfoiré !

Ses fanfaronnades ne semblaient pas si assurées.

— Allez-y, souffla Teacake à Mme Rooney.

— Tu m'entends ? ! cria encore Griffin. Je suis bourré comme un coing et armé jusqu'aux dents !

Teacake se retourna et cria à son tour :

— Griffin ! Du calme, mec, c'est moi ! Teacake !

— J'ai un flingue, tête de con !

Teacake s'accroupit près de Naomi et lui ôta délicatement les mains des oreilles. Elle leva les yeux vers lui. Sa tête tout entière la faisait souffrir, mais son côté gauche était étrangement engourdi, pris dans un silence total, pesant comme une enclume. Il ne lui apportait cependant aucun apaisement, car un tintement puissant et aigu résonnait dans son oreille droite, et le sang battait à ses tempes. Sa vision fonctionnait parfaitement ; elle voyait Teacake juste devant elle, les yeux pleins de sollicitude. Ses lèvres bougeaient – il lui disait quelque chose. Elle n'en entendait pas un mot, mais elle lisait sur son visage.

Peut-être qu'il valait mieux pour elle, à cet instant, qu'elle ne l'entende pas. Elle observait ses lèvres ; elle regardait ses yeux, remarquait la moindre variation de ses traits. Elle ignorait ce qu'il disait, mais elle comprenait ce qu'il *voulait* dire. Que tout allait bien se passer. Qu'il ne la laisserait pas tomber.

Elle vit son expression s'assombrir alors qu'il tournait la tête pour crier quelque chose par-dessus son épaule à quelqu'un qui se trouvait derrière le coin du couloir – était-ce la police qui arrivait ? Sur le sol, la flaque qui avait été Mike remuait, bouillonnait, comme si elle était toujours vivante. Un centimètre après l'autre, elle se rapprochait d'eux.

Teacake l'aidait maintenant à se mettre debout, la pressait de faire quelque chose. Partir ? Oui, c'était ça, il voulait qu'elle parte, dans l'autre direction. Quel que soit le danger, quoi qu'il faille faire, il ne voulait pas qu'elle y prenne part. Naomi en fut émue, peut-être parce que sa perception des choses se limitait aux sentiments puissants qu'il exprimait. Il répétait la même chose encore et encore ; elle ne savait pas lire sur les lèvres, mais elle reconnut le prénom de sa fille – il lui disait de sortir *immédiatement* parce qu'il ne comptait pour rien, et peut-être qu'elle non plus, mais sa fille importait, et elle devait prendre soin d'elle.

Teacake cria de nouveau quelque chose par-dessus son épaule. Son interlocuteur se rapprochait et il constituait un danger. Teacake se retourna complètement et poussa Naomi derrière lui dans la direction opposée. La pression qu'il exerçait n'appelait pas de contestation. Elle recula d'un pas vacillant et se réfugia derrière l'angle du couloir suivant, à l'abri du regard de leur adversaire.

Elle demeura cachée là un moment, en proie à l'incertitude. Elle n'entendait rien, sa tête lui semblait sur le point de s'ouvrir en deux, elle n'avait pas la moindre idée de l'identité de l'arrivant, et la seule personne qui aurait pu lui fournir quelque explication venait de la sommer sans ambiguïté de quitter les lieux séance tenante.

Une seconde plus tard, Griffin apparut à l'autre bout du couloir, précédé du canon de son arme. Il progressait à moitié accroupi, à la façon des agents du SWAT[1], et changeait de cible continuellement, comme s'il craignait qu'un adversaire jaillisse à tout moment d'une des unités de stockage.

— Griffin, espèce de trouduc, baisse ton putain de flingue ! lui cria Teacake de son côté du couloir.

Au lieu de quoi Griffin raffermit sa prise et pointa le canon vers Teacake, sans cesser d'avancer.

— Lève les mains !

Teacake s'exécuta.

— C'est *moi*, OK ? !

Griffin s'approchait toujours, bas sur ses appuis, les deux mains serrées sur la crosse, imitant sans s'en rendre compte les mouvements et la posture de son avatar dans *School Shooter*.

— Lâche ton arme ! beugla-t-il.

Teacake leva les yeux vers ses mains vides.

— Quelle arme ?

— Balance-la !

— Griffin, *je ne suis pas armé*, OK ?

Le Dr Friedman, qui était jusque-là resté derrière son compagnon, s'écarta de lui pour évaluer la situation.

— C'est vrai, Darryl, il ne semble pas avoir de pistolet.

Teacake, sans baisser les mains, désigna la bouillie qui avait été Mike peu auparavant.

— Ne t'approche surtout pas de ça, mec.

Griffin s'immobilisa et considéra les restes. Révulsé, il reporta son attention sur Teacake.

— À terre !

— Pourquoi ?

— Contre le mur !

1. Special Weapons and Tactics : unités d'élite de la police américaine (l'équivalent du RAID).

Teacake, déjà à mi-chemin du sol, s'arrêta.

— Je fais quoi ?

— Dépêche-toi !

— Attends, tu veux que je m'allonge ou que je me colle contre le mur ?

Griffin entendit quelque chose derrière lui et fit volte-face avec le pistolet. Le Dr Friedman, dont la botte droite avait crissé sur le béton, évita de peu de se faire assommer par le canon, à présent pointé vers le couloir vide. Griffin revint à Teacake.

— Où est le tireur ? ! interrogea Griffin, en faisant le tri dans sa liste de requêtes en constante mutation.

— Il est parti, répliqua Teacake, en ne mentant que sur le pronom employé. Il a mis les voiles juste après avoir tiré.

Griffin baissa les yeux sur le cadavre de Mike.

— C'est qui, ça ?

— C'est ce que j'essaie de te dire, fit Teacake en avançant d'un pas.

— T'approche pas !

Teacake soupira et se figea. Cette nuit avait été tour à tour étrange, excitante, terrifiante, mais il ne pouvait qualifier la présence de Griffin que d'agaçante.

— Je ne sais pas. Il avait un genre de maladie. Un truc contagieux. Ça te tuera. L'armée est en route, ou en tout cas un mec qui connaît l'armée, ou… Je peux baisser les bras, ou bien ?

— T'as appelé les flics ?

— Ouais. Plus ou moins. La DTRA.

— C'est quoi encore, ce merdier ?

Avant que Teacake puisse répondre, un cognement sourd sur sa droite fit sursauter Griffin, qui pointa aussitôt le canon vers le box d'où semblait provenir le bruit. Le Dr Friedman fut plus rapide, cette fois – il devenait bon à ce petit jeu.

— C'est quoi, ça ?

Des voix s'élevèrent à l'intérieur de l'unité, et plusieurs poings martelèrent la porte. Griffin les reconnut.

— Tête-de-pioche ? ! Mais qu'est-ce que tu fous, mec ? !

D'autres cris lui répondirent, et la porte tressauta dans son rail. Griffin remarqua le cadenas qui pendait, ouvert, au moraillon. Il suffisait à maintenir la porte fermée, mais si on la secouait assez longtemps, il tomberait.

Griffin remit Teacake en joue.

— Pourquoi tu les as enfermés là-dedans ? !

— C'est pas moi, c'est ce type, répondit-il en montrant les résidus de Mike.

Griffin fronça les sourcils tandis que son cerveau reptilien essayait d'y voir clair. Sans cesser de viser Teacake, il s'approcha du cadenas.

— Fais pas ça, mec.

Griffin s'interrompit, pointant de nouveau son arme sur lui.

— Pourquoi pas ?

— Ils sont infectés.

Le Dr Friedman sortit de l'ombre de Griffin, s'avisant qu'il pourrait jouer un rôle dans cette conversation, après tout.

— Infectés ? Par quoi ?

— J'en ai pas la moindre foutue idée ! fit Teacake, qui commençait à perdre patience. Par une merde quelconque ! Pour la dernière fois, baisse ton putain de flingue !

Griffin le considéra entre ses yeux plissés. Il y avait un type sur le carreau, ses potes étaient enfermés dans un box, et Teacake était seul dans le couloir. Donc non, il ne baisserait pas son putain de flingue, pas question.

— Toi tu l'ouvres, ordonna-t-il à Teacake en montrant le cadenas du bout de son arme.

Teacake le jaugea du regard. Il n'y avait pas moyen de raisonner ce lourdaud. Il considéra la porte, vit le cadenas qui cliquetait dans sa boucle métallique chaque fois qu'un coup faisait trembler la porte. Il ne demandait qu'à tomber.

— Jamais de la vie.

— Maintenant ! vociféra Griffin, en s'avançant d'un pas menaçant.

Ce faisant, son index humide de transpiration glissa sur la détente, qu'il avait réglée sur le niveau de sensibilité maximal. Une balle jaillit du canon de l'arme et entailla très légèrement le bord de l'oreille gauche de Teacake, d'où giclèrent quelques gouttes de sang, avant de continuer sa course dans le couloir. Elle ricocha contre plusieurs portes en métal et finit par s'encastrer dans le béton du mur.

Teacake hurla de douleur et se prit l'oreille dans la main.

— Putain de bordel de merde !

Il retira sa main et constata avec horreur qu'elle était tachée de sang. Ça ressemblait plus à une coupure de rasoir qu'à une blessure par balle, mais ça n'en était pas moins une *blessure par balle !* Griffin lui avait tiré dessus, ce blaireau lui avait *tiré* dessus.

— Tu m'as *tiré* dessus ! fit observer Teacake.

— Tu lui as *tiré* dessus ! confirma le Dr Friedman.

Griffin fit tout son possible pour dissimuler le fait qu'il n'en avait pas eu l'intention. Il prit une seconde pour se débarrasser de son air abasourdi, se raidit et mit de nouveau Teacake en joue.

— Et je recommencerai si tu ouvres pas cette foutue porte ! Y a mes potes là-dedans !

Qui étaient également ses clients, mais il ne jugea pas utile de le préciser. Il y avait une chance, infime certes, mais une chance quand même qu'il puisse charger le reste des télés volées avant que ne rappliquent les flics, l'armée ou autre. Il y avait toujours quatre cent cinquante dollars sur la table, et Griffin comptait bien repartir avec.

Teacake avait besoin de temps pour mettre ses idées au clair. Il s'essuya la main sur le pantalon et s'avança vers la porte aussi lentement que possible. Il gardait un œil sur Griffin, qui le suivait de la pointe du canon et dont le regard était de plus en plus perturbé – il n'avait jamais tiré sur personne avant ce jour –, et sur le Dr Friedman, qui reculait, s'éloignant prudemment de Griffin. Teacake reporta son attention sur le cadenas qui pendait toujours, ouvert. Les bruits provenant de l'intérieur, qui s'étaient interrompus pour un moment après le coup de feu, avaient repris. Des voix frénétiques réclamaient qu'on les laisse sortir, des mains martelaient la porte. La panique les dominait.

Teacake finit par arriver devant la porte ; il referma ses doigts autour du cadenas.

De l'autre bout du couloir, une voix féminine s'éleva.

— Hé, Griffin !

Ce dernier se retourna, et tout arriva en même temps. De la mousse jaillit de la bouche de l'extincteur que Naomi tenait à une dizaine de mètres de là et arrosa Griffin et le Dr Friedman, qui furent momentanément aveuglés. Griffin agita son pistolet dans tous les sens, et un autre coup partit, là encore par accident.

Teacake en profita pour fermer le cadenas, et le Dr Friedman, qui en avait assez des conneries de Griffin, attrapa son compagnon par la main qui tenait l'arme et essaya de la lui faire lâcher avant qu'il ne parvienne à tuer quelqu'un.

C'était la diversion dont Teacake avait besoin. Il piqua un sprint dans le couloir et rejoignit Naomi, qui lâcha l'extincteur pour lui prendre la main, et tous deux s'enfuirent dans le couloir perpendiculaire, en direction de la porte de service par laquelle Mary Rooney venait de s'échapper.

Toujours devant la porte du box, Griffin réussit à se débarrasser du Dr Friedman en le poussant rudement. Le dentiste atterrit sur les fesses.

— Putain mais qu'est-ce qui te prend ? lui cria-t-il en s'essuyant les yeux.

Puis il se tourna vers la porte et tripota le cadenas. Les coups redoublèrent et les voix montèrent d'une octave. La panique avait gagné du terrain, la situation s'était modifiée, et pas pour le mieux.

— Tête-de-pioche ! cria Griffin à travers la porte. C'est toi qui as mes clés, espèce de con !

Des bruits de lutte lui parvinrent de l'intérieur, et un corps s'écrasa contre la porte avec force. Griffin recula d'un pas vacillant. Quelque chose d'autre percuta la porte, quelque chose de lourd, peut-être un corps à nouveau, dont l'impact déforma la porte. La lutte sembla s'intensifier, et les cris s'accompagnèrent de bruits inédits : un gargouillis profond, une gifle humide et la désintégration en mille morceaux d'un Samsung Ultra 4K Premium.

Après quoi le silence s'installa.

Griffin et le Dr Friedman gardèrent les yeux au sol un long moment.

— Tête-de-pioche ? lança Griffin à mi-voix.

Pas de réponse.

— Cedric ?

Rien.

Mais la porte se souleva de quelques centimètres. Un ombre se déplaça à l'intérieur, et une clé glissa par l'ouverture en raclant doucement le béton.

La voix de Tête-de-pioche s'éleva de l'intérieur, calme à présent :

— Griffin ?

Ce dernier ne répondit pas.

— T'es là ? Griffin ?

Il ramassa la clé et regarda le Dr Friedman.

La voix de Tête-de-pioche reprit, avec un petit rire de gorge :

— C'est cool, mec. Il y a juste eu un peu de grabuge, mais tout va bien.

Ils restèrent muets.

— Eh, Griffin ?

Il hésita.

— T'es là ?

Griffin et le Dr Friedman échangèrent un regard, incertains de la marche à suivre.

— Griffin ? *Griff ?*

Griffin se tourna vers la porte. Il attendait depuis trente et un ans que quelqu'un utilise enfin le surnom qu'il s'était choisi. L'entendre lui fit l'effet d'un baume.

Il inséra la clé dans le cadenas.

28

Roberto décrocha à la première sonnerie.

— J'y serai dans une minute et demie.

— Je croyais que vous y étiez depuis six minutes, répliqua Abigail, perplexe.

— J'ai eu un petit pépin. C'est réglé. Je suis juste à l'ouest de la rivière Missouri et je m'apprête à tourner sur White Clay Road. Qu'avez-vous trouvé ?

— J'ai réussi à contacter Stephanie.

— Et ?

— Le type de l'ADF-E s'appelle Ozgur Onder. Il n'est pas de service actuellement.

— Merde.

Mais Abigail n'en avait pas terminé.

— Mieux que ça. Il est au lit avec elle, chez elle. Et il peut réorienter un KH-11 de son ordinateur portable.

Roberto ferma les yeux et promit à son créateur que s'il s'en sortait, il n'invoquerait plus jamais son nom en vain.

— Bon *Dieu* ! (Enfin, après ce soir.) Excellent. Il est d'accord ?

— Ça ne l'enchante pas, mais oui. Apparemment, c'est quelque chose qu'il a déjà fait, pour l'impressionner. Lors de leur troisième rendez-vous, il a pris une vidéo d'eux devant chez elle, pendant qu'ils faisaient coucou au ciel.

— Notre sécurité nationale est entre de bonnes mains. J'espère qu'il l'a mise dans son lit.

— On dirait.

Roberto ralentit. Ses phares révélèrent une trouée dans l'alignement des arbres, d'où partait une longue voie gravillonnée.

— On a déjà un visuel ?

— Oui. Il reste neuf minutes d'incidence avant que nous ne perdions la vue orbitale et que Canberra n'en prenne le contrôle.

— Quelqu'un a quitté le complexe ?

— Une personne, il y a un peu plus d'une minute. Une femme, la soixantaine avancée, conduisant une Subaru Outback récente. Vous voulez le numéro de la plaque ?

— Si elle était capable de conduire une voiture, je ne m'inquiète pas pour elle. Laissez tomber. Si quelqu'un part à pied, je dois le savoir immédiatement. (Il s'engagea dans l'allée qui montait à l'assaut d'une colline. Le rayonnement des lumières du complexe de stockage était visible au-delà de la crête. Il ralentit.) Je suis dans l'allée. Vous êtes en ligne avec Ozgur ?

— Oui, monsieur.

— Continuez, et transmettez-moi toute nouvelle information sans attendre. (Il leva la main vers son oreillette pour mettre fin à l'appel, mais une pensée le retint.) Abigail ?

— Oui, monsieur ?

— Vous savez ce que je dois faire, n'est-ce pas ?

— Je le sais, monsieur.

— Vous comprenez ?

Elle laissa passer un silence.

— J'ai lu le livre blanc, monsieur.

Il y avait des gens bien, parmi les jeunes. Roberto espérait qu'ils le resteraient en vieillissant. Lui-même s'en était plutôt bien tiré. Tant que vous restiez avec la bonne personne. Mais mieux valait ne pas penser à Annie pour le moment, mieux valait ne pas tirer ce fil, au risque de défaire tout le tricot et de ne pas pouvoir faire son travail.

— Dites-moi en quelques mots ce que vous avez trouvé sur les deux gardiens.

Abigail lui confia ce qu'elle savait ; il en prit note dans un coin de sa tête en essayant d'en oublier le moins possible.

— Je vais devoir utiliser mon téléphone portable, déclara-t-il. Jerabek saura bientôt où je me trouve, et il risque de devenir curieux. Surveillez vos arrières.

— Comme toujours, monsieur.

Roberto raccrocha. L'entrée principale du complexe de stockage lui apparut derrière la crête, lèvre charnue saillant de la déclivité. Au sommet de la colline, il passa à proximité d'une voiture stationnée sur le bas-côté de l'allée, le coffre ouvert. Mauvais signe. Il crut détecter à l'intérieur du coffre une faible lueur phosphorescente, dont il retrouva d'autres traces éparpillées sur la pente de la colline. C'était si léger qu'il aurait pu facilement se méprendre, mais il sentait que tel n'était pas le cas.

Tout en bas de l'allée, une Honda Civic et une demi-douzaine de Harley étaient garées devant les portes du complexe. Il éteignit ses feux et se gara à une trentaine de mètres de ces véhicules. Il se trouvait à mi-distance entre l'entrée des entrepôts et la voiture au coffre ouvert.

Il prit une inspiration, expira lentement et sortit du van.

29

Teacake et Naomi surgirent par la porte de service cassée du complexe, virèrent sèchement à droite et coururent vers le parking.

— Ma voiture est juste là ! cria Teacake.

Naomi l'entendit très faiblement par-dessus le tintement dans son oreille droite, mais la gauche restait sourde. L'éclairage extérieur à détecteur de mouvement s'allumait à leur passage le long du mur latéral du bâtiment. Ils rejoignirent l'entrée principale, dépassèrent les Harley et atteignirent presque la Honda de Teacake quand un projecteur halogène s'alluma.

— STOP ! cria une voix à quinze mètres de là.

L'ordre était clair, la voix n'appelait aucune contestation, aussi y obéirent-ils sans se poser de questions. Ils se tournèrent vers la lumière et levèrent les mains.

Le puissant faisceau, qu'accompagnait un étroit rayon rouge, leur masquait le visage de leur interlocuteur. Teacake baissa les yeux et découvrit un point rouge sur son cœur, qui se déplaça aussitôt sur la poitrine de Naomi.

La silhouette s'avança prudemment vers eux en faisant crisser le gravier. L'homme glissa la lampe torche à sa ceinture mais laissa son arme pointée sur eux. Il portait sur le front une paire de lunettes de vision nocturne et brandissait un M16 à visée laser.

Naomi parla la première, ou plus précisément cria, car elle s'entendait à peine.

— Roberto ?

L'homme se figea.

— Naomi ?

Teacake essuya son oreille ensanglantée.

— Vous *permettez* ? dit-il en montrant son torse, où le point rouge avait réapparu. J'en ai un peu ma claque d'être pris pour cible à tout bout de champ !

Roberto baissa le canon du fusil d'assaut.

— Et vous devez être l'autre type.

Teacake embrassa du regard le parking, l'allée, la colline.

— Où est le reste de votre équipe, mec ?

Roberto laissa passer un silence avant de répondre :

— Il n'y a que moi.

— Que *vous* ? hurla Naomi.

— Pourquoi est-ce qu'elle crie ? demanda Roberto à Teacake.

— Coups de feu. .45, juste à côté de son oreille. Je crois qu'elle entend encore un tout petit peu, à droite.

Roberto jeta un coup d'œil vers le bâtiment.

— Qui a une arme, là-dedans ?

— Jusqu'ici, tout le monde sauf nous.

Roberto hocha la tête. Pourvu que Trini n'ait pas oublié comment faire un paquetage.

Le van n'avait pas grand-chose de spécial, sinon ses portes coulissantes latérales et son hayon à commande électrique. Teacake n'avait guère été impressionné par la Mazda blanche quand Roberto les y avait emmenés – « Vous vous foutez de moi ? Déjà, ils envoient un seul mec, et dans une *Hyundai* ? » –, mais lorsque les portes s'étaient ouvertes, il s'était approché et avait vu les caisses militaires. La première qu'ouvrit Roberto contenait une des combinaisons Hazmat, soigneusement pliée, avec son casque à tête de mort qui les dévisageait comme un masque de *Scream*. Il sortit des caisses suivantes du matériel standard des Navy SEALs[1] : veste tactique, couteau Ka-Bar, pistolet-mitrailleur Heckler & Koch, fusil à lunette, une demi-douzaine de charges explosives capables de faire sauter toute porte en métal qu'il trouverait sur son chemin et un nombre conséquent de rations alimentaires d'une variété surprenante. Trini était une vraie maman.

Mais rien n'attire l'attention comme une arme nucléaire. Les yeux de Naomi s'étaient immédiatement posés sur le demi-cylindre portable, dont l'âge évident, l'origine militaire et la forme étrange l'identifiaient sans doute possible comme le joker dans la main de Roberto.

— Qu'est-ce que c'est que ce truc ? demanda-t-elle.

Mais Roberto négligea de lui répondre et continua de s'équiper.

Étant donné tout ce qui s'était passé au cours des quatre ou cinq dernières heures, il n'eut pas besoin de les briefer outre mesure. Il leur confia ce qu'il savait au sujet du fongus, mais ils étaient déjà parfaitement au courant de sa létalité. Une fois qu'il se fut assuré qu'ils n'étaient pas infectés, il leur proposa mollement de partir, mais tous avaient conscience que ce n'était pas une option – il y avait à présent sept individus infectés dans le complexe, et face à eux, ils n'étaient que trois. Les trois seules personnes au monde à avoir vu de leurs yeux *Cordyceps novus* à l'œuvre et qui savaient par conséquent qu'il fallait l'éradiquer ici et maintenant. Or, Roberto ne pouvait se trouver en deux endroits à la fois. Son plan nécessitait la présence de quelqu'un en surface pour s'assurer qu'aucun corps infecté ne quittait le bâtiment, tandis que les autres descendaient au quatrième sous-sol.

1. Pour Sea, Air and Land (mer, air et terre). Force spéciale de la marine de guerre américaine.

— Qu'on *retourne* en bas ? s'enquit Teacake. Vous êtes fou ? Pour y faire quoi ?

Roberto se pencha en arrière et tira la T-41 vers lui, déclenchant un nouvel élancement dans son dos. Quand intégrerait-il enfin que déplacer de lourdes charges dans une position inadaptée était une mauvaise idée, sur le plan orthopédique ? Cette fois la brûlure se propagea de son articulation sacro-iliaque au gros orteil de son pied droit. Les muscles du bas de son dos, une fois leur objection formulée, relâchèrent leur emprise sur sa colonne au bout de quelques secondes. Mais leur argument avait porté. Roberto plia les genoux et déplaça prudemment l'objet jusqu'au bord de l'aire de chargement. Il s'arrêta là et réfléchit un moment. La réalité finirait par le rattraper. Il pourrait feinter et esquiver autant qu'il le voudrait, elle finirait quoi qu'il arrive par le frapper au visage. Il prit la décision d'y faire face.

Il se retourna vers Teacake et Naomi.

— Vous allez devoir poser le dispositif vous-mêmes.

Naomi, qui avait presque complètement retrouvé l'ouïe à droite, l'entendit très clairement. Elle considéra le demi-cylindre.

— De quoi s'agit-il ?

— Voyez ça comme une grosse bombe.

— Grosse comment ? demanda Teacake.

Roberto ne s'embarrassa pas de circonlocutions.

— De 0,3 à 0,8 kilotonne. Puissance variable.

Naomi ferma les yeux, ses peurs confirmées, mais Teacake passa par toute une série d'expressions, comme s'il n'avait rien vu venir.

— C'est une *bombe atomique* ? ! Une putain de *valise* piégée ?

— Pas une valise piégée, non, répondit Roberto d'un ton irrité en enfilant la veste tactique. Ça n'existe pas. Quel genre de force d'invasion terrestre emploierait des valises ?

— Mec, tu vois ce que je veux dire. C'est une…

— Oui, c'en est une, le coupa Roberto avant de se tourner vers Naomi. Vous nous avez demandé si nous avions un plan d'urgence. Le voici. Vous avez vu comment ce champignon se propage. Il va vite, loin, et tue tout le monde sur son passage. Certains d'entre nous ont passé ces trente dernières années à réfléchir à cette situation. Des précautions ont été prises, des accords passés. C'est la seule façon.

Teacake regarda Naomi, qui gardait son calme. Lui n'en croyait pas ses oreilles.

— Vous allez tuer tout le monde à l'est du Kansas.

— Nous n'allons tuer personne. La détonation se produira à plus de cent mètres sous terre. Les alentours immédiats de la zone seront irradiés, et on vendra pas mal de bouteilles d'eau minérale dans le coin au cours des vingt prochaines années, mais il n'y aura aucune retombée dans l'atmosphère, et le problème sera réglé. Quand tout sera fini, on nous donnera une médaille. Espérons que ce ne soit pas à titre posthume.

— Vous êtes complètement malade, protesta Teacake.

— Non. Il a raison.

Roberto adressa un sourire à Naomi, tout en attachant le couteau Ka-Bar à sa cuisse. Elle avait eu l'air intelligente, lorsqu'il lui avait parlé au téléphone ; il était soulagé de constater que son impression se confirmait. Il toisa Teacake de la tête aux pieds.

— Combien pouvez-vous porter ?

— Je sais pas. Quatre-vingt-dix kilos ?

Roberto afficha une mine dubitative.

— Quoi ? C'est beaucoup ?

— On verra ça. Vous deux allez apporter ça au niveau moins quatre et activer le mécanisme de déclenchement. Je vous montrerai comment. Quant à moi, je vais rester en surface et éliminer tout organisme infecté qui tenterait de s'enfuir avant la détonation.

— Les éliminer ? demanda Naomi, qui avait cependant très bien compris.

— Les tuer. Je vais exécuter ces gens dont le seul crime est d'avoir été exposé à un champignon mortel. Vous préférez faire mon job ou le vôtre ? (Comme ils ne répondaient pas, Roberto poursuivit :) Après que vous aurez mis en route le minuteur, vous aurez entre huit et treize minutes pour remonter, sauter dans le van et vous éloigner d'au moins un kilomètre.

— Entre huit et treize minutes ? répéta Naomi.

— En l'absence de câble mécanique, le compte à rebours est instable.

Teacake était estomaqué.

— Donc ça peut péter à n'importe quel moment ? !

Roberto se répéta, en prenant soin de garder un ton neutre.

— Le compte à rebours est instable.

Teacake regarda le sac à dos avec incrédulité.

— Qu'est-ce qu'on disait aux pauvres troufions qu'on envoyait sur terrain avec ces machins ?

— De dire à leurs parents qu'ils les aimaient.

— Et ils y allaient quand même ? Se faire exploser ?

— Non, Travis. Personne ne s'est jamais fait exploser pour la bonne raison que ces bombes n'ont jamais servi. Vous en auriez entendu parler à l'école. Mais des gens étaient *prêts* à le faire, parce qu'ils étaient convaincus que l'avenir du monde en dépendait. Ce qui est le cas, ici et maintenant.

Il empoigna le Heckler & Koch, engagea un chargeur d'un geste expert et se redressa, profitant de toute sa hauteur pour leur servir un discours inspirant.

— Première classe Meacham, vous êtes tout ce que j'ai sous la main, et c'est franchement mieux que ce que j'espérais. Vous avez servi sur un sous-marin balistique, donc vous n'êtes pas un bleu, et vous connaissez les bases, si vous n'étiez pas trop défoncé à l'entraînement. Je soupçonne que vous êtes un bien meilleur soldat que ne le laissent entendre vos états de service. Eh bien, matelot, je vous donne l'occasion de le prouver ce soir.

Travis lui retourna un regard perplexe.

— Comment vous savez… ?

— Nous avions vos noms et votre lieu de travail. Ces informations ne sont pas des secrets d'État. (Il se tourna vers Naomi.) Je sais que vous êtes mère, mademoiselle Williams. Mais cet objet pèse vingt-six kilos, Travis ne pourra pas le descendre seul par l'échelle tubulaire, ce ne serait pas prudent. Vous savez tirer ? (Elle acquiesça. Plus ou moins. Roberto sortit un Glock 19 d'une caisse ouverte, le chargea et le présenta à Naomi, crosse en avant.) Travis aura les mains pleines, donc ce sera à vous de surveiller vos arrières. Vous avez douze balles dans le magasin, une sécurité sur la détente et une autre ici, au niveau du pouce. Vous devez déverrouiller les deux avant de pouvoir tirer. Il faut actionner la détente pour chaque tir, mais les sécurités ne se remettent pas, à moins que vous n'enleviez le doigt. Vous avez compris ?

Elle hocha la tête et prit l'arme en main. Elle les avait toujours détestées par principe.

— Je ne l'utiliserai pas.

— Vous le ferez si c'est nécessaire.

— J'en doute.

Roberto poursuivit :

— Si vous devez neutraliser quelqu'un, visez le torse, c'est la cible la plus évidente. Attendez qu'il soit assez proche pour ne pas le manquer. Deux balles dans la poitrine, puis une fois qu'il est à terre, une dans la tête. Pas plus. Ça fait quatre assaillants par chargeur. Comptez vos tirs. S'il vous reste moins de trois balles, changez de chargeur. C'est compris ?

Elle opina.

Roberto les regarda un instant.

— Vous avez commencé cette nuit comme gardiens sous-payés, vous la finirez sous la bannière des Green Light. La fine fleur de l'Amérique. Mettez vos combinaisons.

30

À cet instant, il existait sur Terre quatre colonies distinctes de *Cordyceps novus*, chacune avec ses caractéristiques chromosomiques, son rythme de croissance et ses projets d'expansion propres. Loin sous la surface, au niveau moins quatre du complexe, la colonie originale, ou plus précisément la colonie originale *américaine*, demeurait en phase de multiplication, quoique sa croissance se soit stabilisée depuis son expansion dans le couloir desservant la cellule dans laquelle il s'était échappé du biotube. En termes de nutriments organiques, les rats qu'il avait infestés et fusionnés étaient de loin la source de carburant la plus abondante, mais même celle-ci s'était épuisée. Le roi des rats était déjà en état de stase, qui précède la dégradation et la désintégration. Une de ses excroissances progressait sur le béton en direction d'une flaque d'eau formée par la condensation sur une des canalisations du système de refroidissement, mais elle ne l'avait pas encore atteinte. Il était difficile de prédire la réaction du fongus au contact de l'eau pure, qu'il n'avait jamais rencontrée, sinon sous forme de composant du corps humain. On pouvait imaginer que ça lui plairait, mais il n'y était pas encore.

Cette colonie de *Cordyceps novus* était un peu comme la ville de Reno, dans le Nevada – jadis populaire, mais limitée par sa situation et un climat auquel personne de sensé n'aurait envie de se confronter.

En surface, sur la colline derrière le van de Roberto, florissait la seconde colonie fondée par C-nBlatte1 quinze heures plus tôt. Elle avait débuté dans le coffre de la voiture de Mike, où elle maintenait une forte présence. Mais après le départ de la biche et de M. Scroggins, le fongus avait dû se contenter de vieilles serviettes, d'acier, de caoutchouc et autres carburants de moindre intérêt.

L'avant-poste créé par l'explosion de M. Scroggins en haut de l'arbre était beaucoup plus prometteur. Il avait giclé dans toutes les directions et était retombé à plus de vingt mètres du tronc. Il prospérait à l'heure actuelle sur le tapis forestier humide et s'étendait à la vitesse moyenne d'un mètre par seconde. C'était là un environnement quasi idéal pour le fongus, dont l'expansion était cependant contenue par l'absence de porteurs rapides et indépendants. Un coyote errant ou un malheureux écureuil lui aurait permis d'atteindre le statut de ville-champignon, mais pour le moment il devait se contenter de poursuivre sa croissance modérée et régulière. Pour peu qu'on lui en donne le temps, il était impossible de dire où s'arrêterait sa progression.

L'extension de cette colonie avait de nombreux points communs avec celle de Los Angeles – lente, inévitable et dans l'intérêt de personne.

Au rez-de-chaussée du complexe de stockage, la troisième colonie connaissait un succès limité. Éparpillé sur les murs et le sol, le tableau de Pollock qu'était devenu Mike gisait, inerte, du moins selon les critères temporels humains. Il n'était pas mort ni même en sommeil, mais sa croissance s'était ralentie à un niveau à peine perceptible. Le sol et les murs étaient faits de ciment Portland, un standard industriel principalement composé de chaux, de silice et d'aluminium – à peu près aussi nutritif pour un champignon qu'un sandwich au sable. *Cordyceps novus* était cependant opiniâtre – s'il s'était sorti d'un biotube, ce n'était pas un couloir qui allait l'arrêter. Il suppurait, creusait, se reconfigurait aussi bien qu'il le pouvait, mais le genre de croissance phénoménale qu'il avait connue lorsqu'il avait investi le corps de Mike pour la première fois était loin derrière lui. Avec un peu de chance, il croiserait une veine de terre de fer dans une dizaine d'années et ferait son grand retour, mais d'ici là, il était condamné à rester là.

Cette troisième colonie ressemblait à Atlantic City. Autrefois le centre de toutes les attentions, aujourd'hui une ville morte.

Quant à la quatrième colonie… c'était une autre histoire.

En 1950, la ville de Shenzhen, en Chine, n'était qu'un village de pêcheurs comptant trois mille âmes. En 2025, elle abritera douze millions d'habitants. Il n'existe aucun autre exemple sur Terre d'une telle croissance effrénée, non contrôlée et dangereuse. Sinon celle qui était en train de se produire à l'intérieur de l'unité G-413 des entrepôts d'Atchison.

Dès l'instant où le vomi de Mike, riche en échantillons de fongus, avait franchi le seuil du box, ce dernier avait trouvé d'abondants nutriments organiques. Il avait atterri sur les cinq occupants de la petite pièce, mais Cedric, Pochetron et Ordure avaient eu la bouche ouverte. L'infection avait été immédiate dans leur cas ; le champignon avait pénétré le substrat complexe de leur système biologique avec zèle. S'était ensuivie une croissance instantanée et exponentielle. Tête-de-pioche et Cuba, qui n'avaient ni coupure, ni crevasse, ni orifice par lesquels les molécules auraient pu s'introduire sans effort, avaient demandé quelques minutes de plus. *Cordyceps novus* avait dû déployer *Benzène-X* pour défricher un passage à travers leurs pores.

Mais au bout de cinq minutes, une fête fongique que rien ne pouvait arrêter faisait rage dans les cinq corps. Le champignon entrait dans la phase la plus productive de son histoire, profitant joyeusement du rapport carbone-hydrogène de douze pour un, idéalement équilibré dans le corps humain, pour augmenter sa biomasse. Il avait commencé par un schéma familier, quoique accéléré, de croissance-expansion-expulsion dans le corps de Pochetron, dont le sang généreusement alcoolisé lui offrait un surcroit de glucose. Tandis que, à l'extérieur, Griffin ordonnait à Teacake d'ouvrir la porte, Wino enflait avec force hurlements et explosait à l'intérieur du box, à l'extrême consternation des autres. Trente secondes plus tard, Cedric et Ordure suivaient le même cycle. Tête-de-pioche et Cuba, dont les systèmes avaient un peu de retard, avaient poussé des cris d'horreur.

Mais alors, il s'était produit une chose extraordinaire. La croissance dans les deux derniers hôtes humains s'était *ralentie*. Volontairement. Le fongus avait-il pris conscience de la quantité limitée de tissu humain disponible dans un tel espace confiné ? S'était-il rendu compte que les murs du box, sur lesquels il s'était copieusement étalé, ne lui fourniraient que peu de nutriments ? Jouissait-il d'une sorte de mémoire cellulaire des bienfaits du ralentissement du processus de fructification et d'explosion qu'il avait expérimenté sur Mike ? Quelle qu'en soit la raison, il avait tempéré sa croissance jusqu'ici débridée. Les routines consommant l'esprit et le corps de Cuba et de Tête-de-pioche, les derniers humains encore en vie dans l'unité de stockage, avaient bel et bien décéléré. Cela dénotait, sinon une volonté, un signalement endocrinien porté par voie aérienne – une capacité à transmettre l'information et des instructions au-delà de ses propres barrières physiques. *Cordyceps novus* avait, pour la première fois depuis son premier contact avec la race humaine dans l'Outback australien, modifié ses mécanismes de contrôle.

Le champignon qui s'activait dans les cerveaux de Tête-de-pioche et de Cuba avait reçu le message et entravé son développement. Les deux bikers avaient été autorisés à conserver une certaine autonomie, mais le fongus avait pris soin de digérer une grande partie de leurs amygdales, notamment celle qui contrôlait la peur et la panique. En conséquence de quoi, ils avaient l'impression que tout allait bien, qu'ils étaient toujours aux commandes.

— C'est cool, mec, avait dit Tête-de-pioche à Griffin à travers la porte. Il y a juste eu un peu de grabuge, mais tout va bien.

Griffin avait inséré la clé dans le cadenas et déverrouillé la porte.

31

Une combinaison Hazmat complète pèse quatre kilos, le réservoir d'oxygène et le dispositif respiratoire neuf de plus, et la T-41 que Teacake avait sanglée dans son dos pas loin de vingt-sept. À chaque pas, il soulevait donc une quarantaine de kilos en plus de son propre poids. Ses épaules le firent souffrir sitôt que les courroies de cuir avaient mordu dedans à travers la combinaison, ses cuisses se mirent à lui brûler au bout d'une petite douzaine de pas, et, le temps qu'ils arrivent à la porte principale du bâtiment, il avait la nuque trempée de sueur. Naomi avait moins de poids sur le dos, mais le stress d'avoir endossé le rôle de vigile ainsi que les efforts que lui demandait l'encombrante combinaison pour le tenir efficacement l'obligeaient à dépenser autant d'énergie que son compagnon. Le pistolet pesait dans sa main comme une pierre.

Ils avaient enfilé les tenues assez rapidement, avec l'aide de Roberto. Redescendre l'échelle ainsi équipés leur paraissait une tâche insurmontable, mais ils s'étaient efforcés de ne pas se projeter trop loin. Roberto avait refermé les attaches hermétiques aux poignets, aux chevilles, au visage, au cou et à la taille, et leur avait montré comment utiliser les émetteurs-récepteurs de leur casque. Il avait un instant envisagé de connecter son téléphone à leur radio par Bluetooth, mais abandonna rapidement l'idée. Il n'aurait de toute façon pas pu faire grand-chose pour les aider, à partir de là. Il leur avait expliqué à tous les deux comment armer et activer la T-41, ce qui était relativement facile. Le dispositif ayant été conçu pour que des soldats puissent le manipuler malgré la pression des combats, la simplicité faisait partie du cahier des charges. Ça, et le carburant fissile capable d'alimenter une réaction nucléaire en chaîne.

Il n'y avait pas de troisième combinaison pour Roberto. Teacake lui avait demandé pourquoi il en avait apporté deux, et Roberto lui avait jeté un regard vide.

— J'ai tout pris en double exemplaire. Imaginez que l'une d'elles se déchire ?

Roberto ne comprendrait jamais certaines personnes.

Sur quoi il leur avait souhaité bonne chance, leur avait dit de ne pas traîner et les avait envoyés vers le bâtiment. Il les avait observés s'approcher des portes d'accès comme un parent regarde son gosse partir pour la première fois en résidence universitaire, en pensant au millier de choses qu'il aurait dû lui dire, au million de conseils qu'il aurait pu lui donner, tout en sachant qu'il était trop tard pour y faire quoi que ce soit. C'est lui qui aurait dû porter la T-41 jusqu'au niveau moins quatre et, si nécessaire, attendre auprès d'elle pour s'assurer que la détonation avait bien lieu, comme Trini, Gordon et lui l'avaient décidé trente ans plus tôt. Mais il ne le pouvait pas. Accepter cette réalité et s'en remettre à deux gamins qu'il avait rencontrés quinze minutes plus tôt était la décision la plus difficile qu'il ait jamais prise. Mais il n'avait pas eu le choix.

Bien sûr, il s'était ménagé une option de secours. Un plan B au plan B. Il n'en avait parlé ni à Teacake ni à Naomi. Ils avaient déjà un paquet d'informations, sans doute plus qu'ils ne pouvaient en assimiler, et le reste leur serait révélé en temps utile.

Après qu'ils eurent ouvert la porte et furent rentrés dans le complexe, il reporta son attention sur le parking. Étape suivante :

s'assurer que personne n'aille nulle part. Il tira le Ka-Bar de son étui sur sa cuisse et commença par la Honda Civic de Teacake, garée tout à droite. Il planta la lame au plus profond de la face extérieure du pneu arrière droit et trancha la gomme sur quinze centimètres. L'air ne se serait pas évacué assez vite avec une simple crevaison, et Roberto n'aurait eu aucune garantie que la voiture ne puisse quitter le parking, tandis qu'une entaille réglait la question une fois pour toutes. Le pneu se dégonfla, et il alla réitérer l'opération de l'autre côté. Le châssis de la voiture s'abaissa de quelques centimètres. Quiconque essaierait de la conduire se retrouverait sur les jantes au premier virage, et l'essieu casserait net avant d'atteindre l'allée.

Les Harley lui demandèrent moins d'efforts ; il lui suffit de taillader un seul pneu de chaque moto. Rouler avec un pneu à plat à l'arrière restait possible, mais la fourche ne résisterait pas à une crevaison à l'avant. Personne ne quitterait cet endroit, sinon dans sa Mazda, *et si tu veux mes clés, il faudra me passer sur le corps.*

Il avait réglé leur compte à quatre des motos, et il lui en restait encore trois quand son téléphone sonna. Il activa son oreillette Bluetooth.

— Vous avez de la visite, dit Abigail.

Roberto se redressa vivement et regarda autour de lui.

— Où ça ?

— Il va apparaître au coin du bâtiment. Dans dix secondes. Un homme, rapide, signature thermique importante.

Roberto se retourna, fit quelques pas hâtifs en direction des portes, tout en en restant suffisamment éloigné pour avoir une vue dégagée du bord est du bâtiment. Il sortit le pistolet-mitrailleur d'un holster de hanche et déverrouilla la sécurité du pouce droit. De la main gauche, il chaussa ses lunettes de vision thermique, qui s'activèrent en vrombissant et affichèrent un paysage tout en orange et violet vifs. Il n'avait pas besoin des lunettes pour voir dans le noir ; il y avait quantité de sources lumineuses à proximité de l'entrée du complexe, et plus encore derrière l'angle du mur où des mouvements frénétiques déclenchaient l'allumage des projecteurs.

Il avait en revanche besoin de la détection thermique. La première fois qu'il avait mis les lunettes et avait regardé vers la pente de la colline, un puissant rougeoiement avait signalé la position des morceaux de fongus éparpillés, ainsi que celle du coffre de Mike, qui en était rempli. Les réactions chimiques induites par la croissance du champignon généraient de la chaleur. La voir lui permettrait d'éviter tout contact avec le fongus et de déterminer si un être humain en était infecté. Autant épargner les innocents, si possible.

Une soudaine explosion de jaune piqua les yeux de Roberto, comme si tous les cônes de ses rétines avaient reçu un coup de fouet au même instant. Quand la silhouette déboula au coin du bâtiment, il n'avait pas encore parfaitement ajusté la luminosité dans les lunettes, si bien qu'elle ressemblait moins à un être humain qu'à une masse de métal en fusion.

Ce qui répondait à la question de l'infection.

— Enlevez-moi cette merde ! cria la silhouette.

Roberto ne chercha pas à savoir comment cet homme en pantalon de cuir entièrement couvert de fongus mutant était parvenu à rester en pleine possession de ses moyens. Il se contenta de viser, de presser la détente et de loger cinq balles au milieu de la poitrine du Dr Friedman.

Le pistolet-mitrailleur Heckler & Koch est une arme à recul court, ce qui signifie que le canon décrit un mouvement sec vers l'arrière et vient heurter le butoir qui en limite la course. Le verrou s'en trouve dégagé, et la culasse mobile comprime le ressort récupérateur tout en éjectant l'étui. C'est un mouvement brusque, qu'en général le tireur atténue en posant une main ferme sur la poignée avant. Parce qu'il avait été pris de court et que sa main gauche était occupée à ajuster les lunettes sur ses yeux, Roberto n'avait eu d'autre choix que de tirer à une main. Cela n'avait rien d'impossible, il suffisait de caler le coude contre la hanche pour limiter les mouvements incontrôlés ; il avait exécuté cette manœuvre des dizaines de fois sur le terrain et à l'entraînement.

Mais jamais à soixante-huit ans.

Son corps encaissa les trois premiers reculs sans broncher, mais au quatrième, son dos se rebella. Un élancement féroce et soudain contracta ses muscles lombaires et envoya une alerte rouge à travers son système nerveux. Le recul du cinquième tir, qu'il était trop tard pour retenir, acheva le travail.

Une douleur insoutenable s'empara de son dos et de ses membres inférieurs, qui cédèrent sous lui. Roberto s'écroula à peine une seconde après le Dr Friedman, à cette différence près que les problèmes du dentiste étaient réglés une bonne fois pour toutes tandis que ceux de Roberto ne faisaient que commencer. Il atterrit sur le flanc, roula sur le dos et leva des yeux désespérés vers le ciel étoilé. Il savait, sans aucun doute possible, qu'il ne s'agissait pas d'une simple élongation, mais d'une déchirure en bonne et due forme. Un ligament, un tendon, voire un disque… Cela n'avait au fond guère d'importance.

Ce qui en avait, en revanche, c'est qu'il ne pouvait plus bouger.

32

Quelques minutes plus tôt, devant l'unité G-413, Griffin avait ôté le cadenas du moraillon, tourné la poignée et fait basculer la porte vers le haut. Le Dr Friedman et lui avaient eu un mouvement de recul involontaire. Le spectacle des trois cadavres à peine reconnaissables n'était rien à côté de la puanteur. Les intenses réactions chimiques laissaient échapper des odeurs puissantes, des nuages denses de molécules fétides qui envahissaient les voies nasales et s'accrochaient aux senseurs olfactifs. Les vagues rances et grouillantes qui déferlèrent du box submergèrent tous les autres sens pendant un moment.

Jouissant maintenant d'une mobilité totale, le passager clandestin qui avait pris place à bord des corps de Tête-de-pioche et de Cuba sortit calmement de l'unité et sourit.

— Ça roule, Griff ? s'enquit Tête-de-pioche.

Cuba fit un clin d'œil au Dr Friedman.

Les non-infectés dévisagèrent les infectés avec horreur. Ces derniers avaient beau afficher des expressions placides, amicales même, leur état ne laissait planer aucun doute. Une teinte étrange colorait leur visage, et le gonflement caractéristique de leur abdomen avait commencé, quoique plus discrètement depuis que le champignon avait fait évoluer sa technique d'invasion. Néanmoins, la chimie corporelle de ses victimes subissait d'énormes et rapides modifications, et sous la peau de leur visage, de leur cou et de leurs mains, leur sang était agité de mouvements perceptibles à l'œil nu.

Le Dr Friedman, qui avait rencontré un certain nombre de gencives pourries et de molaires nécrosées au cours de sa carrière, n'avait cependant jamais rien vu de pareil. Il recula d'un pas vacillant en hurlant. Craignant de tourner le dos à ses deux ex-complices, il ne se rendit pas compte qu'il se dirigeait droit sur les restes de Mike Snyder, qui se résumaient à présent à une pellicule visqueuse et glissante recouvrant le sol et le mur derrière lui. Lorsque son pied se posa sur le bord de la flaque, il se déroba sous lui. Le Dr Friedman se retourna en tombant et s'étala à plat ventre dans la gadoue verte. Il cria de nouveau, leva ses mains devant lui et contempla, horrifié, les résidus fongiques excités qui s'y ébattaient. Il les secoua dans l'espoir de se débarrasser de la substance collante, mais elle tint bon. Voulant prendre appui sur le sol pour se relever, il posa les paumes pile au milieu de la flaque, glissa, retomba sur le flanc, roula sur le dos et se releva d'un mouvement brusque.

Désormais recouvert de fongus aussi bien devant que derrière, le Dr Friedman regarda les trois autres, les yeux exorbités, la bouche grande ouverte, frappé de mutisme.

Griffin, qui avait toujours son arme dans la main droite, la pointa sur le Dr Friedman, puis il paniqua à l'idée de ne plus tenir Tête-de-pioche et Cuba en respect et revint à sa position initiale.

— Bordel de merde qu'est-ce qui se passe de bordel de merde de bordel de merde, fut tout ce qui sortit de sa bouche.

Aveuglé par la panique, le Dr Friedman fit volte-face et prit ses jambes à son cou. Les trois autres se tenaient entre lui et l'entrée principale, mais il avait vu Teacake et Naomi partir dans la direction opposée, ce qui suggérait la présence d'une porte de service quelque part par là. Il fonça dans le couloir, tourna à l'intersection suivante et vit un panneau lumineux indiquant la sortie, vers laquelle il courut à en perdre haleine. Ce faisant, il leva la main droite et observa le champignon qui lui aussi s'activait ; il s'enroulait autour de ses doigts, pénétrait ses pores et élargissait les microcoupures de sa peau pour se frayer un chemin dans son organisme.

La vision tressautante d'une porte apparut devant lui, celle dont Mike avait fracassé la vitre un peu plus tôt. Il se précipita vers elle, toutes ses pensées tournées vers sa moto. S'il parvenait à rejoindre un endroit sûr, il pourrait se débarrasser de ce truc et découvrir ce qui se passait. Peut-être se rendrait-il directement à l'hôpital.

Il défonça la porte, inspira une grande bouffée d'air frais et se sentit un peu mieux. Sans s'arrêter de courir, il tourna sèchement à droite et longea le mur du bâtiment. Les projecteurs à détecteur de mouvement s'allumaient à son passage. Une curieuse sensation de chaleur se répandit dans sa poitrine – sans doute due à l'effort, se dit-il. Mais alors il eut l'impression nette et perturbante que sa peau rampait sur son crâne. Comme s'il portait un postiche animé d'une vie propre, qui se déplaçait sur sa tête selon son bon plaisir. *L'hôpital, indiscutablement*, songea-t-il en approchant du coin du bâtiment. *Il faut que j'aille à l'hôpital – on est où, déjà ? Lequel est le plus proche ? – Ah, oui Waukesha Memorial sur la 18, j'y vais direct, mais merde, je ne sais même pas si je peux conduire.* Un étourdissement cotonneux commençait à gagner son cerveau.

Il contourna l'angle du complexe, certain à présent qu'il ne pourrait pas piloter une Harley dans ces conditions – il avait déjà du mal à le faire quand il était en pleine possession de ses moyens. Si bien que lorsqu'il vit le type qui se tenait là, celui avec les drôles de lunettes et un objet non identifié dans la main droite, il fut soulagé – *ce mec va m'aider, il va pouvoir faire quelque chose.*

— Enlevez-moi cette merde ! cria-t-il à l'homme aux lunettes.

Alors l'objet dans la main droite de l'inconnu cracha du feu plusieurs fois, et quelque chose de lourd et de chaud percuta la poitrine du dentiste, qui perdit l'équilibre. *C'est bizarre*, songea-t-il alors que le sol montait à sa rencontre. *Si c'est sur moi qu'il a tiré, pourquoi tombe-t-il, lui aussi ?*

Le Dr Friedman toucha terre. Durant ses dernières secondes de vie, il vit que des sortes de champignons verts lui avaient poussé sur la main. Il était conscient de sa fin imminente.

Ça vaut peut-être mieux, se dit-il.

33

Ils étaient à mi-chemin de l'échelle tubulaire quand Teacake se rendit compte qu'il allait devoir finir la descente dans le noir quasi complet. C'était dommage, car jusqu'à présent tout s'était mieux passé qu'ils ne l'avaient espéré. En entendant des cris s'élever du côté de l'unité G-413, ils avaient coupé à gauche pour rejoindre un couloir parallèle et avaient gagné l'ascenseur sans incident.

Lorsqu'ils étaient arrivés à l'échelle, Teacake avait insisté pour passer le premier. La T-41 pesait un âne mort sur son dos, et ses jambes tremblaient sous l'effet de l'acide lactique avant même qu'ils n'aient posé le pied sur le premier barreau. Il n'avait aucune confiance dans sa capacité à descendre jusqu'en bas sans glisser et tomber. Avec cette charge si volumineuse qu'elle touchait la paroi opposée du tube, s'il chutait et que Naomi se trouvait sous lui, il l'entraînerait immanquablement jusqu'au fond. Hors de question.

La combinaison compliquait les choses de bien des manières. Les gros gants dans lesquels ses mains nageaient ne favorisaient pas la préhension de la rampe. Faire passer son poids d'un degré au suivant lui demandait toute sa concentration et un peu de chance. La friction du sac à dos contre la paroi le ralentissait et entravait un peu plus ses mouvements. Mais le pire, c'était la buée.

Porter ces quarante kilos supplémentaires jusqu'ici avait été harassant, et il transpirait déjà abondamment avant de commencer à descendre à l'échelle. La sueur n'était cependant qu'un inconfort, tout au plus, comparée à la buée qui s'accumulait sur sa visière au rythme de sa respiration laborieuse. Le système de recyclage d'oxygène de la combinaison tenait compte d'un taux de condensation moyen, qu'il avait largement dépassé. Les concepteurs n'avaient jamais envisagé que quiconque fasse de la musculation dans cette tenue.

— Je n'y vois rien, dit-il dans la radio.

— Quoi ?

— J'y vois rien ! cria-t-il.

Génial, songea-t-il. *On a un aveugle et une sourdingue. Tu parles d'une promenade de santé !*

Naomi avait ses propres problèmes. La première fois, avec ses deux mains libres et pas de combinaison, ç'avait déjà été assez difficile. Elle devait maintenant composer avec les mêmes contraintes que Teacake, auxquelles s'ajoutait le Glock 19 chargé dans sa main droite. Elle ne pouvait utiliser que la gauche ; son bras, le plus faible des deux, commençait déjà à lui brûler.

Sans parler de son ouïe. Elle était toujours sourde de l'oreille gauche, et quoique ses acouphènes aient diminué dans la droite, ils revenaient de plus belle chaque fois que la radio s'activait. C'était comme si la combinaison essayait délibérément d'étouffer tout ce que disait Teacake.

Mais lorsqu'il avait crié : « J'y vois rien ! », les mots lui étaient parvenus assez distinctement.

— Pourquoi ça ? cria-t-elle en retour.

— Transpiration. Buée. Toi, ça va ?

— Ouais. Plus ou moins.

— On est encore loin ?

Elle s'immobilisa, enroula son bras gauche autour d'un barreau, se pencha autant qu'elle le put et plissa les yeux.

— Environ cinquante barreaux. Peut-être moins.

— OK.

Il poursuivit sa progression.

Le bras gauche de Naomi fut agité de violents frissons. Elle devait prendre le risque de changer de main. Elle ramena la droite à hauteur de la gauche et la passa derrière les barreaux. Le pistolet accrocha le montant de l'échelle au passage, et le choc lui fit lâcher prise. Elle parvint cependant à le plaquer contre la paroi du tube ; seule la pression qu'elle exerçait dessus l'empêchait de tomber au fond du puits.

Teacake avait dû entendre le fracas métallique et lui demanda quelque chose dans la radio, mais le tintement dans son oreille rendit ses paroles inintelligibles. Elle l'ignora et se concentra sur le pistolet, toujours en position instable contre le mur de ciment. Elle étendit les doigts de sa main gauche, réussit à passer l'un d'eux dans le pontet et libéra son bras droit. L'arme pivota sur elle-même, canon vers le bas, pendue à son index gauche. Elle raffermit sa prise sur la rampe, qu'elle pouvait maintenant empoigner de la main droite, et ramena lentement la gauche devant l'échelle.

Elle referma alors les doigts autour de la crosse et libéra complètement son bras gauche. Le sang revint dans son biceps, drainant l'acide qui s'y était accumulé, et elle soupira de soulagement. Puis elle baissa les yeux. Teacake se trouvait environ dix barreaux sous elle. Elle reprit sa descente.

34

Allongé sur le dos, Roberto contemplait le ciel. *Voilà pourquoi je n'ai pas pris la T-41. Dans cette éventualité. Dieu que je déteste avoir tout le temps raison.*

Il n'y avait plus autant d'étoiles dans le ciel ; d'épais nuages les lui cachaient, assombrissant la nuit. Il se demanda si la fenêtre d'observation du satellite était toujours ouverte, si l'appareil flottait quelque part au-dessus de sa tête. Ozgur Onder et sa petite amie, Stephanie, étaient-ils en train de le regarder en ce moment même sur l'écran de l'ordinateur portable, assis dans leur lit, en se demandant pourquoi diable le type qui avait tiré les coups de feu restait étendu là à ne rien faire ?

Roberto ne s'enorgueillissait pas vraiment d'avoir eu raison, étant donné son état. Il avait d'abord cru qu'il était paralysé en dessous de la ceinture, mais au bout d'une minute ou deux, les fourmillements avaient laissé place à une douleur intense dans la moitié inférieure de son corps. Se lever, ramper, rouler ou tout autre moyen de déplacement qui lui vint à l'esprit lui était interdit. Il demeurerait là, allongé sur le dos, la tête à quelques mètres de l'entrée du complexe. S'il la tournait à gauche – ce qui n'allait pas sans une douleur fulgurante –, il avait vue sur le cadavre du Dr Friedman à moins de deux mètres de lui.

OK. OK. Il compta ses inspirations et ses expirations pour se calmer. *Je suis ici, maintenant. Je suis ici, maintenant.*

Comme il portait toujours les lunettes de vision thermique, il constata que l'amas dense de fongus sur le corps de l'homme était bien vivant et tout à fait actif. L'épais liquide sourdait déjà du cadavre pour explorer son environnement, mais le gravier semblait le ralentir. Le ralentir, pas l'arrêter.

Roberto entendit un gazouillement non loin. Il fouilla des yeux ses alentours immédiats. Il avait perdu son oreillette Bluetooth dans sa chute, qui avait atterri un mètre cinquante plus loin. Une diode bleue signalait un appel entrant. Sans doute Abigail, pour lui demander : « Mais qu'est-ce que vous foutez ? Enfin, levez-vous ! » Malheureusement, parcourir un mètre cinquante pour aller décrocher était au-delà de ses capacités.

Roberto fit de nouveau pivoter sa tête, cette fois vers l'arrière, en plantant son crâne aussi profondément dans le gravier que possible, pour jeter un coup d'œil à l'entrée du bâtiment. Les lumières étaient allumées, et des cris lui parvenaient. Personne ne semblait sur le point de sortir, pas encore. Il ignorait ce qu'il ferait le cas échéant.

Il ramena sa tête en avant et découvrit le pistolet-mitrailleur à une trentaine de centimètres de sa main droite. Trente centimètres. Trois cents petits millimètres. Ce n'était pas impossible. Il planta ses doigts dans le gravier, rassembla ses forces et exerça un mouvement de traction. Le haut de son corps bougea de quatre centimètres, lui arrachant un cri d'agonie. Sa vision se brouilla et se dédoubla, et il manqua perdre connaissance.

Mais il reprit ses esprits. Il avait gagné quatre centimètres.

Il leva les yeux sur les trois Harley encore opérationnelles, appuyées sur leur béquille latérale, attendant sagement leur propriétaire.

Personne ne part d'ici.

Roberto planta une fois encore ses doigts dans le gravier, répéta l'opération, hurla de nouveau et sentit l'obscurité l'envahir presque tout à fait.

Presque. Mais pas totalement. Plus que vingt-trois centimètres.

Il mettrait la main sur ce pistolet ou il mourrait en essayant.

Dans le couloir devant l'unité G-413, sitôt que le Dr Friedman avait disparu de sa vue, Griffin avait remis en joue Tête-de-pioche et Cuba, pointant le canon de son arme alternativement sur l'un et sur l'autre.

— Approchez pas putain approchez pas putain approchez pas putain ! parvint-il à éructer, quoique les deux autres n'aient fait aucun mouvement vers lui.

Cuba leva les mains devant elle et parla la première.

— Du calme, mon vieux.

— Ouais, mollo, Griff, intervint Tête-de-pioche d'une voix apaisante. On est tous dans le même bateau, ici.

Griffin examina le box derrière eux, ses murs, son plafond, son sol et les cartons contenant les télés, couverts de matière fongique visqueuse et pulsatile.

— Quel putain de bateau quel genre de putain de bateau putain mais de quoi tu parles ? ! Qu'est-ce qui se passe bordel ? !

Tête-de-pioche fit un pas en avant, paumes levées, et parla d'un ton calme.

— Il s'est passé des trucs pas nets ici, mon pote. T'étais pas là.

— C'était horrible, renchérit Cuba, et elle le pensait.

C'est bon, lui disait son cerveau. *Tout va bien. Et tout ira encore mieux si vous sortez tous d'ici.*

— Ça vous dit, qu'on se barre ? suggéra-t-elle.

— Ouais, tu parles qu'on se barre ! Passez devant ! ordonna Griffin en faisant un geste avec le pistolet.

— Bien sûr, mec, pas de problème, acquiesça Tête-de-pioche.

Il se retourna, regarda Cuba et hocha la tête vers l'entrée, avant de se mettre en route dans cette direction. Elle lui emboîta le pas.

Tête-de-pioche ne s'était pas senti aussi bien depuis longtemps. *Ce type derrière toi a pété un câble*, lui disait son cerveau. *Ne fais rien pour l'énerver. Il ne sait même plus où il habite. Continue d'avancer.*

Alors qu'ils atteignaient l'intersection, Griffin jeta un coup d'œil par-dessus son épaule au magma dans le couloir, et à celui, plus inquiétant encore, qui suintait de l'unité de stockage. Il renonça à essayer de comprendre, rien n'avait de sens, il voulait juste en finir. Il reporta son regard devant lui et observa Tête-de-pioche et Cuba. Ils avaient quelque chose sur la nuque, ou plutôt sous la nuque. La peau en était marbrée et agitée d'une pulsation intérieure. Il se fichait bien de savoir ce qu'ils feraient une fois dehors, mais lui comptait bien enfourcher sa Fat Boy et mettre autant de kilomètres que possible entre lui et cet endroit. Si quelqu'un se mettait en travers de son chemin, il l'abattrait.

Devant lui, Tête-de-pioche et Cuba étaient calmes. Les rares pensées qui leur traversaient l'esprit étaient claires et nettes. *Cordyceps novus* apprenait vite. Il avait adapté ses techniques avec brio au cours des dernières vingt-quatre heures. Son besoin irrépressible de grimper s'était révélé efficace pour s'échapper du niveau moins quatre, mais moins pertinent dans le cas de M. Scroggins, qui s'était fait exploser les entrailles du haut d'un arbre pour un résultat relativement médiocre. Mike Snyder, d'un autre côté, avait prouvé l'indéniable supériorité de la dispersion latérale. Les microcolonies qui avaient investi des êtres humains avaient seulement besoin d'en trouver d'autres pour assurer une expansion et une reproduction maximales.

Quoiqu'il ne puisse penser en ces termes, ou penser tout court, un champignon est capable de distinguer les succès des échecs, et il poursuit les premiers avec autant de zèle qu'il dédaigne les seconds. Grimper sur les toits des maisons n'était plus d'actualité. Se répandre parmi la population humaine, si.

Tête-de-pioche et Cuba étaient en paix, concentrés sur un seul objectif : partir.

Va en ville, leur disait leur cerveau. *Prends ta moto et va en ville. Là où il y a beaucoup de gens.*

Ils bifurquèrent à nouveau. Droit devant, l'éclairage au néon du hall d'accueil était visible.

35

La semelle de la botte de Teacake rencontra le sol du niveau moins quatre avec un bruit sourd. Cette fois encore, il n'avait pas vu arriver le dernier degré. Il descendit de l'échelle et s'aplatit contre le mur du tube autant qu'il le put, mais même ainsi, il n'y avait pas assez de place pour Naomi.

— Accroche-toi, dit-il dans son casque.

Le crissement dans son oreille tira une grimace à Naomi. Elle ne parvint pas à distinguer les mots, mais elle en avait saisi le sens. Elle s'immobilisa et jeta un coup d'œil vers le bas. Teacake avait atteint le fond du puits, mais le demi-cylindre dans son dos était si volumineux qu'il pouvait à peine se retourner, encore moins lui faire de la place. Dégager le conteneur et activer l'appareil dans cette souricière était hors de question.

— Tu vas devoir ouvrir la porte, cria-t-elle dans le micro.

Un bruit furieux et inarticulé lui répondit, dont la signification ne faisait aucun doute : il ne l'ouvrirait sous aucun prétexte.

— Il n'y a pas la place pour enlever ce truc ! répliqua-t-elle en espérant ne pas s'être trompée sur le sens de ses paroles.

Teacake la considéra à travers l'épaisse couche de buée qui couvrait l'intérieur de sa visière. Il vit la tache blanche de sa combinaison et son bras tendu en direction de la lourde porte métallique. Il secoua la tête dans l'espoir d'y voir plus clair en projetant quelques gouttes de sueur sur le masque. Cela fonctionna plus ou moins, assez en tout cas pour lui permettre de localiser la grande poignée qui commandait le mécanisme de la porte. Il tendit le bras et l'attrapa. S'il n'avait pas porté les gants Hazmat, Teacake aurait immédiatement senti la chaleur, et il n'aurait pas ouvert pour tout l'or du monde. Mais à travers l'épaisse couche de plastique, il ne perçut aucune différence.

De l'autre côté de la porte, la situation avait radicalement changé au cours des dix dernières minutes. Après avoir épuisé la masse du roi des rats, le fongus avait rampé jusqu'à la petite flaque d'eau formée par le suintement d'une des canalisations. De toute l'histoire de son espèce, ni *Cordyceps novus* ni aucune de ses formes mutantes n'avait jamais croisé le chemin de la molécule H_2O. Entre sa naissance dans un réservoir d'oxygène hermétique, sa brève enfance au cœur du désert australien et même ses récentes expériences dans le sang d'êtres humains, il n'avait rencontré l'eau que rarement et sous forme très diluée. Même dans les mammifères où elle était présente en abondance, elle était altérée par plusieurs autres éléments qui limitaient son efficacité.

À l'instant même où le champignon avait crevé la tension de surface des molécules d'eau au bord de la flaque, il s'était épanoui de façon spectaculaire. Il avait prospéré telle une fleur au printemps filmée en accéléré, avait remonté en quelques secondes la rigole qui coulait sur le mur et s'était attaqué à la paroi extérieure du tuyau avec ferveur. De là, il s'était étendu le long du conduit dans les deux directions, lâchant de temps à autre de grosses gouttes d'organisme vivant qui venaient s'écraser sur le sol. Tout point de contact avec le tuyau était le théâtre d'une grande agitation, le fongus déployant de fortes quantités de *Benzène-X*, cet acide capable de ronger l'acier et déterminé à libérer le flot aquatique de sa prison de métal. Son travail achevé, il permettrait au fongus de se répandre comme une traînée de poudre dans la canalisation, puis dans la nappe phréatique et enfin dans les eaux du Missouri.

Toutes ces réactions chimiques avaient sensiblement augmenté la température du couloir. Elle avait atteint vingt-sept degrés au moment où Teacake abaissa la poignée de la porte. Les verrous entremêlés glissèrent hors de leur gâche et la porte pivota vers l'intérieur.

— Par Jésus-Christ et tous les saints ! lâcha-t-il en avisant la serre où le champignon croissait à vue d'œil.

Des spores en suspension tourbillonnaient gaiement autour de lui.

Ce que Naomi entendit dans son casque se résuma à un crissement à faire grincer des dents. Mais elle vit la même chose que lui et n'avait pas l'intention de s'attarder pour admirer la vue. Elle fit pivoter Teacake vers elle et cria dans son micro :

— Détache les sangles !

Les mains tremblantes, il se mit au travail. Les attaches ne lui résistèrent pas longtemps. Ses épaules lui parurent flotter quand Naomi le délesta du lourd dispositif. Le haut de son corps fut traversé par un intense soulagement et, l'espace d'un instant, il eut l'impression de voler. L'appareil renvoya un bruit sourd quand Naomi le posa sans ménagement sur le ciment. Prenant appui sur la paroi du tube pour ne pas tomber en avant, Teacake observa, médusé, la masse fongique gargouillante qui couvrait les murs et le sol du corridor. Il entendit dans son dos le claquement du cuir et le froissement de la toile alors que Naomi ouvrait le conteneur comme Roberto le lui avait montré.

— L'enfoiré ! s'écria-t-elle.

Teacake se repoussa du mur et pivota vers elle. Naomi était à genoux, penchée sur le demi-cylindre dont elle avait ouvert la partie supérieure. Un enchevêtrement de sangles et de boucles pendait sur ses flancs. Il y avait assez d'avertissements collés à l'intérieur du couvercle pour terrifier n'importe qui, sauf peut-être le plus dévoué des kamikazes. Une paire de tubes métalliques d'aspect incroyablement vieux reposait à la verticale sur le fond rembourré du conteneur, flanqués chacun d'une petite boîte carrée – le générateur de neutrons – et coiffés d'un capuchon rouge – la « balle » appelée à déclencher le cœur fissile du tube. Un fouillis de fils reliait les capuchons explosifs à ce qui ressemblait fort à un bouton on/off, pour le moment en position éteinte. On devait pouvoir l'actionner manuellement si nécessaire, mais lui-même était connecté par un autre réseau de fils à un minuteur électronique.

C'est ce dernier qui posait problème. Il affichait quatre minutes et quarante-sept secondes.

Et le compte à rebours avait déjà commencé.

Naomi leva les yeux vers Teacake.

— Cet enfoiré l'a déjà *enclenché* !

36

En surface, l'enfoiré en question espérait qu'ils avaient atteint le fond, ouvert le conteneur et pris connaissance du compte à rebours. Il s'était haï de leur faire un coup pareil, mais il n'avait vraiment pas eu le choix. Tous deux avaient l'air en bonne forme physique, et s'ils avaient réussi à survivre aux événements survenus avant son arrivée, il était raisonnable de penser qu'ils avaient les ressources nécessaires pour sortir à temps. Il en était convaincu.

Ou peut-être qu'il *s'en* était convaincu.

Quant à lui, il ne se faisait guère d'illusions sur sa situation. Il avait enfin réussi à mettre la main sur la crosse du pistolet-mitrailleur, mais l'obscurité menaçait de l'engloutir au moindre de ses mouvements. La douleur qu'il avait ressentie en se déplaçant de trente centimètres sur le gravier lui était totalement inédite. Même dans ses pires cauchemars, il n'aurait pu imaginer une telle souffrance. Il avait néanmoins repris possession de son arme. Au prix d'un effort surhumain, il parvint à la soulever, à la pointer vaguement vers les trois dernières motos et à presser la détente. Le Heckler & Koch fonctionnait avec des chargeurs contenant quinze, trente ou quarante munitions, mais Roberto ignorait lequel Trini avait choisi. Jamais elle ne l'aurait envoyé sur le terrain avec seulement quinze balles, et le volumineux chargeur de quarante dégradait la maniabilité du pistolet, aussi tabla-t-il sur trente.

Les deux premiers coups eurent raison de l'avant de la première moto, qui bascula sur la deuxième. Par effet domino, celle-ci tomba également. Il ferma un œil et visa le flanc du pneu arrière, mais l'inclinaison de la machine ne lui offrait pas un angle idéal. Il lui fallut tirer trois fois pour s'assurer que le véhicule était bien HS. Sa chute lui avait cependant donné une vue dégagée sur la troisième moto. C'était la plus éloignée, et les lunettes thermiques ne l'aidaient pas beaucoup, dans la mesure où elle ne produisait aucune chaleur. Il se contenta donc de loger quatre balles un peu partout sur la Harley pour la rendre inutilisable. Si son compte était bon, il avait tiré quatorze munitions, ce qui lui en laissait seize pour d'éventuels fuyards.

Derrière lui, il entendit justement des voix. Il arqua de nouveau le cou, planta l'arrière de son crâne dans le gravier et observa la porte donnant sur le hall d'accueil, qui lui apparaissait à l'envers à travers les lunettes thermiques. Il chassa la sueur de ses yeux d'un clignement de paupières et parvint à distinguer les silhouettes qui s'approchaient de sa position – un homme et une femme, puis une troisième personne, un peu en retrait. Ils couraient, sans doute à cause des coups de feu.

L'homme et la femme étaient infectés. Ils brillaient d'une vive lueur rouge, pas aussi éclatante que le jaune du Dr Friedman, mais ils n'en étaient pas moins clairement porteurs du fongus mutant. La silhouette qui les suivait paraissait saine, en revanche l'inclinaison de son bras suggérait qu'il portait une arme. Roberto prit une inspiration et fit pivoter son pistolet-mitrailleur sur sa poitrine avec un gémissement déchirant. Serrant les dents à s'en briser les molaires, il fit glisser l'arme jusqu'à son épaule gauche, en essayant de tenir le canon aussi loin que possible de son oreille, soient quinze centimètres tout au plus.

La porte du hall s'ouvrit brusquement vers l'intérieur. L'homme se trouvait devant la femme, cible mouvante d'une couleur chaude impossible à manquer. Roberto ne doutait pas que les autres essaieraient de se disperser au premier coup de feu. Il devrait donc tirer des coups précis et rapprochés plutôt qu'une rafale. Il appuya sur la détente au moment où l'homme franchit le seuil.

La poitrine de Tête-de-pioche explosa, et il s'effondra sur Cuba derrière lui. Pas de chance pour Roberto, qui devait maintenant attendre qu'une nouvelle fenêtre de tir s'offre à lui. Elle se présenta rapidement, alors que Cuba se décalait contre l'encadrement de la porte, alourdie par le corps sans vie de Tête-de-pioche. Ce dernier lui avait coûté trois munitions, il en fallut quatre de plus pour abattre Cuba.

Deux d'entre elles touchèrent leur cible, mais le recul du pistolet-mitrailleur déclencha une douleur odieuse dans le dos de Roberto. Sa main tressauta et laissa échapper l'arme. La troisième balle fracassa le gond inférieur de la porte, tandis que la quatrième ricocha sur son montant métallique avec force étincelles, avant de revenir se planter dans la terre à quelques centimètres du visage de Roberto.

Tête-de-pioche et Cuba s'écroulèrent, libérant sa ligne de mire, mais le troisième type avait profité des quelques secondes que Roberto avait perdues à ajuster son tir pour détaler. Il se précipitait vers le comptoir de réception, qu'il avait presque atteint. Roberto prit une nouvelle inspiration, bloqua son souffle et tira d'une main mal assurée sur lui alors qu'il sautait par-dessus le comptoir. Sept coups partirent et passèrent au large de Griffin avant d'aller perforer la cloison sèche déjà en piteux état. L'enfoiré était passé entre les gouttes ; il se trouvait maintenant de l'autre côté du comptoir, à l'abri.

Merde. D'après ses calculs, Roberto avait tiré vingt-huit munitions, ce qui ne lui en laissait que deux dans le magasin. Il y avait un homme armé qui avait pris position derrière un élément de mobilier en bois qui le masquait complètement à sa vue. Et Roberto était toujours punaisé au sol.

La situation était peu reluisante.

Roberto cligna les paupières au moment où quelque chose percuta la lentille des lunettes. Il leva les yeux vers le ciel, et quelques gouttes d'eau apparurent dans son champ de vision, accompagnées par un grondement sourd quelque part au loin.

Il pleuvait.

Un son attira l'attention de Roberto vers la gauche. Il se tourna dans cette direction et avisa le corps du Dr Steven Friedman. Les verts globules de fongus s'agitaient sur sa chair morte, se gonflant comme des ballons chaque fois qu'une goutte d'eau les touchait, comme s'ils n'avaient attendu que cela pour s'activer. *Cordyceps novus* accueillit la pluie avec une joie immodérée. La masse fongique, revigorée, s'écoula du dentiste et se mit en route sur le tapis humide qui commençait à recouvrir le gravier.

Elle s'approchait de Roberto.

37

Teacake et Naomi avaient tous deux marché dans des traces de colonie fongique active dans le couloir principal du niveau moins quatre. Il leur aurait été impossible de ne pas le faire, quand bien même ils auraient su que *Benzène-X* avait acquis la capacité de ronger l'épaisse semelle en caoutchouc de leurs bottes, ce qu'il ne se privait pas de faire tandis qu'ils remontaient frénétiquement l'échelle tubulaire. Ils l'ignoraient, mais il leur restait moins d'une minute avant que *Benzène-X* n'ait achevé son travail, permettant au champignon d'entrer en contact avec leur peau.

Mais une autre course contre la montre focalisait leur attention. Sitôt qu'ils avaient vu que le minuteur de la T-41 était déjà enclenché, la seule chose qu'il leur restait à faire était de regagner la surface le plus vite possible et de sortir. Teacake, livide, maudissait Roberto à chaque barreau, mais Naomi comprenait son choix. Ils avaient disposé d'un temps limité pour remplir leur mission, et il ne pouvait pas prendre le risque qu'ils échouent à activer la bombe correctement, aussi avait-il dû s'en remettre à son jugement personnel. Il n'avait besoin d'eux que pour transporter et installer l'appareil, et il avait estimé qu'ils avaient de meilleures chances que lui de descendre rapidement.

Et, plus important, qu'ils seraient capables de remonter plus vite que lui. Tactiquement parlant, ça ne manquait pas de bon sens.

Teacake, maintenant débarrassé des vingt-sept kilos qu'il portait à l'aller, avait l'impression de survoler les barreaux. Naomi, toujours ralentie par le pistolet dans sa main, parvenait cependant à ne pas trop se laisser distancer. Elle leva les yeux et vit le petit disque de lumière de la bouche du tube. Ils grimpaient vite, conscients qu'il leur restait trois minutes au plus pour sauter dans une voiture et s'éloigner à une distance suffisante de l'explosion souterraine.

Quant à savoir à quoi elle ressemblerait…

Teacake parvint en haut de l'échelle et se hissa à travers l'ouverture avec la grâce d'un chien s'extirpant d'une piscine. Une fois sur la terre ferme, il roula sur le dos, ouvrit la glissière assurant l'étanchéité entre la combinaison et le casque et ôta ce dernier. La bouffée d'air frais fut la bienvenue, mais surtout, il y voyait clair à nouveau. Il se décala pour laisser la place à Naomi de s'extraire à son tour de la bouche du puits, et mit ce temps à profit pour se dégager de la combinaison en la roulant sur elle-même par-dessus son torse et ses hanches.

Naomi apparut quelques secondes plus tard et vit immédiatement la substance visqueuse mobile sous les semelles de Teacake. Elle hoqueta et cria quelque chose, mais sa voix, étouffée par le casque, ne lui parvint pas. Il saisit cependant l'idée générale – il y avait quelque chose sous ses bottes. Il ne perdit pas de temps à s'en assurer, mais redoubla d'efforts pour se défaire de la combinaison et des bottes infectées. Naomi cria plus fort à l'intérieur de son masque, et cette fois il l'entendit.

— Qu'est-ce que tu fais ? ! Il ne faut pas l'enlever !

— On sortira jamais d'ici avec ces machins ! Enlève la tienne !

Elle comprit ce qu'il voulait dire – il était déjà difficile de marcher ainsi équipé, alors courir… Elle se hissa entièrement hors du trou et se débarrassa de son casque, elle aussi. Teacake, enfin libre, s'éloigna vivement de sa combinaison et de la contamination et vint l'aider. Évitant d'entrer en contact avec ses bottes, il arracha le vêtement aussi vite que leurs efforts combinés le permettaient. Elle finit par s'en débarrasser à coups de pied, se leva et ils partirent dans le couloir en chaussettes.

Au niveau moins quatre, le minuteur passa sous la barre des deux minutes.

Mais la voix de Roberto tournait en boucle dans la tête de Naomi.

« Le minuteur est instable. »

38

À l'extérieur, la pluie avait redoublé, et le fongus rampant bouillonnait avec entrain sur le gravier à une cinquantaine de centimètres de Roberto. À travers les lunettes de vision thermique, il le voyait comme une mousse d'un blanc aveuglant qui se dirigeait droit vers lui. Il tourna la tête vers l'entrée du hall d'accueil. Le tireur était toujours hors de vue, mais Roberto avait un problème plus immédiat à régler. Et une idée. Ses yeux se posèrent sur la porte, dont le gond inférieur avait été brisé par une des balles perdues destinées à Cuba. Le battant en verre pendait de travers, seulement retenu par la charnière supérieure. Il était censé s'ouvrir vers l'intérieur, et Roberto se trouvait exactement dans son axe. En tout cas, il l'espérait.

Il jeta un coup d'œil au fongus en mouvement, qui dansait avec exubérance sous la pluie. Il ne se trouvait plus qu'à une trentaine de centimètres de sa main gauche. Roberto prit une inspiration et ramena cette dernière au plus près de son corps. Le mouvement déclencha un coup de poignard qui irradia le long de sa jambe et lui contracta le pied, lequel produisit à son tour son lot de tourments. Mais il avait gagné quelques secondes.

Il reporta son attention sur le gond supérieur de la porte, inclina le canon du pistolet vers le haut, visa du mieux qu'il put et pria pour ne pas avoir commis d'erreur dans ses calculs.

Visiblement pas.

Les deux dernières balles déchirèrent le métal de la charnière, et la porte en verre tomba comme un domino, droit sur lui. Roberto ferma les yeux juste avant l'impact. Il hurla sous l'épaisse vitre alors qu'une douleur fulgurante traversait son corps tordu de façon peu naturelle. Mais il mit ce moment d'agonie à profit pour se tracter vers la droite aussi loin que possible, obligeant la porte à s'incliner vers la gauche.

Elle finit par se planter dans le gravier, en équilibre sur son bras, sa hanche et sa jambe gauches. Elle se dressait maintenant de guingois comme un bouclier entre lui et le fongus en approche.

C'était moins une. Le fongus se coula contre l'encadrement de la porte et se répandit en ondulant sur la surface vitrée, juste au-dessus de Roberto. *Benzène-X* se mit au travail immédiatement, s'efforçant de déchiffrer cette nouvelle barrière composée de silicone et de trouver un moyen d'y creuser un passage.

Roberto n'avait pas gagné beaucoup de temps, mais c'était toujours mieux que rien.

Dans le hall, Griffin risqua un regard par-dessus le comptoir. Après les deux derniers coups de feu, il avait entendu le cliquetis caractéristique d'une arme à court de munitions. Griffin se foutait de savoir si le type était mort ou pas, il voulait juste mettre les voiles avant de crever comme tous les autres. Il avait vu le tas de Harley défoncées, donc il savait qu'il n'irait nulle part à moto, mais qui que soit le connard allongé là dehors, il avait bien fallu qu'il arrive ici. Ce qui voulait dire qu'il avait des clés de bagnole sur lui.

Griffin se releva, le canon de son flingue tendu devant lui, et se dirigea vers la porte qui n'était plus là. Il enjamba les corps de Tête-de-pioche et de Cuba en essayant de ne pas regarder, concentré sur la silhouette derrière le panneau de verre qu'il tenait en joue. Cette espèce de blaireau avait réussi à le manquer avec une arme automatique et à faire tomber la porte sur lui. *Bien fait pour toi, enfoiré.*

Griffin franchit le seuil et jeta un coup d'œil à gauche et à droite, pour s'assurer qu'il n'y avait personne d'autre. Il vit le cadavre du Dr Friedman, couvert de la même mousse bizarre que celle qui tapissait les murs du box G-413. Griffin frissonna : Teacake avait eu raison quand il avait parlé de zombies, d'accord. Il devait se barrer, et vite. Il vérifia les motos par acquit de conscience, eut confirmation qu'elles étaient inutilisables et repéra le van garé un peu plus haut sur la colline. Il devait appartenir au tireur coincé sous la porte.

— Eh, connard ! lança Griffin.

Roberto se tortilla et tourna légèrement la tête pour lui faire face. Griffin se rapprocha, ses mains tremblantes serrées sur la crosse de son pistolet. Il tuerait ce type s'il le fallait ; il tuerait quiconque se mettrait en travers de son chemin. Griffin contourna le coin de la porte, considérant avec circonspection la matière gluante qui remuait à la surface du verre, quelques centimètres au-dessus du visage de Roberto.

Ce dernier croisa son regard. Ses yeux l'imploraient de l'aider, mais sa bouche restait close. *Ça changerait rien qu'il l'ouvre*, songea Griffin. *Va te faire foutre, si tu crois que je vais t'aider. T'as pas compris ? C'est chacun pour sa gueule, ici.* Il s'accroupit et plongea la main dans la poche droite du pantalon du gars, cherchant ses clés de voiture à tâtons.

Roberto hurla de douleur. Griffin n'en avait rien à carrer – les autres étaient tous morts, et il n'avait aucunement l'intention de les rejoindre. Ses doigts tombèrent sur la télécommande du van, qu'il ramena à l'extérieur. Toujours accroupi, il pointa le canon de son arme vers la tête de Roberto. Si par miracle ce type survivait à cette nuit, il ne faudrait pas qu'il puisse le pointer du doigt devant un jury et dire : « C'est lui, Votre Honneur. C'est celui qui m'a laissé pour mort. » Griffin ne voyait pas trop quel crime cela serait exactement, mais il ne voulait prendre aucun risque.

— Me regarde pas ! cria-t-il en raidissant son bras et en visant le milieu du front de Roberto.

— Griffin !

La voix, féminine, venait de derrière lui. Griffin se retourna. C'était elle, la bonasse ; elle s'en était sortie d'une façon ou d'une autre. Elle avait un flingue, elle aussi, qu'elle ne se donnait pas la peine de pointer sur lui. Il pendait simplement au bout de son bras.

— Il faut partir d'ici ! dit-elle.

Ben tiens. Elle allait y passer aussi, et ce petit merdeux de Teacake avec. Griffin ne prendrait aucun risque avec ces deux enfoirés à moitié infectés. Quand il est question de vie ou de mort, il faut aller jusqu'au bout. Est-ce qu'elle ne s'était pas présentée devant lui armée ? Ces deux-là devaient crever. Et tant pis si ça faisait de lui un salaud.

Griffin se redressa d'un bond. Ou voulut le faire. Car dans le mouvement, son pistolet accrocha le rebord de la porte, de pas grand-chose, à peine quelques centimètres, mais cela suffit à pointer le canon vers le bas. Comme il ne s'y attendait pas, il contracta involontairement les muscles de sa main et le coup partit.

Droit dans son pied.

La soudaine éruption de douleur lui arracha un hurlement, et il déplaça vivement son poids sur son autre jambe. Mais alors il perdit l'équilibre, décrivit de grands moulinets avec les bras et bascula sur son flanc droit. La main qui tenait le pistolet se retrouva coincée sous lui, le canon appuyé contre sa poitrine, les doigts compressés par la chair épaisse de son torse… et le coup partit de nouveau. Cette fois, la balle lui perfora le cœur.

Cette année-là, Darryl Griffin aurait toutes les chances de remporter le Darwin Award, qui récompense les morts les plus idiotes – à titre posthume.

Teacake se désintéressa de lui et vit la mousse verte sur la vitre qui cachait le visage de Roberto. Il empoigna le bord de la porte, la souleva et la fit basculer de l'autre côté.

— Les clés de la voiture sont dans sa main ! leur cria Roberto une fois libre.

Naomi les ramassa dans la main gauche ouverte de Griffin.

— Levez-vous ! dit-elle à Roberto.

— Je ne peux pas. Tirez-moi.

S'imaginant qu'il avait reçu une blessure par balle, mais n'ayant pas vraiment le temps d'approfondir la question, ils le prirent chacun par un bras et le tractèrent jusqu'au van. Roberto hurla tout du long. Les lunettes thermiques étaient tombées, mais il n'en avait désormais plus besoin pour repérer les colonies de fongus. Lorsqu'ils le hissèrent sur la pente de la colline, il vit le tapis forestier s'illuminer de vrilles vertes luisantes, qui s'étendaient rapidement sous la pluie désormais drue.

Ils atteignirent le van et le jetèrent à l'arrière, déclenchant de nouveaux hurlements. Teacake sauta à côté de lui, Naomi se glissa derrière le volant et démarra le moteur.

— Vous avez enclenché le minuteur avant qu'on parte ! l'incrimina Teacake.

— Je savais que vous réussiriez à sortir.

— Vous en saviez *que dalle* !

— Mais vous l'avez fait.

— Mais vous pouviez pas le *savoir* à l'avance !

— Mais vous l'avez fait.

Naomi passa la marche arrière, jeta son bras sur le dossier du siège passager et écrasa l'accélérateur.

— Fermez-la ! jeta-t-elle en reculant à toute vitesse.

Elle parvint au bout de l'allée, braqua, et le van partit dans un dérapage contrôlé. Roberto et Teacake manquèrent de passer par la porte latérale restée ouverte.

— Il nous reste combien de temps ? demanda-t-elle à Roberto.

Il tourna douloureusement la tête pour consulter sa montre, dont il avait réglé le minuteur sur celui de la bombe. Le compte à rebours affichait moins une minute et sept secondes.

— Elle aurait dû exploser il y a une minute.

Naomi passa la marche avant et s'engagea sur White Clay Road en direction de la voie rapide. Personne ne parla pendant un moment.

Elle finit par rompre le silence.

— Bon. Le minuteur est instable. Vous l'avez dit.

— Oui, répondit laconiquement Roberto.

Ils poursuivirent leur route. Toujours rien. Ni lumière éclatante, ni tremblement de terre, ni quoi que ce soit d'apocalyptique. Rien.

— Comment est-ce qu'on saura qu'elle a explosé ? demanda Teacake.

— Vous le saurez.

Roberto regarda de nouveau sa montre : moins une minute et quarante-neuf secondes.

Naomi filait à toute allure. Ils patientèrent en silence.

Chaque seconde semblait durer un siècle. L'imagination de Teacake se mit à turbiner. Il eut le temps de concevoir trois scénarios, tous plus réalistes les uns que les autres. Dans le premier, la T-41 n'explosait pas. Les canalisations du niveau moins quatre cédaient sous les assauts de *Cordyceps novus* en quelques minutes, et le fongus, connaissant une croissance sans précédent, s'échappait et se répandait dans la nappe phréatique, puis dans le Missouri. En quelques jours, le puissant cours d'eau se transformait en un tapis de matière fongique solide, d'où le champignon colonisait les terres alentour, incontrôlable et irrépressible, réécrivait les règles de la vie sur Terre et entraînait la Sixième Extinction, celle de toute vie humaine et animale.

Celui-ci n'était pas le plus souhaitable.

Dans le deuxième scénario, la bombe explosait comme prévu. Mais une centaine de mètres sous terre était loin d'être suffisante pour contenir une déflagration nucléaire. Toute la zone s'effondrait, un nuage massif, comme ceux qu'il avait vus dans les films et à la télé, s'élevait jusqu'au ciel, et les radiations mortelles se propageaient vers l'est au gré des vents dominants, dispensant la mort et la maladie sur toute la moitié orientale du pays.

Il fallait admettre que ce scénario était un peu moins terrible que le premier, mais guère plus amusant.

Le troisième scénario avait les faveurs de Teacake, à tel point qu'il se mit à prier un dieu auquel il ne croyait pas pour qu'il advienne. Dans cette version, les détonateurs faisaient leur boulot – mieux vaut tard que jamais – en déclenchant le processus de compression nucléaire dans les tubes. La réaction en chaîne s'amorçait, la température atteignait une valeur comprise entre trente et quatre-vingts millions de degrés. Le niveau moins quatre et les couches rocheuses les plus proches de la déflagration étaient instantanément désintégrés, et un cratère se formait, dans lequel le complexe et tout ce qu'il contenait s'effondraient.

Tous les meubles inutiles, le contenu de maisons que personne n'occuperait plus jamais, l'accumulation compulsive de milliers de gens malheureux, les téléviseurs Samsung volés, les vingt-sept boîtes de rangement où Mary Rooney conservait les bulletins scolaires de ses enfants et les cartes de vœux, ses quarante-deux mugs et pots à crayons en céramique fabriqués dans un atelier de poterie entre 1995 et 2008, ses sept sacs marins pleins à ras bord de journaux célébrant les événements majeurs de l'histoire du monde, et même sa trousse en vinyle *Alerte à Malibu* contenant six mille cinq cents dollars en liquide qu'elle avait mis de côté pour le jour où les banques feraient faillite En Vrai – tout cela, tout le bric-à-brac de tous les box, dont, pour certains, plus personne ne se rappelait ce qu'ils contenaient, toutes ces merdes, toutes ces merdes, toutes ces merdes – fondaient, avalés par la cavité, et formaient une cheminée de gravats qui n'en finissait plus de monter vers le ciel.

À la surface, un cratère à la rotondité parfaite aspirait tout le complexe et la colline autour en l'espace de quelques secondes, comme mus par un ascenseur géant dont Dieu lui-même aurait appuyé sur le bouton descente, rappelant le tout dans le giron de la Terre-Mère afin de le reconfigurer, le réaffecter, le réutiliser ultérieurement à des fins plus glorieuses. Le fongus était incinéré, effacé de la surface de la planète une bonne fois pour toutes, et tandis que l'explosion retombait, un nuage de poussière inoffensif s'élevait – tout ce qui restait des entrepôts de stockage d'Atchison et de cette nuit hallucinante.

Avec deux minutes et vingt-six secondes de retard, c'est exactement ce qui se produisit.

Après

39

La boule à neige était retournée dans sa vitrine. Roberto avait mis à jour le logiciel du téléphone mobile d'urgence et l'avait chargé, au cas où. Portable et chargeur avaient réintégré le compartiment secret du placard de la cuisine et, la plupart du temps, il espérait qu'ils n'en ressortiraient jamais. Certains jours, cependant, ceux où il se sentait particulièrement fier de lui, il regrettait que toutes les compétences et l'expérience acquises au cours de sa carrière doivent prendre la poussière sur une étagère.

Il s'était senti flatté par l'attention du gouvernement dans les jours qui avaient suivi les « Événements d'Atchison », comme les médias n'avaient pas tardé à les appeler. Durant les premières heures consécutives à l'explosion, Jerabek avait essayé de jouer la carte du traître/terroriste/franc-tireur, mais Roberto avait assez de bouteille pour ne pas se faire avoir. Le livre blanc qu'il avait originellement écrit sur le fongus avait été archivé en trois endroits distincts, pour s'assurer qu'il ne pourrait être détruit sans être largement diffusé, et qu'inévitablement son contenu transpire dans la presse. Abigail, qui s'appelait *réellement* Abigail – comme quoi, il pouvait encore se faire surprendre – s'était révélée une partisane déterminée de la vérité, habile à déjouer les chausse-trapes du gouvernement. En moins de vingt-quatre heures, la véritable histoire avait éclaté, et on avait fait d'eux des héros. Les bavardages des complotistes de tout bord avaient rapidement laissé place à des conversations sérieuses sur la gestion de potentielles nouvelles invasions biologiques hostiles et à un débat animé sur la valeur de l'immobilier le long des falaises du Missouri, objet de nombreuses spéculations.

Roberto se reposait à présent sur la terrasse couverte à l'arrière de sa maison de Caroline du Nord, dans le rocking-chair qui savait si bien ménager son dos. Il était encore loin d'avoir recouvré toutes ses forces, mais au moins en avait-il terminé avec la chirurgie. Il flottait dans la zone cotonneuse de son deuxième Percocet de la journée, qui renvoyait la douleur au rang de mauvais souvenir. Annie était en train de jardiner. Il adorait le chapeau à large bord qu'elle portait pour se protéger du soleil, celui qu'elle avait rapporté des Bahamas. Il adorait les bottes en caoutchouc bleues qui alourdissaient son pas, achetées au Clarks sur Kensington High Street en 2005. Il adorait la voir se relever après avoir taillé un buisson ou bêché quelque parcelle de terre, en proie à l'indécision. En avait-elle fait assez ? Manifestement jamais, car elle retournait alors élaguer, couper, désherber. Il adorait contempler sa silhouette, car c'est l'image même qu'il associait à son foyer, et il ne se lassait jamais de l'admirer.

Son téléphone vibra. Il reconnut le numéro sur l'écran et décrocha en souriant.

— Vous passez toujours aussi mal à la télé, dit-il.

— Ouais, c'est bon, je suis au courant, répliqua Teacake. Je sais même pas pourquoi je m'emmerde avec tout ça.

— Moi, si. Vous avez touché combien ?

— Cinq mille, fit Teacake en riant.

— Vous êtes très bon marché.

— C'est pas pour ça que j'appelais. Merde, c'est quoi ce putain de truc ?

— Il va falloir vous montrer plus précis.

— Avis d'Effacement. J'ai reçu ça au courrier. Qu'est-ce que c'est que ce machin à la con ?

— Ni plus ni moins que ce qui est écrit dessus, Travis. (Plus personne ne l'appelait Teacake, et ça ne lui manquait pas.) Votre condamnation est passée aux oubliettes et votre casier est redevenu vierge. Comme s'il l'avait toujours été.

— Putain, mais comment vous avez fait ça ?

— Ce n'est pas si difficile.

— Putain, merci, mec ! Putain !

— Il faut absolument que vous appreniez un autre mot, quand vous voulez appuyer vos propos.

— J'en ai essayé d'autres. Y en a aucun qui marche aussi bien. En tout cas, merci.

— Je vous en prie.

— Et aussi... Allez-y mollo sur les antidouleurs. Je les entends dans votre voix. Vous avez la langue épaisse.

— D'accord, concéda Roberto avec un sourire.

— C'est une pente glissante, mec. J'ai déjà vu ça.

— Moi aussi, mon ami.

— À plus, mon pote.

— À plus, Travis.

Roberto raccrocha.

Il se replongea dans la contemplation de sa femme dans le jardin.

Je suis ici, maintenant.

Travis rangea le téléphone dans sa poche et reprit la main de Naomi. Sarah courait devant eux. Ils se rendaient à l'aire de jeux. Il jeta un coup d'œil à Naomi et s'avisa que le moment était aussi valable qu'un autre. Il parla, d'une voix lente et incertaine au début, puis accélérant à mesure qu'il prenait confiance en lui.

— Bon, disons que j'y ai pas mal réfléchi, et c'est pas quelque chose que je dis beaucoup, ou que j'ai dit souvent, et je veux pas te faire le coup du mec qui se la ramène là-dessus, ou sur tout le reste, mais tu sais comment c'est, je veux dire, sûrement que tu sais déjà ce que je vais dire, et je peux pas décemment dire que je l'ai déjà dit, ou peut-être que ce que je devrais dire, c'est que je *peux* décemment dire que je l'ai jamais dit, tu vois, bon, en fait, je t'aime.

Naomi ne répondit pas, ne s'arrêta pas, ne détourna pas un instant les yeux de sa fille, qui parcourait, toujours en courant, les quinze derniers mètres la séparant de l'aire de jeux et traversait le bac à sable en direction de la grande structure plantée en son milieu.

Travis dévisagea Naomi, les sourcils froncés. Il ne s'était pas attendu à une déclaration similaire en retour, mais pas à ça non plus. L'ignorer ? Ne même pas daigner le regarder ? Qu'est-ce que c'était que ces conneries ? L'avait-il fait flipper à ce point ? Et puis, il se souvint.

Il lui lâcha la main et la contourna pour se placer du côté de sa bonne oreille, celle qui entendait.

— Je t'aime, répéta-t-il en la regardant.

Naomi, qui entendait ces mots pour la première fois, se tourna vers lui et lui rendit son regard.

— Je t'aime aussi, répondit-elle.

Et elle l'embrassa.

On dira ce qu'on voudra, songea Travis, *c'est quand même pas mal, un baiser quand on est sobre.*

Un baiser d'elle.

Remerciements

Merci infiniment à tous ceux qui ont contribué à me sortir ce livre de la tête et à le mettre entre vos mains – Brian Murray, Zachary Wagman, Dan Halpern, Laura Cherkas, Miriam Parker, Sonya Cheuse, Meghan Deans, Allison Saltzman et Will Staehle chez Ecco ; Mollie Glick, Brian Kend, Richard Lovett, et Danial Mondanipour chez CAA ; David Fox ; Mike Lupica ; et le Dr Andrei Constantinescu, dont les conseils scientifiques m'ont été extrêmement précieux – quoiqu'il ne soit en rien responsable des éléments les plus fantaisistes.

Pour les encouragements et la bêta-lecture, toute ma gratitude à Melissa Thomas, John Kamps, Howard Franklin, Gavin Polone, Will Reichel et Brian De Palma. Remerciements tout particuliers à mon fils Ben, dont le sens narratif sans faille et la vibrante créativité m'ont éclairé tout au long du chemin ; à mon fils Nick, dont l'enthousiasme contagieux et le regard qu'il a jeté sur mes premiers brouillons m'ont été d'une aide inestimable ; à mon fils Henry, pour avoir partagé avec moi son amour inconditionnel des sciences en général et d'*Ophiocordyceps* en particulier ; et à ma fille Grace, qui m'a fait découvrir qu'un autre genre est possible (et qu'il est tout aussi génial). Merci à vous quatre d'avoir compris que papa pouvait écrire des horreurs en restant un type bien.

Composé et édité par HarperCollins France.

Achevé d'imprimer en octobre 2019

FIRMIN-DIDOT

à Mesnil-sur-l'Estrée (Eure)

Dépôt légal : novembre 2019.

Pour limiter l'empreinte environnementale de ses livres, HarperCollins France s'engage à n'utiliser que du papier fabriqué à partir de bois provenant de forêts gérées durablement et de manière responsable.

Imprimé en France